産経NF文庫
ノンフィクション

トオサンの桜
台湾日本語世代からの遺言

潮書房光人新社

序文にかえて　川柳で代言する戦後台湾の「日本語人」
――李啄玉先生の思い出

台湾中央研究院民族所助研究員　黄　智慧

台湾には、日本統治期が終わった後も、ふだんの生活で日本語を使い、高い日本文化の素養を身につけた「日本語人」たちがいる。彼らに脚光が集まったのは長い歳月が経ってからだったが、とりわけ日本語の文芸活動（短歌、俳句、川柳といった短詩創作）を通して日本社会に注目され始めた。その中で、日本でいくつも大賞を取った台湾川柳の巨匠と言われる李啄玉《りたくぎょく》（一九二六～二〇〇五）先生も「日本語人」の代表的な人物である。

川柳と俳句の違いは何か？

「川柳は生臭い人事を詠む詩であり、人間味を謳歌する。そのため客観的視点が必要である。一方俳句は主観的に自然を謳歌する。」

李啄玉先生は、この川柳と俳句の違いを門下生の台湾人と日本人に教えることから始める。

先生の大前提は「小説は嘘をついてもいいが、川柳は絶対嘘をつかない」ということで、例えば若者が年寄りになりすまして世の中の人事を批評したり、男が女の振りをして語るなど、少しでも嘘をつくと、啄玉先生から間違いなく雷が落ちたものだ。いつも真正面から自分を見つめて作品を書き上げていくのが、上達の唯一の道だと門下生を諭していた啄玉先生は、真実をこよなく愛する人であった。

私たち門下生は、台湾人と日本人が半々だが、みな啄玉先生の日本語の上手さに圧倒されていた。それは日本語の文法に対する精密さのみならず「歩く字引」としばしば賞賛されるとおり、あまりの知識の豊富さに学者も敬意を抱き、先生の専門を訪ねることもよくあった。そのたびに先生は「分類学」だと答えていた。少々風変わりな分野であるが、真実を究極的に愛するがゆえに、すべての知識を動員して徹底的に分類しようとしたからであろう。

さて、本人はあまり過去を語りたがらなかったが、ご尊父は桃園・大渓地方の高名な漢詩人であった。話に寄れば、李啄玉先生は十八歳の若さで台湾総督府の青年課に就職し、日本人同僚に「チャンコロ」と呼ばれて喧嘩になった。その結果、日本人同僚が異動になり、彼は罰せられることなく済んだという。このようなことは台湾では珍しいケースであり、たいていの結果は逆であった。先生はその若さですでに自分の考えを堂々と表現することができ、周りからも一目置かれていたに違いない。そして、この仕事を続けることができたならば、総督府の中の精鋭になっていただろう。

しかし、突然の徴兵令により人生は狂い始めた。先生は日本軍に入隊し、そして敗戦を迎えた。思いもかけず、日本は台湾から去って行った。

生涯を番狂わせの赤い紙　　　　（啄玉）
はっきりと今でも浮かぶ敗戦日　（啄玉）
台湾を半端な国にした戦　　　　（啄玉）

結局、中華民国政府とその軍隊が台湾に進駐し、先生は「この国」中華民国を生きる羽目になった。

帰属感皆無青天白日旗　　　　　（啄玉）
半分は水増し中華民国史　　　　（啄玉）
銅像に台湾人のない不思議　　　（啄玉）

だが、一庶民である先生のそれまでの経歴は使いものにならず、時局と対抗する手段も持たなかった。それでも生活の不便さをしのぎ、出世の道を犠牲にして精一杯抵抗した。

北京語は喋らぬ誓い半世紀　　　（啄玉）
あっしには関わりのねえ国中華　（啄玉）

そのような過酷な時代に対して真実を愛する詩人は、心から憤慨しつつもしっかりと時勢を見据えていた。

鮮血と涙で綴る台湾史　（啄玉）
四世紀の胸突き坂を台湾史　（啄玉）

一九四七年から続いていた戒厳令がようやく一九八七年に解除され、台湾に民主化の時代がやってきた。

自分史に戒厳という負のページ　（啄玉）
戒厳の生傷癒えぬまま老いる　（啄玉）
半世紀かかってたどり着く自由　（啄玉）
李登輝の長い顔タイワンの顔　（啄玉）
一票に台湾人の底力　（啄玉）

人生の最晩年にも先生の川柳は冴え渡る。二重の植民統治を受け、台湾の戦後時代を生き抜いた同じ時代の人々の思いを、先生は代弁し続けた。

一生に国籍三つとは悲情　（啄玉）
君が代も三民主義もヨソのクニ　（啄玉）

特に「かつての国」日本に対し、最高のポスト植民地の川柳を綴った。

ほろ苦い秋刀魚に過去のクニの味　（啄玉）
過ぎ去った国の旨さを握り寿司　（啄玉）
恩讐は御破算にして故侶日本　（啄玉）
選択の余地などない植民地　（啄玉）
ニッポンという愛憎に揺れるクニ　（啄玉）
日の丸の酸っぱさを知る植民地　（啄玉）

このように、かつて日本統治を受けた台湾人が、長い戦後を経て吟味してきた複雑極まる感情は、啄玉先生にとっても論理的に分類できないものであったろう。それを穿（うが）って表現できるのは、川柳のみであった。日本語短詩の川柳がもつ醍醐味をしっかと手に握り、私たち次の世代に渡してくれたのだ。
「あなたらしい川柳をつくりなさい！」

こう喝破する師匠、李啄玉先生の鬼気迫る目が、今でも頭から離れない。

＊本稿の初出は、「台湾を代言するポストコロニアル柳人　恩師李啄玉先生を偲ぶ」（『李啄玉川柳句集　酔牛』（新葉館出版刊、二〇〇六）。著者に再構成して頂き、本書に掲載をした。

まえがき　〝トオサン〟と呼ばれる人々

温存された日本語

〝むかしむかし、台湾にはトオサン（多桑）と呼ばれる、日本語の上手な人たちが住んでいました〟。

こんなおとぎ話の出だしのような説明がそのうち現れてもフシギではないほど、台湾の日本語世代は年々減ってきている。

私が人生で初めて出会った台湾の日本語世代は、四歳の時から習っていたピアノ教室が一緒だった李君兄妹とそのご家族だった。後に私も入学することになる私立学校の、初等科の制服がとてもよく似合っていて、ご両親はいかにも育ちの良い素敵な方々で、美しい日本語が印象深かった。風の便りに一家はカナダへ移住したと聞いている。

小さい頃にこのような出会いがあったせいか、取材でしばしば訪れるようになった台湾で日本語をしゃべる多くの方に会っても、私はそれほど驚かなかった。実際、一九九〇年代はまだお元気な方が多くて、日本人に向かって積極的に話しかけてくれた。彼らは毎日のように、NHKの衛星放送でニュースや相撲中継や歌謡番組や大河ドラマなどを楽しみ、カラオケに行けば演歌や軍歌を披露し、中には日本の雑誌を定期購読する人々もいた。

これほどの語学力がなくても、街角で日本人観光客に会うと懐かしそうに声をかけてくる年配者もいた。元日本人として生きた自分を知ってほしいという熱意に、思わず引き込まれた経験をお持ちの方も多いと思う。

ある人は、多感な時期に二等国民として扱われた悔しさを、またある人は志願兵として出征し戦場で死線をさまよった体験を。別の人は、敗戦によって日本という国から見捨てられた忸怩《じくじ》たる思いを、そしてある人は身もだえするような日本への思慕を、逢ったばかりの私にぶつけた。これだけは日本人に言い残したいという、魂の叫びだった。

彼らは、戦後、国民党政権によって学校でも職場でも日本語を禁じられ、新しく国語となった中国語（註・いわゆる普通語。戦後の台湾では北京語とも呼ばれた）を押しつけられた。もちろん日本語の雑誌や新聞やラジオ放送は姿をした。そればかりか、戒厳令下で表現や言論の自由を抑圧され、約四十年という長い歳月を、〝見ざる、言わざる、聞かざる〟という態度を通して生きて来ざるをえなかった。

一九九〇年代に入って、ようやく民主化が軌道に乗ると世の中は大きく変わり、日本語でも自由にものが言えるようになった。そこで、彼らは母語のように身についている日本語でぞんぶんにしゃべり、書き、戦前は元日本人としてどのような境遇にあったのか、戦後の台湾で何が起こっていたのかを知らせたいという欲求が抑えきれなくなった。そしてさらなる民主化を訴えた。

　彼らの「伝えたい」というエネルギーはすさまじいものがあり、堰を切った水流が一気に干上がった田畑に広がる勢いを感じた。彼らの人生は、台湾の戦前戦後史そのものだったのである。世代で言えば日本が敗戦した一九四五（昭和二〇）年の時点で、国民学校の高学年以上に在籍していた台湾人、つまり十二歳以上だった人々だから、二〇二二年時点ではそうとう高齢になっている。

　こうした人々を台湾では、日本語の〝父さん〟をそのまま音読みにして「トオサン」（多桑）と、親しみを込めて呼ぶ。

「多桑」の「多」を一途にまっすぐ「トオー」と伸ばし、その余韻で「桑」の字を「サン」とつぶやくように言うと、なぜか切ない気持ちにさせられる。このほか「歐巴桑」（オバサン）や「欧吉桑」（オジサン）という呼び方も残っているが、多桑（トオサン）ほどはポピュラーではない。

父さんとトオサン

「トオサン」という呼び名は、台湾ニューシネマの旗手の一人である呉念真監督が、一九九四年に制作した映画『多桑』に由来する。物語の主人公は、なんのとりえもない、くたびれた初老の炭鉱労働者だ。戦後、国民党政権の教育を受けて育った息子には、父親の日本びいきが「漢奸」（売国奴）に見えてしかたがない。しかし、トオサンはどこ吹く風だ。それどころか、北京語しか話せない孫にいらついて「台湾人が中国人を産みやがった」と嫁に悪態をつく始末。家庭からも職場からも浮いているトオサンは、愛用の短波ラジオを抱えて雑音混じりの日本語放送を聴いて過ごし、憂さ晴らしに酒場へ出かけてほろ苦くも甘い昔の思い出に浸る。

こんなトオサンのたったひとつの望みは、いつの日か心の祖国である日本へ行って、富士の霊峰と宮城（皇居）を遥拝することだった。しかし、長い間の炭鉱勤めが原因で肺の病気が悪化して入院せざるを得なくなる。日本観光の夢もいつしか遠のいて……。しだいに病状が悪化するトオサンは、長わずらいをして家族に経済的負担や迷惑をかけまいと、ある日病室から飛び降りて自ら人生の幕を閉じてしまう。

戦後の台湾社会になじめず、ぽつねんと生きた主人公の生き様は、呉監督の実の父親が主人公に投影されていることでも話題になった。英語のタイトル『A Borrowed Life』（かりそめの人生）にも色濃く表れているように、トオサンに自分の父親や、自分自身の姿を重ねた観客が多かったのだろう。この作品は、一九九四年度の金馬奨（台湾のアカデミー賞にあたる）の観客投票優秀作品賞を受賞した。

映画のタイトルは、その後、日本時代の教育を受け、日本に対して愛憎ないまぜの感情を持つ年配者の代名詞となったのである。

自分は台湾人でもないのに、なぜか映画の主人公に父親の姿が重なった。

私の「父さん」は当時、リタイア後に役員を務めていた大手企業の系列会社を辞めたばかりだった。戦時中に培った滅私奉公の精神や忠義心を、そのまま会社に傾注して五十数年。日本の高度成長を牽引してきた世代だ。しかし、退職後は週末に同僚たちと出かけていたゴルフからも遠ざかり、一日の時間をもてあましながら過ごしていた。企業戦士だった父さんは家庭団らんの場にもいないことが多かったので、家族からずっと浮いたままだった。戦争が終わったと同時に、大きく断絶してしまった社会の価値観、さまざまの矛盾、亡き戦友への抑えがたい追憶、新しい教育を受け、〝日本は間違った戦争をした〟と言う娘への違和感、それらを仕事にぶつけて昭和の経済成長期を突っ走ってきたかのように見えた。

「おまえたちに話してもわかりっこない」。そう言って、父さんは戦争について多くを語らぬまま、二〇一〇年に旅立ってしまった。

遺品整理をしたときに、一九四三（昭和十八）年、早稲田大学在学時に学徒出陣をした父さんの、出征時の写真が出てきた。童顔がまだ残る青年が陸軍の制服を身につけて、けなげに男気を出している。そこに精一杯の決意が見て取れ、私は台湾のトオサンたちの若き姿が重なった。父さんは、佐賀県にあった陸軍基地を経て中国大陸の漢口（現在の武漢市の一部）に送られ、陸軍工兵少尉としての任務の傍ら、初年兵教育も担当していたらしい。

二年に満たない軍隊生活だったのに、時間厳守や整理整頓にうるさく、犠牲的精神を子供たちにしつけた。機嫌が良いと『愛国行進曲』や『同期の桜』を口ずさみ、戦友との絆を大切にしていた。そんな父親にミニタリズムの残滓《ざんし》を感じて、私はものごころがついたときから反抗してきた。そのため、真面目に父さんの生きた時代や、とりわけ戦争体験について聞いたこともなかった。いや、聞こうとしなかったのだ。

最初に台湾のトオサンたちを取材した一九九四年は、先の敗戦からちょうど四十九年目にあたる年だった。半世紀が経とうとしているのに日本人になり代わって語り部を務める台湾の年配者たちは、他のアジア諸国で私が出会った元日本人よりも、理屈を超えた感情を日本に抱き、私たちに何かを伝えたいように感じた。

なぜ彼らは戦前の日本や日本語にこだわり続けるのだろうか？

今の日本人は、彼らにとってどのような存在なのか？

彼らの伝えたい歴史には、どんな真実が内包されているのだろうか？

早晩いなくなってしまう彼らの心の声を私たちは親身になって聞いたことがあるか？

トオサンたちへの好奇心とほとんど知らなかった台湾の戦後史への関心が昂じて、私は、その後も彼らのもとへ何度も足を運んだ。その旅はすでに四半世紀を超えた。

＊

本書は二〇〇七年に刊行した『トオサンの桜　散りゆく台湾の中の日本』（小学館刊）に、時代の流れを加えて加筆した改訂版である。

物語の主人公は、台湾の日本統治時代（一八九五〜一九四五）に生まれ、日本式の教育を受け、現在も日本語を使いこなす。だからといって彼らを親日派だと、単純にとらえてはいけない。日本に対して複雑な感情を抱くお年寄りたちなのだ。年々〝人生を卒業していく〟日本語世代の言葉は、まるで次世代への遺言のように響く。今一度しっかと耳を傾けたい。

トオサンの桜　台湾日本語世代からの遺言——目次

第一章　桜恋しや

第二章　異郷のサクラ

第三章　誰もが呻吟した時代

第四章　われは孤島の桜花

第五章　トオサンの戦争と平和

終章　未来へつなぐ物語

＊本文では、植物として述べる場合は片仮名の「サクラ」「ウメ」「ユリ」を、日本文化や日本を包含する象徴として述べる場合は漢字の「桜」を、同様に中華民国の象徴としては「梅」、台湾の場合は「百合」に使い分けています。

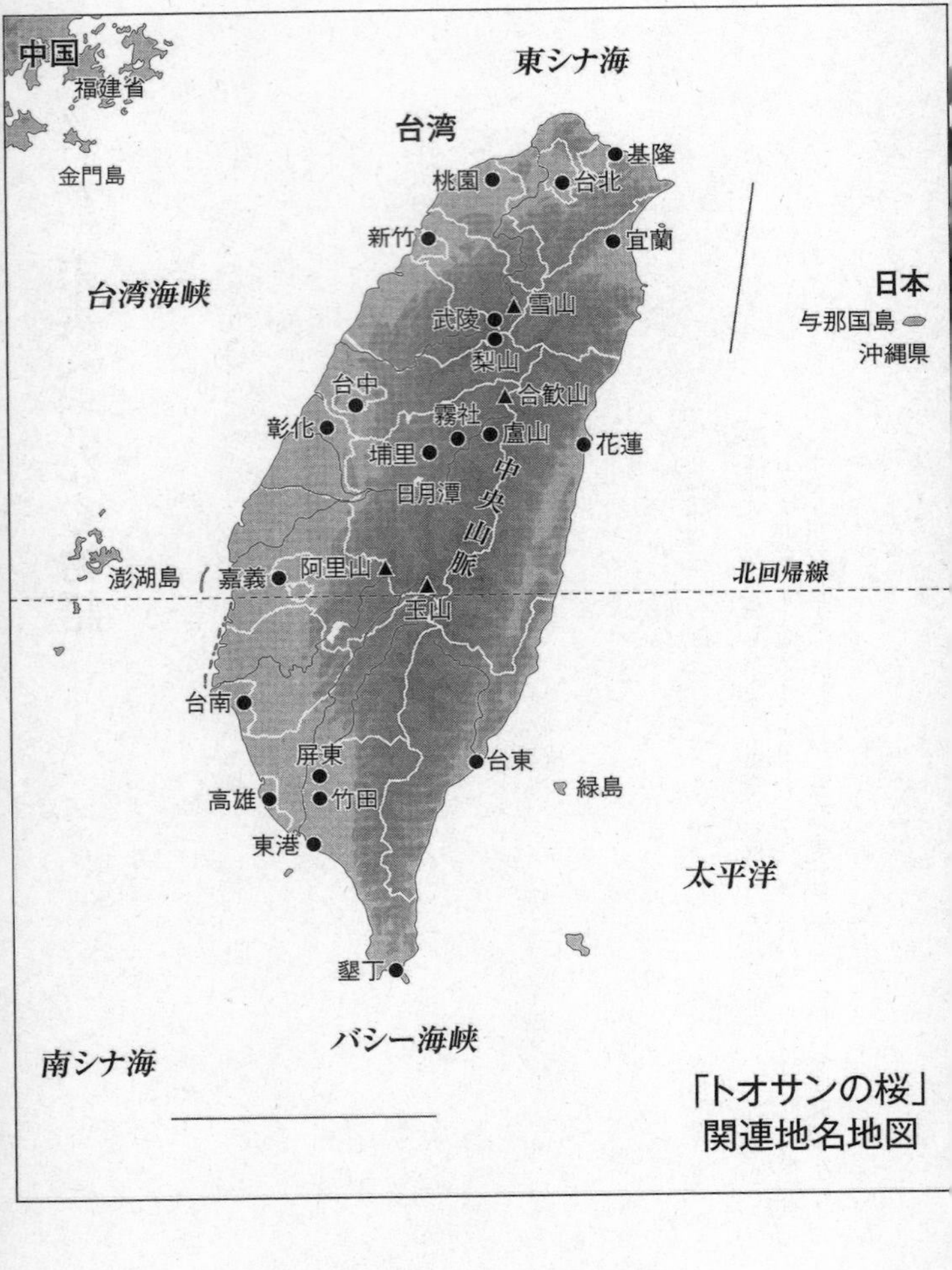
中国
福建省
金門島
東シナ海
台湾
基隆
桃園
台北
新竹
宜蘭
台湾海峡
日本
与那国島
沖縄県
雪山
武陵
梨山
台中
合歓山
霧社
彰化
盧山
花蓮
埔里
中央山脈
日月潭
阿里山
澎湖島
嘉義
北回帰線
玉山
台南
屏東
台東
緑島
高雄
竹田
東港
太平洋
墾丁
バシー海峡
南シナ海
「トオサンの桜」
関連地名地図

トオサンの桜　台湾日本語世代からの遺言

第一章　桜恋しや

トオサンは絶滅危惧種

ここでもう一度「多桑」（トオサン・父さんの意味）とか「日本語世代」と呼ばれる年配者について説明を加えたい。本書でとりあげるトオサンは台湾人に限定する。そうでないと、日本へ留学経験があり、日本語が理解できて、武士道の薫陶も受けた中国人の蔣介石までがトオサンなのかということになる。

では「トオサン」を定義づける基準が何かあるのか？

実はこれが難しい。日本語は忘れかけていても、日本時代に教わった徳目が行動の規範として残っている人もいれば、『台湾万葉集』（集英社刊）の編者である詩人の大岡信さんが、台湾の歌人たちを〝日本語人〟と呼んだように、話す、読む、書くという三つの能力が日本人と同等、いやそれ以上に優れていて、ふだんの生活でも母語のように日本語を話している レベルの人まで、実にさまざまである。だから、元日本人というアイデンティティーが確固としてあれば、トオサン世代と言えなくもない。つまり、学術的な基準や資格などは無きに等しいのである。

台湾人の識者は「トオサン世代」をどうとらえているのだろうか？

そこでまず、一五年ほど前にお目にかかった中国文化大学日本語学科主任教授兼日本研究所所長の陳鵬仁《ちんほうじん》（75）さんの意見を紹介する。教授は幼稚園から日本人として教育を受け、長い間日本に留学をしていたせいか、寸部の狂いもなく日本人に見えた。

「日本語族……。そうですね、私なら日本文化を理解できるインテリ層をこう呼びたい。となると、多めに数えても一万～二万人くらいではないですか？

台湾の民主化を推し進めた元総統の李登輝さん、歴史家の史明《しめい》さん、カリスマ起業家の許《きょ》文龍《ぶんりゅう》さん、国際法学者としても高名だった彭明敏《ぼうめいびん》さん、司馬遼太郎『台湾紀行』でガイド役を務めた蔡焜燦《さいこんさん》さん、序文に登場した川柳名人の李啄玉さんなど、日本でも知られる著名人のように日本文化にも精通しているエリート層は、「せいぜい二〇〇〇人くらいでしょう」。


――えっ、そんなに少ないのですか？

と、私はびっくりした。繰り返すが、それは一五年前のことである。したがって、現在はおそらくこの数字よりもさらに少なくなっているはずだ。


次に伺ってみたのが『台湾人四百年史』の著者として知られる歴史家の史明さんだった。

二〇一九年に百一歳で他界した彼は、本書の取材をお願いしたときは八十八歳だった。その日も、愛用のジーンズとデニムのシャツをまとい、肩までの白髪を揺らしながら熱く台湾の未来を語る姿は、永遠の青年そのものであった。

彼は戦後すぐに日本へ政治亡命して、日本を拠点とする独立派の先頭に立ち、革命的手法と草の根運動のしぶとさで、台湾の民主活動に人生の全てを捧げてきた。二〇一四年に学生と市民が中心となって起こした「ひまわり運動」の参加者からは、台湾民族主義、台湾民主の父としてシンボリックに扱われたことは記憶に新しい。

史明さんは、「庶民の側から歴史を見ないと真実はわからない」というのが持論だった。その彼らしく、台湾の日本語世代についても、日本語が巧みで高学歴な一部のエリート層に限定しないで、もう少し広げたほうがよいと進言してくれた。

「戦争末期に国民学校の高学年に在籍していた、十二歳前後の人々まで広げて考えてもよいのではありませんか？」

語学力やその教養だけでトウサン世代が決まるわけではないことを、史明さんは指摘してくれたのだ。

「昭和十二年から強化された皇民化教育の洗礼を受けた人は対象となるでしょう。戦争中、台湾もアメリカの空爆にさらされたおかげで、日本人とは運命共同体だという意識が強く育ちましたからね」

言葉にまさる日本的なるもの

この言葉を思い出しながら、二〇二〇年の中華民国内政府の人口統計から、敗戦時に十二歳以上だった人が、現時点でどの程度存命なのかを調べてみた。すると、現在九十～九十九歳になっているお年寄りは一四万五五四一人。百歳以上が四二四二人だから、総計一四万九九七三人となる。約一五万人だ。昭和二十年の公学校（国民学校）の就学率である七二パーセント（『台湾学事統計の研究』町田清孝著による）をかけると、一〇万八〇〇〇人。ここから、戦後大陸から移り住んだ外省人を引くと、どんなに多く見積もっても一〇万人になるかならないか、だろう。

二〇〇〇年代初頭は六〇万人ほどと推定したことを考えると、トオサンたちの総数が激減していることがよくわかる。

おおざっぱな数字しかだせない理由のもう一つに、一九九二年、台湾政府が戸籍簿から出生地の記入欄を削除したことが挙げられる。省籍の対立を解消して、未来に向かってともに「台湾人」として歩もうという願いを込めてのことであり、時代の流れからすれば当然の措置である。しかし、一九五〇年前後に大陸から渡ってきた外省人一世がどれだけ現在も健在なのかはわからなくなった。その結果、日本統治時代に日本語教育を受けたトオサン世代の算出も、さらに難しくなった。

十数年前に取材をしたときの、史明さんのおもてなしを今でも覚えている。新荘市のマンションにあるご自宅は彼の活動拠点も兼ねているため、どの部屋も資料や街頭宣伝のためのビラの山や旗などの道具があふれていた。しかし、奥にあったダイニングキッチンだけは家庭的な雰囲気が保たれていて、「食」を大切にしておられるのだなと感じ入った。

このとき史明さんは「台湾産の天然アユが手に入ったから、ご飯を食べていきなさい」と誘ってくださった。食卓でも台湾の歴史を饒舌に語りながら、老歴史家は先の細い箸を器用に動かして、アユの塩焼きから骨を外す。魚好きの人は「猫またぎ」と言われるほど、焼き魚から骨をはずした後も魚の身をくまなく取って食べる。その箸さばきのみごとさが、魚が大好物だった自分の父さんにそっくりで、私は食事の手をとめて見入ってしまった。

男性、女性に限らず、こうした日本式の箸さばき、日本人同様のお辞儀のしかたなど、ふとした日常の所作ににじむ奥ゆかしさを持つ人に台湾では時々出会う。史明さんが強調する「語学力だけで判断してはいけない」という意味を広げて解釈すれば、こうした所作が体になじんでいることも、トオサン世代ならではの特色かも知れない。

トオサンと呼べる人がどれだけまだ台湾に残っているのか、正確な数字はもはやわからないけれど、「日本語人」と呼べるエリート層は千人以下だろうし、日本語が使える人々はどんなに多くても一〇万人に届くかどうか。かたことの日本語ではあるが、戦前の規律や習慣が身に染みているという一般のトオサンは三〇万~四〇万人ほどかもしれない。

非常におおざっぱな説明をしたが、実は「数字は必ずしも現実を反映していない」とお断りをしなくてはならない。

この指摘は、台南市の長栄大学で教壇にも立つ台湾研究者の天江喜久さんからいただいた。彼は長年の滞在経験から、「台湾の社会から、もはやこの世代が消えたといっても過言はありません」とまで言う。

「元日本兵だった人々の同期会や湾生（日本統治時代に台湾で生まれ育った日本人）との交流会に行けば、流ちょうに日本語を話す年配者に会うこともあります。しかし、それ以外のところで日本語は聞こえてきません」

二〇二〇年からの世界的な新型コロナウィルス感染症の影響で、日本の観光客は姿を消したまま。そのせいもあってトオサンたちが日本語を話す機会はほとんど無くなった。語学力は使わなければすぐにさびつくことは言うまでもない。

さらに天江さんはこう話す。

「日本語の能力があっても、高齢になれば病気がちです。会話をする能力がなくなってしまった方もかなり多くなったような気がします」

実にリアルである。これが、絶滅寸前と言われる日本語世代の実態なのだろう。

心の声にふるえる

一九九四年に、私は初めてトオサンたちの生の声を聞く機会を得た。

元気の秘密を台湾のお年寄りから集めよう、という雑誌の企画を担当した私は、編集者とカメラマンとチームを組んで台南へ出かけ、約一週間にわたって伝統的な養生法や生涯学習に取り組む人々の話を聞いてまわった。

トオサンたちの元気の素は、医食同源にのっとった食生活や太極拳や散歩の習慣のたまものと思い込んでインタビューを始めたところ、返ってくる答えの大半は、まったく予期しないものだった。トオサンたちは、日本統治時代に身につけた衛生観念や軍隊で鍛えた精神力をあげ、養生法そっちのけで自分の人生を熱く語り出した。二等国民として差別され、戦争にもかり出されたというのに、青春時代の話になると誰もがみんな夢中になった。「教育勅語」や「大東亜戦争」という言葉を連発し、あの日への郷愁をあらわにした。子供の頃覚えた童謡を突然、ろうろうと歌い出すトオサンもいた。

ちょうど日本で刊行されたばかりの、『台湾万葉集』（集英社刊）の編者である孤蓬万里《こほうばんり》さんにも台北市でインタビューができたことは、トオサン世代を理解するために大変役だった。日本時代に身につけた教養、それは人によってクラシックの素養であったり文学だったり、短歌や俳句、川柳とさまざまだったが、日本時代の教育がどれほど心の滋養になり、戦後の長い戒厳令下で彼らを励まし、生きる糧となり勇気となったかを、語ってくれる人が少なからずいた。

日本人になりませう

一九三七（昭和十二）年七月に、盧溝橋《ろこうきょう》事件が起きて日中戦争が本格化する。この年、後に親子で台湾の独裁者となる蔣介石の長男蔣経国は、一二年ぶりに旧ソ連（現ロシア）の留学から帰国して、江西省保安処（公安部）の副所長に就任した。

台湾でも戦時色が濃くなってくると、台北市内にある松山空港からは国民党の本拠地南京を空爆するための飛行編隊が、一日に何度も飛び立つようになった。

一九三六（昭和十一）年に総督に就任した予備役の海軍大将小林躋造《せいぞう》（在任一九三六～一九四〇）は、海軍の南進論にもとづいて台湾の南進基地化、工業化、皇民化を政策の大きな柱とした。小林総督は、〝忠良なる帝国臣民の素地を培養する〟という狙いで台湾人の皇民化を強力に推進したので、日本語は〝国家の一員として国民相互に流れる精神的血液〟であり、本島人も国語（日本語）を常用しなければならないという考えが支配的になっていった。

学校では漢文科目が禁止となった。国語家庭（一家で日本語を常用する）の推進運動に続いて、一九四〇（昭和十五）年になると日本風の名前に改める「改姓名」が、原住民や漢民族系の台湾人の間でも組織的に行われた。

だが、日本風の名前をつけたからといって、内地人と同じになれるものだろうか？　神社への参拝が事実上強制となり、旧暦の正月を祝う習慣や宗教的なお祭りは制限、寺や廟の数が減らされても、台湾人の信仰心はびくともしなかったではないか。人々から、母語や昔ながらの生活習慣、宗教心を切り離すなんてそう簡単にできることではない。それがわかっていながら、台湾総督府は、やっきになって皇民化を進めたのである。

総督府文教局が監修した『皇民作法讀本』（昭和十五年刊）の中に、台湾の子供たちが守るべき一〇の戒めが載っている。

一　天皇陛下《てんのうへいか》を敬《うやま》ひ、心《こゝろ》も身體《からだ》も日本人《にっぽんじん》になりませう

二　神社《じんじや》を敬《うやま》ひ、迷信《めいしん》をすてませう
三　国語《こくご》を使《つか》ひ、臺灣語《たいわんご》をやめませう
四　身體《からだ》を清潔《せいけつ》にし、服装《みなり》を整えませう
五　衛生《えいせい》に氣《き》をつけ外《そと》で食《た》べることをやめませう
六　便所《べんじよ》をつくり、たん、つば、はなしるの始末《しまつ》をよくしませう
七　他人《たにん》の迷惑《めいわく》を考《かんが》へ、人の爲につくしませう
八　正直一途《しようじきいちず》の人となり、泥棒《どろぼう》、虚言《うそつき》をなくしませう
九　賭博《ばくち》をやめ、眞面目《まじめ》に一心に働《はたら》きませう
十　お行儀《ぎようぎ》をよく静《しづ》かにして、喧嘩《けんくわ》、大聲《おおごえ》をやめませう

現在、八十代後半以上になっているトオサンたちは、昭和の皇民化教育をもろに受けた。毎日登校すれば、宮城を遥拝してから授業を始め、修身の時間になれば全員起立して戦地の兵隊さんの武運長久を祈り、明治天皇の御製を奉唱した。

体系的な徳目として、人生の糧として、「教育勅語」はトオサンたちの間で今も評価が高いことがわかる。戦後の日本人は、軍国主義の復活を恐れ、忠君愛国の思想をタブー視するあまり、「教育勅語」が説く人の道や公徳心まで葬り去ったと、彼らは嘆いている。「教育勅語」の廃止は、ＧＨＱ（連合国最高司令官総司令部）の圧力によって一九四八（昭

1924(大正13)年、皇太子ご成婚祝賀行事に参加して、日の丸を振る台湾の子供たち

和二十三）年に、排除失効決議が国会を通過したことによる。天皇が、臣民の守るべき道徳をさずけるという考えが、主権在民の精神にのっとった新憲法にそぐわない、というのが廃止の理由だった。

戦後の道徳教育は一九五八（昭和三十三）年からようやく復活したものの、教育現場でイデオロギー論争の的になってしまったために、普遍的な道徳を教えるまでに至らなかった。「教育基本法」や戦後教育の中味の見直しを求める世論が盛り上がったのは、一九九七（平成九）年に神戸で小学生の連続殺傷事件が起こってからである。

本来、道徳教育は家庭を中心にして行われるものだろうが、やはり集団生活を送る学校の役割は大きい。現在の日本の道徳教育は小学校では二〇一八（平成三十）年から、中学校では二〇一九（平成三十一）年から完全実施されている。

戦前の道徳科目「修身」にあったような、忠義、愛国心といった価値観の代わりに、命の大切さ、自然保護、相互理解、国際親善などが、新しい徳目となった。中学校になるとさらに、個性の尊重や国際理解、公平、公正といった徳目が重点的に加わる。

もちろん、トオサンたちが戦前教わった正直、誠実、勇気、善悪の判断、公平、公正さは大切な道徳観として教えられているが、昨今問題になっているいじめ対策と連動しているような気もする。

授業以外でも、小学校では小動物の世話や花壇の手入れ、給食や掃除の当番をとおして、仲間意識や協調性、達成感を、子供たちが自然に育むようプログラムされている点はとても日本らしい。さらに、郷土の偉人を研究したり、ゆかりの場所や記念館に見学したりすることも道徳教育の一環といえる。偉人から学ぶ授業は、戦前から今日に至るまで日本の子供たちの心を育てる大きな柱となっているようだ。トオサンたちが東郷元帥や二宮尊徳から多くを学んだように。

一九五〇年代から一九六〇年代にかけて、東京山の手の区立小学校で過ごした自分の記憶をまさぐっても、道徳の授業を受けた覚えがない。「平和を愛する日本人になりましょう」と、校長先生が話したことを覚えている程度だ。私の通った小学校は、東京都のモデルスクールになっていたせいか、最新の視聴覚機器が揃い、平和憲法の精神を意識的に授業に取り入れ、革新的な校風にあふれていた。その後進学した一貫制教育の私立中学校では、入学直後の天皇誕生日の式典で、元文部大臣の年老いた院長が「天皇陛下万歳」を三唱した。十二歳の私は、呆気《あつけ》にとられて眺めていた。中、高六年間の在学中、式のたびに昭憲皇太后や貞明皇后の御歌に曲をつけたものを繰り返し歌ったせいで、この学校の伝統的な徳目は知らずしらずのうちに身についたけれど、校風には最後までなじめなかった。ちなみに校章は「桜」であった。

中学、高校を通して歌い続けた『金剛石《こんごうせき》　水は器《うつわ》』を、思いがけず台湾のトオサンの口から聞いたことがある。台北のホテルのロビーで話し終えたあるトオサンが低くつぶやくように最初の部分を歌い出すと、大きなガラス窓に映る異国の景色は消えうせ、古色蒼然とした歌詞だけがその場を支配した。

「金剛石」
金剛石も、みかかすは
珠のひかりはそはざらむ
人もまなひてのちにこそ
まことの徳はあらはるれ
時計のはりのたえまなく
めくるかことく時のまの
日かけをしみてはけみなは

いかなるわさかならさらむ

昭憲皇太后御歌・奥好義作曲

この歌を披露してくれた。劉添根《りゅうてんこん》（89）さんは、日本語の通訳として今も活躍している。彼は一九四一（昭和十六）年、十歳のときに一家で広東省から台北へ移住。「台湾籍を持たないシナ人だったから、内地人からひどい差別を受けました」と添根さん。彼ら兄弟は国民学校（一九四一年より公学校も小学校もこのように名前が変わった）にもなかなか入学を許されず、疎開先の学校にようやく受け入れてもらった。それなのに、たった二年たらずの日本式教育から得た徳目を、北極星のようにして生きてきたトオサンだ。

「いっしょに歌いましょう」と声をかけられて我にかえった私は、忘れていたはずの歌詞が、考える先から口に出てきて動揺した。

小節を区切るようにして歌う彼の様子から、たゆまぬ努力をして人生を切りひらいた気迫が伝わってきた。

恩師との絆

トオサンたちが日本統治時代を懐かしむのは、公学校、中学校、職業専門校時代の教師たちの熱意と人徳によるところが大きい。台湾に赴任した内地人教師の中には、本島人の生徒を差別したり暴力をふるったりした者もいるにはいるが、おおむね理想主義に燃えた聖職者たちだった。派遣された教師に九州出身者が多かったせいだろうか、一部のトオサンたちの日本語には、なんとなく西のほうのアクセントの名残りを感じる。

日本に帰化した台湾研究の学者、伊藤潔（享年68）さんは、生前、国民学校の思い出をいとおしみながら語ってくれた。

「日本はよくやったと思いますよ。特に国語の授業は徹底していました。そこまでやるかというくらい、先生方は熱心でした。僕たちの担任は小野先生と言ったなあ、栃木県出身の若い代用教員の方でしたよ。食糧難の時代なのに、おにぎりや和食を作って生徒たちに食べさせてくれた。熱心なうえにお母さんみたいにやさしかった」

伊藤先生の、少年にもどった眼差しを今も私は懐かしく思い出す。

新竹市に暮らし、会社顧問を務めていた朱錫堯《しゆしやくぎよう》（83）さんも感慨深げにこう話した。

「腕白坊主だった自分に、慈恩あふれた教育を授けてくださった国民学校時代の恩師が忘れられません。現在の私があるのも先生との出会いがあってこそ！　日本時代の教育は心の糧となる人生の宝ですし、日本精神は教養の財源です」

芸術をこよなく愛するカリスマ実業家の許文龍《きよぶんりゆう》（94）さんは、公学校と中学校時代の日本人教師との出会いが、心の眼を開かせてくれたと語った。

担任の教師は、家が貧しくいつもおなかをすかせている文龍さんを放課後に呼び、リンゴの絵を描かせた。絵の大好きな少年は空腹も忘れ夢中で写生をする。それが済むと、先生はやさしく「さあ、お食べ」と言う。

「リンゴを恵んでやる、というのではなく、好きな絵を描かせたうえで、ほうびとしてリンゴを与える。子供の気持ちを汲んでくれました」

中学になると、文龍さんは一生を左右するほどの影響を受けた恩師に出会う。美術と音楽を教えてくれた大友先生である。

「ミレーの名画『晩鐘』を見せて、ひたむきに祈る農民のもとに響く鐘の音が、おまえたちにも聞こえてくるか？　と問うたんですよ。言葉にならないほどショックを受けました。最も多感な時代に、芸術に触れる喜び、美しいものに感動する心を教えられ、自分の中で眠っていた美への探求心が目覚めました。中学校時代の情操教育が、どれほど大きな財産になったことか……」

一代で巨万の富を築き、その資金力で故郷の台南に世界規模の博物館や病院や音楽ホールを次々に寄付し、惜しみなく社会還元した実業家の原点は、日本時代の教育にあったともいえる。彼は多くの名言を残しているが、『二つの餌で魚を一匹だけ釣る　釣りをしながら許文龍と語る』（林佳龍編著　甘利裕訳）という本にも以下のような言葉が出てくる。

「私たちが成功するためには、目に見えないさまざまな条件が必要です。ですから、過度に自己本位にならず、どれだけの人が私たちを援助してくれたのか、私たちは自分の成功を、どのようにして社会に還元すべきなのかを考えなければなりません」

「大自然、それは私たちの子孫のものであり、私たちに自然を破壊する権利はありません。（中略）実際、大部分の人は子孫に、家やお金を残します。しかし私は、それよりももっと価値のあるのは、良い文化、良い伝統を残すことだと思います」

だから、許文龍さんは良い自然、良い文化、良い伝統を、未来の台湾を見据えて残してくれた日本の技術者らの仕事を評価した。台湾の近代化の基礎をつくり、民衆のために働いた一〇人を超える日本人技術者や政治家の胸像を自ら制作して、台湾のゆかりの地だけでなく、それぞれのふるさとに寄贈したことでも知られている。また東日本大震災に際しては、巨額な寄付金を日本へ送った。

その経営手腕に対しては一九九九年に日経アジア賞を、二〇一三（平成二十五）年には長年の日台交流に貢献したとして日本政府から旭日中綬章を授与されている。


このような著名人でカリスマ的経営者なのに、ご本人はいたってきさくなトオサンで、お元気だった頃は趣味の釣りの獲物を料理して自宅でゲストたちをもてなし、食後のミニ音楽会が何よりの楽しみという方だった。私も何度かごいっしょさせていただいたが、文部省唱歌を自らヴァイオリンやマンダリンで伴奏をして参加者とともに歌う。彼らが子供時代に心に刻んだ『浜辺の歌』や『花』のメロディーは、大聖堂に響く聖歌のように荘厳だった。

文学に目覚めたトオサンもいる。台南市の葉俊宏《ようしゅんこう》（78）さんは、一九九四年の取材で知り合いになったときから、李白や杜甫の詩、『万葉集』の大伴家持《おおとものやかもち》の歌をそらんじ、漢詩、短歌、川柳、俳句と、何でもござれの博識ぶりだった。

「職業専門校時代の秋山先生は、教科書を離れて『万葉集』から島崎藤村の詩まで、朗々と聞かせてくださったなあ。特に藤村の詩が忘れられません」

すっかり詩歌に魅せられた彼は、国語の成績が良い生徒が集まる文芸部へ入部。友人らと文学論をたたかわせ、恩師から詩歌を習い、文章の鍛錬を重ねた。

「それが、私の日本語能力の基礎となったわけだ」

戦後もずいぶん時間が経ってから、恩師の消息がようやくわかった。北海道の、炭坑がある小さな町の中学校で教鞭をとっているという。そこで教え子は手紙をしたためた。老齢の恩師を気づかう短歌を添えて。

秋過ぎて寒さ厳しき山里に
師の君如何《いか》に　冬を越ゆらん

しばらくすると返事が届いた。

「日本人でありながら教科書さえ正確に読めぬ当地の生徒に、君からもらった短歌を読んで聞かせながら、目がうるむのをいかんともしがたい」

俊宏さんは手紙を何度も読み返して、二度と戻らぬ日々と恩師への思慕にむせび泣いた。

一九七九年に、申請許可制ながら海外旅行が自由化されると、台湾の教え子たちは機会をとらえては来日し、恩師との再会に涙した。最近こそ生徒の老化が進み、台湾と日本の各地で開かれていた同窓会も絶えてしまったが、思い出の絆はとぎれることなく続いている。

小さな胸が痛んだ毎日

裕福な家庭に育ち、国語（日本語）を常用している児童は、小学校への入学を許された。しかし、生徒全員が台湾人の公学校と違って、内地人と共学をした子供たちは、台湾なまりをからかわれたり、成績を故意に落とされたり、侮蔑的な言葉を投げつけられたり、幼い胸を痛めることが多かった。

柯徳三《かとくぞう》（85）さんは、一九二八（昭和三）年、台北市の南門小学校に共学生として入学した。彼の祖父は、台湾における日本語教育の出発点となった「芝山巖《しざんがん》学堂」の第一期卒業生であり、後に拓殖大学で台湾語を指導した教育者だった。徳三さんは、祖父の赴任先の東京で生まれたが、関東大震災に遭った一家は一九二三（大正十二）年に台湾へ引き揚げた。バイリンガルの環境で育った彼は、幼い頃から日本語がよくわかったので、小学校の入学を許されたのである。

彼は、小学校四年生のとき、新任の内地人（日本人）教師から同級生と交わした私語を注意され、名前を問いただされたことがあった。内地人のクラスメートはその場で名前をすぐに名乗ったが、彼はどうしても台湾風の名前を口にすることができず、ずっと立たされたままになっていた。弁当も食べずに家へ帰ってきた孫から話を聞いた祖父は、自分の名前に誇りを持つように優しく言い聞かせた。そして「か・とくぞう」と、すらすら口に出るまで、何度も言わせたのだった。小学校に入れるほどの特待生でも、台湾人としての悲哀を小さな胸に押しこみながらの登校である。

感受性の鋭い少年時代の心境を、次のように日本語で綴っている。

私はなぜかこの頃から、自分が台湾人であることに引け目を感じ、つとめて日本人と同じに見えるように装っていました。台湾人だからといって、いじめられたわけではありませんが、いつも気を配っていました。家で使い慣れている台湾語が、友達との会話の時に出て来ないようにと気を付けました。

お昼の弁当でも、母が苦心して作ってくれた豚の角煮や味付け卵の魯蛋《ルータン》などといった台湾式のおかずを持っていくと、日本人の子供達が「お前それ何だ」と、「それは豚のしっぽか？ おまえは豚のしっぽを食べるのか」と言うのです。学校から帰ると、母に「日本式のおかずにして」と泣きつき、たらこや、卵焼き、鱈《たら》、いわしのみりん干し、のり巻き、のり弁当のような日本式おかずを一生懸命ねだりました。台北城内の、今の栄町に、当時「酒巻」という日本の漬け物屋などがあり、母は、わざわざそんな所まで行っておかずを揃えてくれました。

十歳の私は日本人に生まれて来なかったことを恨んでいました。

（『母国は日本、祖国は台湾』柯徳三著より）

柯さん本人も家族も、日本人との共学校に進学すると、台湾人の置かれている立場をいやがおうにも意識するようになった。それが植民地の実情であった。さらに厳しい受験競争を勝ちぬいて進学した帝国大学で、秀才たちが医師や弁護士を志したのは、社会に出ても格差がなく、専門課程で才能を発揮できる数少ない選択だったためと思われる。

日本にまだサムライはおりますか？

戦前のエリートが進学した旧制高校や大学では、愛国心にあふれ高尚な精神を持つ指導者を育てるために、中国の古典や武士道の徳目を組み合わせ、若者を鍛えていた。

一九〇〇（明治三十三）年に新渡戸《にとべ》稲造《いなぞう》が英語で著した『Bushido:The Soul of Japan』が、世界の指導者に愛読されたのは、信義、勇気、仁、礼、克己、忠義、名誉心などを普遍の徳目として紹介していたからである。

府立台北高校から京都帝国大学に進んだ故李《り》登輝《とうき》元総統は著書の中でこう語っている。

> 戦後、台湾に戻ってからも、新渡戸先生をはじめとする日本の大先達たちが、いかに真剣かつ真摯に台湾の経済的自立のために献身的な努力を捧げてくださっていたかが痛いほどよくわかり、本当に日本文化のもとで基本的な教育や教養を受けてきて良かったなぁ、としみじみ思い返したものです。特に、新渡戸先生が『武士道』の中で強く強調している

「信」や「義」や「仁」といった徳目は、その後私が台湾の総統となって「新・台湾人」を率いて新しい国造りを推し進めていくうえでの、またとない大きな心の支えとなりました。

（『武士道解題』李登輝著より）

日本の文化に精通している人ともなれば、「花は桜木、人は武士」とすらり口にしたりする。居ずまいを正し、生真面目な顔をしながら「日本にまだサムライはおりますか？」と質問するのは、人としての道を天下に示せる指導者が果たしてまだいるのか？　と日本人に問うているのだ。

東部の宜蘭《ぎらん》県に住む李英茂《りえいも》（76）さんもサムライに憧れる一人だった。野球帽とジャンパーの代わりにかつらと裃《かみしも》をつければ、そのまま忠義な家老役で時代劇に登場できそうな英茂さんは、教員歴四一年。実直な笑顔と折り目正しい所作から、今までの人生が透けて見えている。彼が武士道をきわめたいという気持ちになったのは、李登輝元総統の著書『武士道解題』を読んだことがきっかけになった。短歌は（武士のたしなみ）として、「古稀を過ぎてから独学で始めました」。

二〇〇五年の六月、愛知県で開かれた「愛・地球博」から帰ったばかりの英茂さんを宜蘭県に訪ねた。駅まで出迎えに来てくれた七十六歳のトオサンは、雑踏の中でひときわ背筋を伸ばして、〝気をつけ！〟の姿勢で立っていたことを今でも憶えている。

駅前から車に乗って市内をまわった。宜蘭県は美しい。

2004年に訪台した石原東京都知事に、宜蘭県の歴史を説明する李英茂さん（写真右端）

晴天の日は沖縄県の与那国島《よなぐに》が水平線にぽっかり浮かんで見える長い海岸線、西郷隆盛の子供が庁長（県知事に相当）をしていた明治時代に、堤防がつくられたという宜蘭河、豊かな水をたたえた水田、背後にそびえる青灰色の雪山（註・日本時代の次高山）。それらが調和して、端正な田園風景を生んでいる。「ツギタカヤマは、昭和天皇が皇太子時代に台湾を行啓されて命名されましたよ」

英茂さんは要人の案内を頼まれるだけあって、郷土史の説明によどみがない。

退職してから今日まで、〝郷土に恩返しをするため〟、一日の休みもなくボランティアに励んでいる。「台湾民主運動館」の館内ガイド、日本語を習う人々のための童謡指導、県史館では資料整理や書籍の翻訳を担当し、急な依頼にこたえて、徹夜で翻訳をすることもある。

ボランティアに精を出すのは「幸せだった日本時代の教育のおかげ」と強調する。父親が総督府の法院書記官をしていたことや、家族全員が日本語を話す〝国語家庭〟に育ち、幼稚園から中学校まで日本人として教育を受けたというから、確かに日本の教育が大きく影響しているだろう。だが、彼の公徳心は、やさしい父親としつけに厳しい母親のいる家庭から生まれたものではないだろうか。

二〇〇四年十月には、当時の游錫堃《ゆうしやくこん》行政院長（日本の首相にあたる）からじきじきの要請を受けて、来台した石原慎太郎東京都知事の通訳ボランティアを引き受けた。

その日、英茂さんは台北で都知事一行を出迎え、翌晩の歓迎晩餐会では行政院長の隣に座って通訳を務めた。歓談が進むうち、あるシンポジウムに出席した際、敬愛する李元総統に捧げた短歌を都知事にも披露することになった。

諄々《じゆんじゆん》と武士道の義を説き諭し
桜の民をも導き給う

「石原都知事は、うんうん、と嬉しそうにうなずいてくださいました」

このエピソードを語る英茂さんは、感激がよみがえったのか顔が紅潮した。

太平洋戦争の末期に、特攻隊の基地として使用されていた飛行場の跡地にも立ち寄った。今はただ草が背丈ほど伸びてしずまりかえっている中、トオサンは万感の思いをこめて、自作を朗々とそらんじる。

　翼折れ護国の華と散りし君
　南海の雲赤く染まりて

「宜蘭は昔から文武盛んな土地柄でしたから、〝台湾のサムライ〟をたくさん生んでおります」

　彼にとっては、特攻隊の少年兵も、南方の戦地で壊滅寸前の日本軍を援護した高砂義勇隊も、故郷が生んだ民主運動の先駆者たちも、白色テロの犠牲となって従容《しょうよう》と刑場へ引き立てられた多くの市民も、台湾の民主化を推進した李登輝前総統も、みんな武士道精神にあふれた台湾のサムライなのである。

　後日談として付け加えておくと、李英茂さんは宜蘭県を訪れる日本人訪問者に対し、初代宜蘭県庁長を務めた西郷菊次郎の史蹟案内や日本時代の資料の翻訳など、日台間の相互理解及び友好関係の促進に貢献したことが評価されて、二〇一九（令和元）年に旭日双光章を授章している。

第二章　異郷のサクラ

花に寄せる心情

サクラはヒマラヤ地方が原産と言われる、バラ科サクラ属の落葉樹である。アジアだけをみても、インド、ミャンマー、中国、朝鮮半島、そして亜熱帯、熱帯に属する台湾にもサクラは春を運んでくる。

花の時期は地域によって幅があるものの、だいたい一月から三月まであでやかな景色が楽しめる。まず、旧正月の前にカンヒザクラ（寒緋桜）のつぼみがふくらんで、緋色の小さな鈴のような花が開花する。「タイワンヤマザクラ」と日本統治時代は呼ばれていた自生種である。昔は「ヒカンザクラ」（緋寒桜）とも呼ばれていたが、「彼岸桜」（ヒガンザクラ）とまぎわらしいために、現在は「カンヒザクラ」という呼び名に統一されている。真っ青な空を背景に、沖縄の早春を彩るサクラは台湾と同種と言っていい。二月に咲くカワヅザクラも、カンヒザクラと同系なので、台湾にも根づいている。カンヒザクラより花が大きく見栄えがあるので、各地で盛んに植樹されている。

このほか、中部の霧社の山の中に真っ白な花を咲かせる自生種がある。こちらを「ヤマザ

戦前の竹子湖測候所跡と、日本人が植えたカンヒザクラ。あでやかな花の色から「キティちゃんのサクラ」と呼ばれている。開花は１月末～２月初旬

大正時代に植えられた阿里山のヨシノザクラ。1940年頃の絵はがきより

クラ」と呼ぶ人もいるが、日本統治時代から「ムシャザクラ」（霧社桜）として知られている。樹齢が長く大木になるため、満開になった山々を遠くから眺めると、白く霧がかかっているように見える。霧社という地名にふさわしいサクラだ。二月頃に開花するムシャザクラは、山奥の村々に雨期が近いことを告げるのである。

三月に入ると、こんどは日本から持ち込まれたヨシノザクラ、オオシマザクラ、フジザクラなどのつぼみが各地でふくらみ、清明節（旧暦の春分から一五日目。だいたい四月五日前後に当たる）の迎え火には、花吹雪のなごりが奥深い山に残っていたりする。

ところで、この二十年ほどで台湾には日本風の花見の習慣がすっかり定着した。春節（陰暦の旧正月）休暇の前になると、新聞や雑誌やテレビはいっせいにサクラの開花状況や花見の愉しみ方、サクラにちなんだ新しいスイーツの紹介などの情報を流すようになった。台湾のテレビから流れるサクラの開花速報を見ると、日本にいるような気分にさえなってくる。

花の季節を待ちわびていた人々は、各地のサクラの名所へと急ぐ。北部から代表的なスポットを並べると、台北市郊外の大屯山一帯（陽明山や竹仔湖を含む）、タイヤル族の里と温泉でも知られる烏来、西部の苗栗、三芝、新竹、東部の太平山、中部の日月潭、埔里、霧社、武陵、阿里山などなど、年々その数は増えている。中には、台北郊外の北投のように、住民たちが率先して苗木を植え、自分たちでお花見スポットをつくりだしたところもあるほどだ。

台湾の人々のサクラを愛でる様子もずいぶん変わったものだ。私が台湾に通い出した一九九〇年代の初めは、満開のサクラの花の下を、ただ、そぞろ歩きをして楽しむ人がほとんどだった。公園のベンチで野点のように香り高い烏龍茶を淹れて、花を観賞しているグループを見かける程度だったのに、今は、日本の花見風景とあまり違わない。いかに台湾の人々が日本文化と親しみ、その象徴としてのサクラを戦前から愛してきたかがよくわかる。それが表面的な花の美しさへの賞賛なのか、それともトオサンたちに見られるような、人生をサクラに重ねた内省的な憧憬なのか……。

江戸時代の国学者が、サクラを日本固有の花と考えるようになってから、日本人独特の美意識である、はかなくうつろう美しさや散り際の潔さをサクラの花に重ねて観念的に「桜」＝日本を論じるようになっていった。

しきしまの大和心をひと問はば
朝日に匂ふ　山桜花

本居宣長《もとおりのりなが》（一七三〇―一八〇一）のこの一首は、ヤマザクラの美しさをみごとに表したものだが、時代が下るといつのまにかサクラは大和魂のシンボルへと昇華し、二十世紀に入ると、日本の国花として、武士道の象徴として、海外にも知られるようになっていく。さらに、昭和になって軍国主義が時代を支配すると、サクラの花の散り際にいさぎよい死を重ねて美化する風潮が定着してしまった。

一八九五（明治二十八）年、日清戦争の勝利により日本は台湾を領有した。近代国家を目指し、富国強兵政策をとっていた明治政府は、欧米各国に対抗して台湾の植民地経営に乗り出した。まず、ショウノウの原料となるクスノキや優れた建材のヒノキを求めて山地に分け入った日本人は、一九〇五（明治三十八）年、竹子湖一帯に自生するカンヒザクラを、一九〇七（明治四十）年には、日本のヒガンザクラ（彼岸桜）に似た白いムシャザクラを発見した。そこで、北部の大屯山《だいとんざん》（現在の陽明山）、東部の太平山、中部の日月潭や霧社や、阿里山などに、盛んにサクラの植樹を試みた。官民一体となった努力が実り、大正末期には阿里山へのお花見ツアーが人気を博していたほどだ。

しかし、日本が敗戦を迎えると、台湾でも朝鮮半島でも、サクラは次々に切り倒されてしまう。先の戦争を起こした日本の帝国陸海軍はお国のためにいさぎよく死ぬことを桜花にたとえていたため、軍国主義の象徴だと一身に恨みを買ってしまったのである。台湾では、薪《まき》の材料や道路工事のために伐採されたり、漢方薬の材料として樹皮をはがされ、立ち枯れになってしまったものが相当数あったらしい。蔣介石の政権下（一九五〇～一九七五）では、中華民国の国花とされるウメの植樹が優先されたので、サクラはいっそう影が薄くなってしまった。

それでも戦前の日本教育を受けたトオサンたちは、「桜。日本的なもの」を忘れなかった。「台湾歌壇」の歌詠みたちは、うつろう花に自分の気持ちを映し込んでいる。

デパートで昔の菓子を買ひ求む匂ひなつかしき櫻もちなど　鍾春恵
台湾に日本の心を尋ねんと来し人らと唄ふ同期の櫻　黄華浥
東京の花の便りに触れたれば想ひは遥か御苑の櫻　許育誠
風と共に南洋ざくらの花びらが立ち盡くす人の心撫でゆく　林碧宮
桜花《はな》散りて静まりわたる山野辺を惜しむ春風吹き渡りゆく　游細幼
弟よ散るも残るも櫻花いづれの日にかみ佛のもとへ　蔡焜燦

サクラは二つの国の心を結び、トオサンたちの戦後にひっそりと寄り添って、今日まで咲いてきたのだった。

台湾の花咲爺さん

台湾の中部に、日本のガイドブックにはおよそ載っていない花見の名所がある。南投県埔里《ほり》鎮から、山あいの霧社までを結ぶ埔霧公路《ほむこうろ》だ。一月末になるとカンヒザクラの緋色《ひいろ》が、長いリボンのようにゆらめき、はためきながら全長二一キロメートルの道路をかけあがる。たったひとりのトオサンが、二十数年かけて黙々と植えてきた三千数百本の並木。

役所の手も借りず、周囲から変わり者扱いをされてもなお、ひたすら続けてきた植樹。

私がその話を知ったのは、二〇〇四年に台北市に住んでいたときだった。いつも台湾語の通訳でお世話になるトオサンのひとり、葉英晋さん宅で、マガジンラックに入っていた『経典』という雑誌を何気なくぱらぱらとめくっていたら、満開の桜の元で微笑む老人の写真に目がとまった。タイトルを見ると、〝霧社の桜道。王海清という一個人が植えた三千本の桜の物語〟とある。

三〇〇〇本も？　何のためにサクラを植えたのだろう？

そこで、「いろんな人が台湾にはいるんですねえ」と葉さんに声をかけると、彼は即座にこう言った。

「そうよ、彼は台湾の花咲爺さんよ！　興味あるの？　埔里行ってみるか？」

珍しく、透明感あふれる風が朝から吹いていた。ようやく気温が三〇度を下回るようになった十一月の初旬、私たちは、台北市から埔里へ向かうバスに乗り込んだ。

清代から理蕃（山地の原住民を教化、平定させる）政策の前線基地として拓《ひら》けた埔里は山紫水明の地。山から湧き出る水の良さが紹興酒、キノコ、山菜など豊富な特産物を産んでいる。一九九九年の「九・二一中部地震」に襲われたものの、市内はとっくに傷跡も癒え、防災のための植栽も進み、暮らしやすさがあふれていた。

私たちは、地勢学上の台湾中心点にあたる「中心碑」が建つ公園で待ち合わせをしている。

入り口付近には名物の焼きサトウキビや焼き芋の屋台が集まっていて、台北とはまったく別の、ひなびた時間が流れていた。

小柄な老人が身体を引きずり、すり足で近づいてくる。〝花咲爺さん〟の王海清《おうかいせい》さんだった。約束の時間のずっと前から、路傍のベンチに座って待っていてくれたらしい。

遠来の親戚を出迎えるような笑顔。赤銅色の肌に、紺色のベロアの上着とニットの鳥打ち帽がよく似合っている。のどかさを着ぐるみしているような人だ。

「ワタチ（私）の日本語うまくない、もう忘れたよ。家がビンボーで勉強させてもらえなかった」

握手をしながらすまなさそうに言う。

「だいじょうぶ、よくわかりますよ」と応じると、小鼻をちょっとふくらませて瞳をくりくり動かし、ほっとした表情をする。

昼食をとる頃には緊張がとけたのか、サクラへのつのる思いが底引き網になったのか、記憶の底に沈んだ言葉をすくいあげては、目の前に並べてくれた。それが当時八十三歳だった台湾の花咲爺さんとの、初めての出会いとなった。

霧社への旅

昼食後、廬山《ろざん》温泉行きのバスに乗って霧社へ向かう。約四五分の小さな旅である。乗客は、街へ買い出しにやってきたタイヤル族の人々がほとんどだ。マレー系やポリネシアの島民に似た顔だちのお年寄りが、日本人のような日本語で声をかけてくる。

「どっからきたの？　ほう、タイホクか」

七十八歳だという老人は、台北（タイペイ）を日本語風に「タイホク」と発音した。

両側から屋台があふれかえっている目抜き通りを過ぎると、いつしか畑に変わり、埔霧公路が始まった。ゆるい上り坂の左手に、渓流が白い波頭をちらつかせて伴走する。川岸に沿って、観光養蜂場、温泉旅館、種苗園、ペンション風の民宿が次々に現れる。「清流小瑞士」（清流の小スイス）、「夢幻山村」「箱根」など、どれも泊まってみたくなるネーミングばかりだ。

「これ、これもよ、ワタチ（私）が植えたサクラよ」

いきなり、海清さんが身を乗り出して路肩を指さした。

花の季節でないためわかりにくいが、カンヒザクラの木が数メートルの等間隔で植わっていた。すでに落葉の始まった黒っぽい枝が、真っ青の空に伸び、周囲の景色に心地よい緊張感を与えている。

並木が突然途切れるのは、沿道の地権者の許可が得られず、植樹を断念した土地があるためだ。しかたなく私有地を避けて、路肩や切り通しの崖に突き刺すように植えるので、道路に対して鋭角に枝を伸ばしているサクラもある。手作りの並木からは、複雑に入り組んだ地権者の実態が見え隠れした。

心ない観光客や種苗業者が、苗木を引き抜いて車で持ち去ってしまうという被害にも時々遭う。最近サクラの人気が出てきて高く売れるからだろうと、海清さん。のどかな風景に似合わぬ、せちがらい話ではないか。

「別の場所で花を咲かせていると思えば悲しくないよ、盗まれたらまた植えればいい」

苗木が持ち去られるのは、神の恩寵のおすそわけ、とでもトオサンは言いたげだ。


バスはつづら折りの山道をだいぶ高くまで登ってきた。勾配が急になり、地平線はいつのまにか中央山脈にとって代わり、山の頂きが天とせめぎ合っている。青灰色の峰にかかっているのは、白いもやだろうか。

「もやでないよ、あれはムシャザクラよ。今頃咲く木もたまにあるが、ふつうは二月に咲くよ」

エドヒガンの一種であるムシャザクラは、れっきとした台湾の原生種である（日本でムシャザクラと呼ぶタカサゴとは別）。暦を持たなかった原住民が、昔から雨期を告げる花として大切に保護してきたため、奥山にまだ自生している。

切り通しの崖の淵から枝を四方に伸ばす大木が現れた。海清さんは「あれ、あれ」と、私によく見るように促した。

「日本人が植えていったサクラよ。今もちゃんと花をつけるよ」

少し声がうわずっている。何度も首をねじって振り返るこの木には、特別な思いがあるらしい。

やがてバスは、一九三〇（昭和五）年に起きた抗日武装事件、霧社事件の記念碑を左手に見ながら、ゆるやかなカーブを曲がって郷公所（役場）の付近に停まった。バスから降りると、空気はひんやりしてかすかにたき火の匂いがした。

霧社は、北緯二四度、東経一二一度一五分に位置し、標高約一二四八メートル。周囲を三〇〇〇メートル級の中央山脈に囲まれた小さな村だ。東西を二つの渓流が流れ、合歓山《ごうかん》から降りてきた尾根が村を貫通してから南へ下る。地名そのままに霧が立ちやすく、幻想的な雰囲気をかもし出している。霧社とその奥に広がる中央山脈の村々は、古くから原住民たちの居住区であったが、三〇年ほど前からリゾート開発が進んで、温泉地や観光農場が都会人を惹きつけている。

村の目抜き通りは徒競走の距離しかなかった。商店街といっても、旅館、工具店、コンビニエンスストア、パソコンショップ、いくつかの小さな食堂、雑貨店、衣料品店が固まっているだけ。そのうち三店舗は王海清さんの息子さんたちが経営している。霧社の〝東急ハンズ〟とも言うべき工具店は、次男の圳結《しゅうけつ》さんが店主だ。私たちはその店に入り、廬山《ろざん》で採れた高山茶のもてなしを受けた。

海清さんはつやつやした頬にお茶をふくむと、目を細くして味わう。それからゆっくりと言葉を引っ張り出してきた。

「公学校での六年間がなければ、今のワタチ（私）は絶対にないよ」

「…………」

いきなりの告白にとまどった。どのように返事をしてよいのやらわからない。茶碗から立ち上るフローラル・ブーケが、ボルトやパイプや工具類の間をゆらゆらと流れていく。

「兄さんも姉さんも弟も、学校へ行かれなかったからビンボーのままだった。他人の田んぼ耕して、一生を終わったよ」

トオサンの哀しみが、遠い記憶の中で一陣の風となって舞い上がる。

最底辺に生きた少年

王海清さんは、王主信《おうしゆしん》を父に、呉毛《ごもう》を母として、一九二四（大正十三）年九月十日、中部の台中州、新高郡魚池庄《にいたかぐんぎよち》（現在の南投県魚池郷）の貧しい農家に生まれた。五人兄弟の次男坊であった。

海清さんが生まれた年の一月二十六日、東京では関東大震災によって延期されていた皇太子（後の昭和天皇）と久邇宮《くにのみや》邦彦王の長女良子《ながこ》女王の成婚式が行われた。前の年に東京を襲った関東大震災の復興ムードにつなげようと、政府は皇太子の成婚式をそれは盛大に祝った。台湾も内地と同じように、祝賀行事や提灯行列を、地域や学校ぐるみで行っている。

大正時代の末期といえば、日本が台湾統治を始めてほぼ三〇年。各地の反日抗争はすでに鎮圧され、財政もようやく安定してきた時期である。総督府は治水工事や鉄道、電力発電など大規模な事業を次々行い、今後の工業発展に期待をかけていた。都市部に日本人経営の百貨店が進出し、話題をさらったのもこの頃である。

しかし、地方に目を向ければ貧富の差が開き、総人口約四〇〇万人の六〇パーセントを占めていた農民の生活はひどく苦しかった。総督府の御用商人と結びついて、米やサトウキビの移出（日本の内地へ送ること）で大もうけする地主もあるにはあったが、ほとんどが製糖会社の小作制度、耕作資金の前貸し制度、作付け指定地域の制限や農産物の価格制にしばられて、社会の底辺を右往左往していた。彼らは土の上に産み落とされた、宿命的な弱者だったのである。

しかも王海清さんの生家は最貧層だ。倒れかかった小屋に一家七人が寝起きしていた。畑を借金のかたにとられてしまった父親は、他人の農地へ出かけて日雇い仕事をするしかなかった。

海清さんが四歳のとき、母親が三十一歳の若さで病死する。上は十三歳の長女から、末っ子は一〇ヶ月になったばかりの五人の子供をかかえて困り果てた父親は、親戚に頭を下げてまわった。

「おまえみたいな甲斐性なしのところに、後妻なんか来るわけないだろう」

最初は冷たくあしらっていた親戚も、子供たちの窮状を見かねて埔里の農家から離縁されたばかりの女性を連れてきた。台湾では、夫が亡くなってからも再婚をせずに、婚家で子供たちと過ごすのが慎ましい女性の生き方だったが、後妻に来た女は、嫁ぎ先から追い出されて行くあてもなく、三人の子供を連れて一家のもとへ転がり込んできた。そんな境遇の女さえも、一家の赤貧ぶりにはあきれ、あてがはずれたとでもいうようにすぐに行方をくらませてしまった。

海清さんが六歳の時に、金貸しの紹介で二番目の後妻が埔里からやってきた。酒とビンロウ（註・ガムのように噛むビンロウヤシの実）が好きなてん足をした女性で、前夫との間に十五歳になる長男がいた。その子供はすでに埔里の歯科医院で下働きをしていた。後妻がやってきたことで、海清さんの一番上の姉は十五歳になるかならずかで、遠くの街へ家事奉公に出て行った。

継母は、海清さんら夫の連れ子にはまったく愛情を注がなかった。その上、自分がてん足であることを理由に、家事一切を子供たちにおしつけた。六歳の海清さんに向かって継母は、明日から家族のために働くことを言い渡した。十一歳になっていた兄は山へ分け入って薪拾いを、八歳になっていた二番目の姉は洗濯と炊事を、三歳の弟まで牛の見張りをさせられた。

「おまえはもう一人前だ、しっかり働くんだよ」

子供は小さくうなずいて、けなげにも童心にフタをした。

夜の明けぬうちから家を出て、牛の世話、草刈り、もみがら干しなど、雇い主の求めに応じて休みなく働く。はびこるカヤや切り株ですぐに手足が傷つき、炎天下で働くうち汗が噴き出して、傷がきりきり痛んだ。雇い主から食事をもらって家に戻る頃には、全身がふるえ、気を失うように眠りこける毎日だった。

同じ頃、内地（日本）の農家も追いつめられていた。経済恐慌や東北六県を襲った米不作により娘の身売り、母子心中が相次いだ。

しかし、サトウキビ、米、茶、果物、麻などの生産と加工に従事する台湾の農民は、それ以上の窮状が日常化し、食うや食わずの生活が当たり前になっていた。特に幼児死亡率と児童酷使の問題は深刻だった。統治時代の生活史をまとめた竹中信子さんが、貧しい農家に生まれた女の子の悲哀を書いている。

貧しい親の犠牲になって、年端もいかぬ幼い頃から売られ女奴隷として下女勤めをする。生みの親も兄弟もありながらその愛情に接することができず、永久に金で縛られた身の上は瞬時の自由も与えられず、朝から晩まで扱《こ》き使われ、些細な粗相でも青竹の折檻にあうのである。遊ぶことも許されず、主婦の前で身を粉にして働く、この主婦の虐待を受ける媠媒嫺《ツアボオカン》の悲哀は、とうてい内地人に想像できないところである。

（『植民地台湾の日本女性生活史2　大正編』より）

あまりの生活苦に農民が抗議をしても、すぐに警察が鎮圧した。活動家たちが彼らを救おうと、さまざまな啓蒙運動や農民組合を組織しても、ことごとく総督府の弾圧に遭い、共産主義者として逮捕されてしまう。台湾の農民たちは八方ふさがりの状況で、土にへばりついて生きていたのである。

学校に行きたいと流した涙

ここで総督府が実施した台湾人のための初等教育について、少し説明をしよう。

植民地の台湾で、本格的な初等教育が始まったのは日本の領土となった翌年の一八九六（明治二十九）年から。

初代の学務部長を務めた伊沢修二（一八五一～一九一七）は、台北市郊外の芝山巌《しざんがん》に国語伝習所を開設して、新しい領土の国語教育に情熱を燃やした。しかし、一年もしないうちに六人の教師が匪族《ひぞく》に殺されるという悲劇が起きる。伊沢修二は二年ほどで台湾を離れ、その後は、一八九八（明治三十一）年に民政局長となった後藤新平が、学制の改革と整理に着手していく。後藤は、それまでの「国語伝習所」（一部を除く）を「公学校」に変えた。公学校とは、本島人（台湾人）の子供たち専用の教育機関で、内地人（日本人）は小学校に通学した。どちらも六年制であるが、公学校の就学年齢は、地方の事情に合わせて、ゆるやかに設定してあった。

一方、原住民の子供たちに対しては、各地で理蕃（原住民を教化し、恭順させる）政策にあたった警察官が教育も担当した。

一八九八（明治三十一）年に公布された「公学校令」によると、その教育方針は「本島人の子弟に徳政をほどこし、実学を授け、国語に精通させ、国民たる性格を養成すること」（公学校規則第一条）とある。国語の学習をとおして日本精神（勤勉、正直、礼儀、規律、清潔、公徳心など）や日本の文化を子供たちに教え、〝立派な日本人〟にしたてようとした総督府の考えがよくわかる。同じように、朝鮮半島の子供たちも一九一一（明治四十四）年公布の第一次「朝鮮教育令」から、日本人としての教育を受けるようになる。

「教育勅語」の導入は、初代学務部長の伊沢修二や第三代の台湾総督乃木希典《のぎまれすけ》（在任期間は一八九六〜一八九八）が意欲を見せたように、早くから検討されていた。しかし、言葉の問題などから反対が根強く、実施は容易ではなかった。そのため、明治から大正期にかけては、その精神をできるだけ教科書に取り入れて指導したにすぎなかった。「教育勅語」そのものが、あまねく教育現場に取り入れられるようになったのは、まだ先のことである。

一九二二（大正十一）年には、内地との格差を正すことを目的に「新台湾教育令」が公布された。国語の上手な台湾の子供たちは、内地人（日本人）が通う学校に通学できるようになったのである。それまでは親のどちらかが日本人の児童か、内地に留学をしたことのある子供に限り、厳しい審査のうえで入学させていたことを考えると、たしかに進歩ではあった。しかし、定員をクラスの三分の一以内としている点に、是正の限界がうかがえる。〝一視《いっし》同仁《どうじん》〟（すべての人間を平等に見て、同じように思いやりの心で接する）はしょせん「平等」を目指すものではなく、「同化」のためのかけ声だったと言われてもしかたない。

海清さんの故郷の魚池《ぎょち》や埔里を含む台中州の公学校就学率はどれくらいだったのだろう？

彼が学齢期に近づいた一九三〇（昭和五）年の統計を見ると、男の子一八・七パーセント、女の子九・一四パーセント（『臺灣學事一覧』台湾総督府文教局刊）という数字が出ている。毎日登校する義務もなかったので、学校へ通ってくる児童の数は、統計に表れている数字よりも少なかっただろう。内地人専用の小学校や原住民の子供たちが通う学校が官費で運営されていたのに対し、漢人系の本島人が通う公学校は運営費の負担が一部父兄にかかったことや、儒教の影響がまだ強く残っていたので女の子は勉強の機会を奪われていたことが、就学率の低さにつながっていたと思われる。就学率が七〇パーセントを超えるほど上がったのは、義務教育が実施された一九四三（昭和十八）年以降のことだ。

八歳を過ぎた頃、王海清さんは学校へ行かせてほしいと恐る恐る両親に願い出た。七歳になった遊び友達が学校に通い始めたのを知っていたのだ。両親は日々の生活に疲れ果て、子供の向学心に気づこうともしなかったのである。幼いながら、最貧層から脱出する方法を考えていた彼が見つけた答えは、公学校入学を果たすことだった。

「みんなに迷惑かけないよう仕事もする。一生懸命子守りもする」

「学校だと？　何の話だ？」

父親は薪割りの手を止めた。

「このばかったれ、百姓に学問なんていらねんだ！」

干した芋ヅルを煮ていた継母は、少年を平手で打ちすえた。

「金もうけできるようになりてんだよう、行かせてくれよう」

海清さんは必死で懇願した。次の日も、その翌日も思いあまって何度も頼んだ。すると、継母はうるさく思ったのか、こんな約束をした。

「来年になったら行かせてやろう。それまでは辛抱するんだよ」

一年が経ち、二年が経ち……。彼が十歳を過ぎても、両親はいっこうに約束を果たそうとしない。少年の背丈はすでに継母と同じくらいになっていた。

一九三六（昭和十一）年、ある春の日、田んぼで農作業をしているとよそゆきの服を着た息子を連れた親戚が目の前を通る。入学手続きのため公学校へ向かうところだという。海清さんは反射的に田んぼを飛び出した。

「びっくりしたなあ、何ごとだ？」

その親戚は、泥まみれで、裸足《はだし》の少年をまじまじと見つめた。

「オジサン、おれ学校へ行きたいんだ。頼む、連れて行ってくれ」

「アパー（お父ちゃん）やアブッ（お母ちゃん）に言ったのか？」

「言っても聞いてくれないからオジサンに頼んでいるんだ」

「おまえ、ほんとうに勉強がしたいのか？」

「ああ、金もうけしてみんなを楽させるんだ」

「よし。それなら、連れてってやろう」

少年は仕事を放り出して後を追った。どうしても学校に行きたかった。

魚池の公学校で親戚が保証人となって入学手続きを始めたところ、やはり親の同意を示す判が必要だと教頭が言い出した。そこで海清さんは走って家へ戻り、両親の留守をよいことに印鑑を無断で持ち出して学校へ。入学手数料の二〇銭は、その場で親戚に借用書を作ってもらい、少年が自ら借り受けた。

両親の説得にあたったのはくだんの親戚と近所の人々である。

「ひとりくらい、字が書けたり算術のできる子供がいれば、助かることもあるだろう」

と親戚が言えば、

「野良仕事さぼられちゃたまらないよ」

と継母がやり返す。

「この子は賢い子なんだから、学校に行かせてやれ」

「勉強させてみろ。だめならそのとき考えればいい」

と近所のおじいさんたちが加勢する。

「自分の名前が書けるようになるまでだぞ」

ようやく両親は承知をしたが、今まで以上に家事や野良仕事をするという厳しい条件つきであった。

こうして海清さんの夢は叶い、十一歳のときに埔里鎮魚池公学校へ入学した。この日から、両親や兄弟とは別の人生が、彼の前に開けたのだった。

公学校の入学を果たした海清さんは、ひときわ向学心が強く、どちらかといえば特異なケースだろう。困窮家庭の子供たちのほとんどは、各村落に総督府が開いた無料の「国語講習所」へ通うことがせいぜいだった。基本的に十二歳から二十五歳までの国語を話せない庶民が、農繁期を避けて授業に通い、二年間のうちに国語、簡単な算術、唱歌、体育、裁縫などを習う施設だ。総督府はこの講習所を全国すみずみに建てて、全人口の半分が国語をしゃべれるようにする十ヶ年計画を、一九三一（昭和六）年に公表している。無料だったおかげで、総督府の思惑通り入所者数は年々伸びていったが、日本語がどれほど身についたかは疑わしい。

公学校の教えは宝物

昭和の初めの公学校では、国語、修身、算術、日本史、地理、読書、音楽、体操、裁縫と実科が教科目、漢文が随意科目になっていた。公学校を終えたらすぐに実社会に出られるように、二年制の高等科も設けてあった。年々高まる中学校への進学熱の、受け皿となっていたのが実情のようである。

公学校の授業が、内地人児童を対象とする小学校と違うのは、国語の授業時間をたっぷりとって、会話力と日本精神の養成と近代知識の吸収に重点を置いている点だ。

内地では、一九三三（昭和八）年から、カラーのイラスト入りの、「サイタ　サイタ　サクラ　ガ　サイタ」で始まる〝サクラ読本〟に切り替わっていたが、公学校ではすべての教科にわたって、総督府が編纂した独自の教科書を使った。『公学校国語読本』は、話し言葉を優先して、表記と発音を同時に覚えられるよう、また、風土や習慣の違いを取り入れて子供たちが抵抗なく学習できるように工夫してあった。

なお、台湾の小学校のみ、内地と同じ教科書を使うようになったのは、一九三六（昭和十二）年からである。

　低学年は台湾人の教師が担当し、カタカナの習得と会話に力を入れた。口頭で日本語練習をしばらくした後、初めて教科書のカタカナを目にして、海清さんは今までにない高揚感を覚えた。ページをめくると、ふだん目にする植物や動物がさし絵になっていて、何がそこに書いてあるのかすぐにでも知りたいと胸が鳴った。向上心の強い少年は、一年も経たぬうちにカタカナを使って自分の名前が書けるようになった。

　公学校へ入学した翌年、海清さんが十二歳のとき、遠縁の農家が父親を作男として雇ってくれることになり、一家は埔里へ引っ越した。

　小さな魚池村とは違って転校した埔里南公学校は、周辺からたくさんの子供が通ってきていた。裸足で通学してくる児童は海清さんくらい。ズック靴や日本式の下駄をはいてくる子供がほとんどだった。

　上級学年になると日本人教師に代わった。国語読本はひらがなと漢字混じりになり、内容はそうとう高度になる。たとえば、昭和七年発行の『公学校国語読本巻十一』（四年生用）を開いてみると、全二五課のうち、ミツバチ、ヤドカリ、フカ、阿里山の森林など、台湾の自然を扱った科学風の読み物と偉人のエピソード、歴史物語や民話が大半を占め、そのほかは生活習慣をわかりやすく説いた物語で構成されている。

　砂防林をつくった江戸時代の役人の話は、風の向きや土壌を調べるなど、いかに科学的に工夫して人々に役立つ事業をなしとげたかという点を強調している。一九二三（大正十二）

年に摂政の宮だった皇太子が台湾行啓《ぎょうけい》したときのエピソードもある。視察先の製糖会社で、竹材を使った簡易休憩所のひと隅から新芽が出ていることを皇太子が指摘。それを社員が大切に育て瑞々しい竹林にした。これを皇恩に報いる話として紹介している。修身や国語の読本からは愛国、勤勉、公徳心など、日本人の心がまえと科学の心を、日々の生活指導からは日本式のお行儀や習慣を習い、子供たちは国語を肌で感じながら日本人になるよう努力を続けた。

彼は学校から戻ると、急いで与えられた仕事を片づけて、寝る前の時間を勉強にあてていたのだが、そのうち継母は灯油がもったいないという理由でランプを取り上げた。しかたなく、日の出とともに教科書を広げ、小枝をエンピツ代わりにして畑の地面に数字を書き、算術の練習を行った。

だが、これほどがんばっても、転校先の公学校ではクラスでの成績が四番目に下がった。自分の名前が書けるようになったのだからもう学ぶ必要はないと、口癖のように言う継母は退学するよう迫ってきた。

「四番だって? 一番がとれないなら学校をやめな。勉強したいと言いながら、ほんとうはうちの仕事をさぼりたいんだろ?」

たとえ良い成績をとってきても、優しくねぎらうことをしない継母は、毎日のように彼をなじった。少年の哀しみは朝露のように芋の葉を伝わり、赤土に落ちるのだった。

だが、負けん気と努力のかいあって、四年生の二学期にはようやく成績が上がり、副級長に選ばれた。

このときの優等賞状を、海清さんは今も大切に保存している。どんなに生活が苦しかったときも、転々と渡り歩いたときもこれだけは手放さなかった。四隅がちぎれ、茶色いシミだらけの賞状。

賞状
第四學年　王海清
(右之) 者成績優等ニ付之ヲ賞ス
(昭) 和十三年三月三十一日
(埔) 里南公學校

＊カッコに入れた文字は破けてしまっている

たった一三文字の文言が、少年に生きる喜びや人生の目標を与えた。そして、彼の人生を支え続けたことは間違いない。

慣例ではクラス一の成績優等生が級長になるのだが、海清さんの場合は身なりがあまりに粗末すぎた。つぎをあてきらぬ破けたままの古着は垢《あか》じみていたし、年じゅう裸足ときている。人前に出る機会の多い級長だと、少年のプライドが傷つくだろうと、教師たちが配慮し

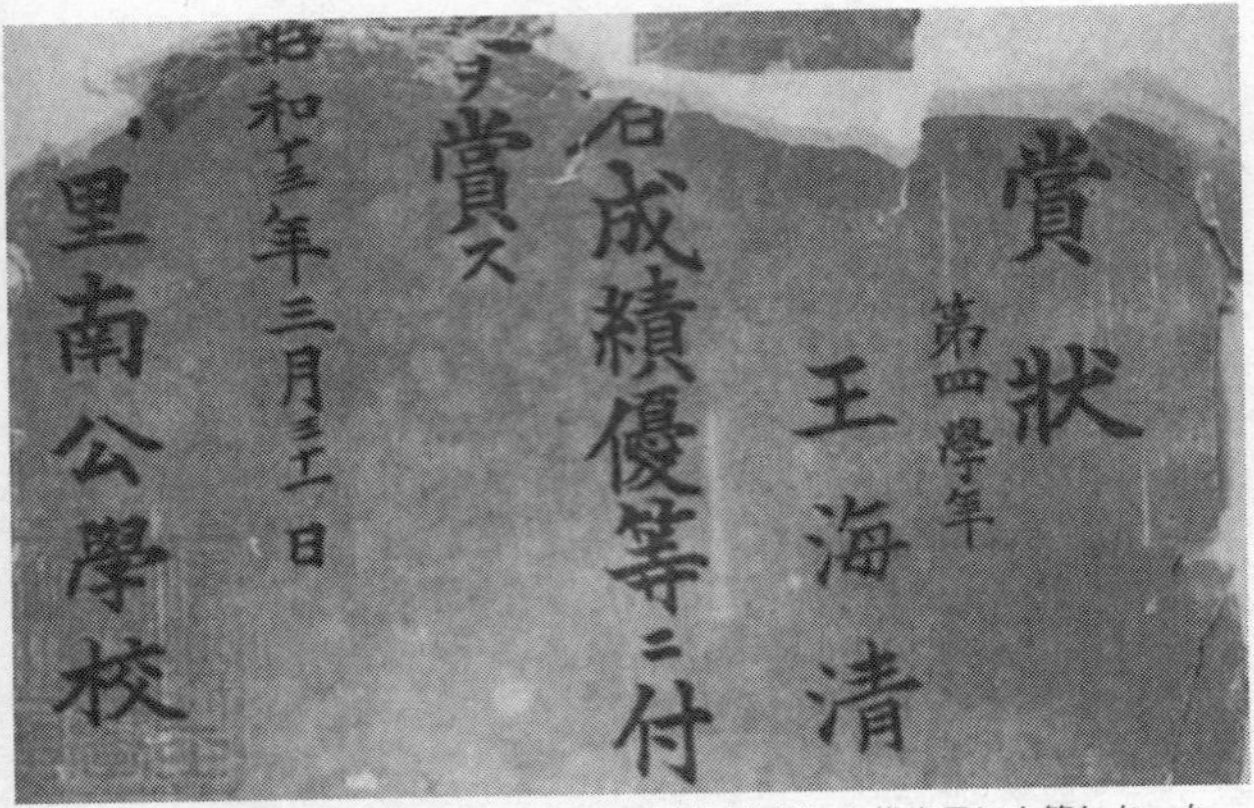
賞状
第四學年
王海清
成績優等ニ付
ヲ賞ス
南公學校

極貧の環境で育った海清さんにとって、優等賞状は人権宣言にも等しかった

た結果の副級長なのだ。少年の家庭事情を熟知していた日本人の渡辺校長は、ある日彼を呼んでいたわるように話した。

「おまえが、クラスで一番成績が良いことは私もわかっている。だが、よけいな苦労や心配をしなくて済むよう、担任の先生はおまえを副級長にしたのだからね」

　自分の能力を認めてくれるうえに、家庭の貧しさについてもさりげない配慮をしてくれる教師たち。弁当を持参できない海清さんにそっと握り飯を分けてくれたり、無学で無理解の両親を説得してくれたり、なにくれとなく少年を励ます教師の慈愛は、かさぶただらけの少年の心に深く浸みこんだ。

　世間からつまはじきされ、相手にしてもらえなかった少年が、負い目を忘れてのびのびと過ごせた場所、努力すれば報われる喜びを実感した学舎《まなびや》、それが公学校だった。少年は、さらに勉強をして金もうけができるようになりたい、世のためになる立派な人間を目指したいと心から願うようになる。

　高学年になって加減乗除の計算ができるようになると、海清さんは一家の小作料の納付を担当し、農家からの駄賃をごまかされることもなくなった。

海軍で学んだ精神力

一九四一（昭和十六）年、十七歳になった彼は、公学校を卒業すると台中州林業試験場埔里分場の種苗科に就職した。初任給は二七円だった。新しい命を育てることが好きだったうえに、幼い頃から大人といっしょに農作業をしていただけあって、林業試験場ではいきいきと働いた。ここで日本人の上司からナシ、モモ、リンゴなどの果物と、スギ、カエデ、ヒノキなどの育種技術をみっちりと教わった体験が、後年、彼の人生に大きな恩恵を与えることになる。

　公学校時代の渡辺校長が埔里の街長（町長）になると、現在の水里《すいり》坑《こう》の町役場に移って造林の仕事についた。街長がひきたててくれたおかげで、中学校卒業者と同等の三三円の高給取りとなって、初めて世間並みの生活ができるようになった。

　この頃から、だんだんに戦時色が強くなり、赤いタスキをかけた軍属が町民の盛大な見送りを受けて出征していくようになる。一九四四（昭和十九）年には、一億総力戦の大号令のもと、大きな力に背中を押されて海清さんも海軍に入隊する。その同じ年に遠縁の紹介で海清さんは、林業所勤めの楊宿さんと結婚した。

「食料の仕入れを担当したよ。軍隊生活？　何も辛いことはなかった。中隊長が親切で、弟や妹にキャラメルを届けてやれと、いつもよくしてくれた」

高雄の海軍基地で、食料管理の任務にあたった小柄な二等兵は、機転がきき、同期生の倍も働くので、半年後、士官の給仕に抜擢された。

一九四四年の十月、中国大陸から飛来した米軍の爆撃機が沖縄と台湾各地を空爆し、迎え撃つ日本軍と台湾沖で激しい空中戦を行う。その頃から空襲はますますひどくなり、誰もが身近に戦争の恐怖を感じるようになった。正確な戦況がわからぬままに、海清さんは米軍の魚雷艇が出没する航路の輸送船乗務を、真っ先に志願したことがあった。

「自分はいつでも死ぬ覚悟であります！　貧しいから何も怖くありません」

勢い込んで決意を述べると、上官はこうさとした。

「真の勇気は正しい道理のもとに発揮せよ」

彼の覚悟は、単なる無謀にすぎないと看破されてしまった。

公学校で日本精神を習い、奉安殿に祀《まつ》られた天皇のご真影に接していたとはいえ、彼の中にまだ「国家」意識は育っていなかった。

「お国のために死ぬ、という考えはそれまでなかったんだよ」

「ほんとうのことを言うと……」

海清さんはくりくりと瞳を動かして、告白をする。

「海外に一度は行ってみたかったんだよ。船が着いた先で金もうけをしたかった。兵隊よりも商売のほうが向いているからね」

「それが志願の動機だったんですか」

海清さんは照れ笑いをする。国家存亡のときさえ、野心を叶えようとする庶民は、したたかでたくましい。

一年に満たぬ海軍生活は、彼にとってカルチャーショックそのものだった。『同期の桜』を大声で歌い厳しい訓練を続けながら、彼はどんな困難にも負けぬ精神力を懸命に学んだ。

運命のサクラ

日本の敗戦後、高雄から埔里へ戻ってきた海清さんは幸運にも元の役場に臨時雇いとして戻ることができた。しかし、職場の雰囲気はすっかり変わっていた。管理職のポストを独占している外省人たちは、林業や山の植生を知らぬばかりか、材木商と癒着して収賄に明け暮れていた。業者が、保護区の樹木を伐採しようが国有地を転売しようが、見て見ぬふりをして私腹を肥やしている。何という世の中になってしまったのだろう。

「外省人は、カネがあって北京語しゃべる人だけ可愛がる。ワタチ、外省人と合わないよ、まったく考え方違う」

北京語もわからず、冷遇が続いた海清さんは、すぐに役場を辞めてしまった。

無職となり、新婚家庭を維持できず困り果てていた彼の目に入ったのは、支配者から敗戦国民に転落した日本人の姿だった。ゴザや戸板を敷いて家財道具やこっとう品を並べ、うなだれて座り込む多くの人々。引き揚げ時の携行品を厳しく制限されたため、着物や家具や書籍は処分するしかなかった人々。

「日本人はとても気の毒だった」

海清さんは、自転車、ラジオ、タンス、着物、ミシンなどを預かり、埔里や台中の市場で売って手数料をもらうことを思いついた。不要品を預かり、安い手数料で換金してくれる彼は、「日本精神がある」業者としてたちまち評判になり、毎日のように依頼がきた。リヤカーがいっぱいになるまで荷物を集め、処分しては金を届けた。

敗戦直後、台湾には約三〇万人の軍人を含む多くの日本人が居残っていた。慣れ親しんだ台湾に残ることを希望する民間人は少なくなかったのだが、中華民国が認めなかったため、のべ二〇〇艘余りの引き揚げ船をピストン輸送して、二年ほどかけて、引き揚げは実施された。やがて日本人が潮の引いたように去ってしまうと、次の商売を考えなくてはならなくなった。

林業試験場で習得した技術を生かして、スギの伐採をしたり、野菜の苗を市場に出荷してみたものの、稼げる日銭はしれている。

その頃、食うや食わずの人間が向かう先が、埔里から二十数キロ山へ入った霧社だった。山ふところを流れる濁水渓《だくすいけい》や碧湖で砂金採りに従事すれば、一攫千金も夢ではない。失業者や引き揚げ者が各地から集まり、バラックを建てて川の周辺に住んいることを聞きつけた彼は、商売のカンが働いた。大根の種も今より売れるに違いない。僻地《へきち》での勤務を足がかりにすれば、金もうけができそうだ。

「埔里の生活をたたんで霧社へ行こう」

そこで、友人に紹介を頼み、林務局の霧社出張所の臨時雇いに応募した。

成功するまで故郷には戻るもんか。妻に決意を打ち明けると、田舎の出身ながら公学校だけは卒業していた彼女は、気丈にうなずいた。


一九四九年一月、三歳と一歳になった子供を水桶と大きな寵に入れて、振り分けにかつぐと、海清さんと妻は霧社へ向かった。薄い布団と家族の着替え、鍋や飯碗を入れたリュックを背負って、妻の楊宿《ようしゅく》さんがあえぎながらその後を追う。汗とほこりにまみれ、一家は漆黒の闇をもがくようにかきわけ、山道を登った。

埔里と霧社を結ぶ道路は、何度修復工事を重ねても山崩れが起きるほどの悪路だった。途中までは乗り合いの車があったものの、最後の長い上り坂は歩いて越えることになる。

日本時代、「人止めの関」と呼ばれる難所をようやく過ぎたあたりだったろうか。息を切らしながら眼を上げた海清さんは、急に力が抜けて膝をくずした。星雲が降ってきたような、満開のサクラが行く手をさえぎった。その昔、日本人が植えたカンヒザクラの大木が、白い月の光を浴びて浮き上がっていた。

なまめかしく、あざやかな花色。

強固な意志を持って超然と咲くサクラ。

これほど美しく、威厳に満ちた存在を海清さんは知らなかった。若い夫婦は惚けたようにビロードの夜気の中に座り込んだ。

「なんて、きれいなんだ……」

我を忘れて花に見入るうち、言いようのない感動と生きる力がみなぎってきた。

「日本人のようにサクラを植えよう」

思わず彼は口走り、霧社での成功を自分に誓った。

この夜のサクラは、神さえも知らぬまに、海清さんの心に一粒の種を蒔《ま》いた。

おい、こらッ、牛泥棒

一九四九年、霧社に移った王海清さんは、商売の元手が少し貯まったところで役場の臨時工を辞めた。ささやかでも自分の商売がしたい。その一心で、竹材と椰子《やし》の葉で小屋を建て雑貨店を開店した。その直後、暴風雨が霧社一帯を襲いバラックは倒壊、商品はすべて水に浸かり生活の手段を失う。霧社で人生を立て直そうと奮起した矢先に、一家は崖っぷちに立たされた。

「世間は、カネのない人間にこれほど冷たいのか……」

海清さんは悔しさにふるえた。妻が友人や実家をかけずりまわって、借金を頼んでまわった。彼は一家を養うために砂金採りも試みるが、最初はどのように砂金をすくえばよいかもわからなかった。

そこで、水中メガネを手に、碧湖《へきこ》のほとりで水の動きをじっと観察した。湖面はなめらかだったが、底のほうをのぞくと水流がうずをまいて光線を吸い込んでいる。砂金らしきものが溜まっていると、ときどき光が鋭くきらめいて水面に反射をかえしてくる。

彼はだいたいの当たりをつけてから冷たい水の中にそおっと入り、海軍仕込みの潜水泳法で湖底まで潜って水流の観察を始めた。すると、ゆるやかにカーブしているよどみに、比較的大きな砂金粒がひっかかるように溜まることを発見した。

海清さんは、次の日早起きをして湖にやってきた。水は針のように皮膚を刺したが、当たりをつけておいた場所に素早く潜った。砂金粒は太陽の光をとらえると、自分を誇示するかのように輝いた。湖面で息を整えては何度も潜り、ほかの砂金採りがやってくる頃には大きな粒を取り終えることができた。以後、早朝の砂金採りが日課となった。

朝食を済ませると、リュックにマッチや塩や魚の干物を詰めて行商に向かう。妻は三人になった子供の世話をしながら、店番、農家の牛番をして家計を助けた。借金を一日でも早く返済したい。彼はそう念じながらけもの道を歩き、トロツク、マシトバオン、マレッパなど、原住民の住む村々へ出向いた。小暗い森の中、ヘビを踏まぬよう、鋭い竹の株をよけ、下草を慎重になぎたおして歩き続けた。

山の民の家は、地面から一段低く土間を設け、ヒノキの樹皮やワラなどで屋根をふいてある。調理は小屋の外で行う。セデック族の多くは、男女ともに手織りの麻の服を着て、夜になればそのまま竹を張った床にごろりと横になる。ふだんの主食は、鍋の中に粟《あわ》やサツマイモを入れて、とろとろになるまで煮込んだお粥《かゆ》。おかずは塩水につけたネギやサンショウやショウガだけだった。海清さんは、ときには村人といっしょに食事もした。時間のあるときは、いっしょに谷川にカワエビを採りに行ったり、ハチミツを探しに出かけ、心を開いてつきあった。

「山の人は気持ち温かい、辛抱強いよ、勇敢よ」

宴会では粟《あわ》からつくった酒を飲み、即興の歌を交わし合う。海清さんは懐かしそうに手拍子をとって日本語で歌い出す。

〽今日も粟餅ついて面白い
イヤホイホー、イヤホイヤー
今年も豊作だ、豊作だ
タバコ出せ、タバコ出せ
アリガトナー、マーホイヤ

純朴さを失わぬ原住民と海清さんは、いつしか信頼関係で結ばれていく。日本語の会話能力が今も保たれているのは、日本語の達者な原住民と商売をとおして交流を続けてきたおかげだろう。

あるとき、埔里《ほり》の知り合いから山豚の注文が入った。

「廟の祭りに豚二頭分の肉が欲しい。山の豚は身が締まって旨いというじゃないか、おまえならこの話をまとめられるだろう、どうだ、ひとつ頼まれてくれないか」

二つ返事で引き受けた海清さんは、霧社から急な山道を七時間ほど歩き、懇意にしていた村の頭目に相談し、一日がかりで山豚二頭の調達に成功した。代金を払う段になると、頭目は結婚式の贈り物にする牛が欲しいと言い出した。

「牛ですかい？」

「ああ、牛だ。おまえならなんとかしてくれるだろう」

四〇〇キロを超える頑固な水牛を道連れに、この山道を上ってこられるだろうか。さすがの海清さんも即答ができなかった。しかし、豚の注文をいまさら断るわけにもいかない。山豚は目の前でヒンヒンギューギュー、なきわめいている。

「人から何かを頼まれたら、金を借りたと同じこと。絶対になしとげて信用を守らなくては」常にそう思って商売をしてきた彼は、日の暮れぬうちに豚の解体を済ませ、湯気のあがる豚肉を芋の葉でくるみ、肩に背負って山道を急いだ。

一〇〇キロ近い肉塊が肩にめり込み、したたり落ちる脂に足をとられ、何度暗い山道から谷へ滑り落ちそうになったことだろう。息を整えるたびに斜面に座り込み、それからまた背負いなおして歩き出す。

この荒行をささえてくれたのが日本製の地下足袋だった。帰国する日本人から地下足袋を何足も譲ってもらい大事に使っていたおかげで、彼はけものみちでも切り通しでも、難なく往来できたのである。

朝の七時過ぎに霧社へ到着すると、村人は驚いて彼に道を譲り、足早に立ち去った。仮眠をとる間もなくこんどは埔里へ豚肉を運び、肉を切り分けて配達をする。それから水牛の調達だ。セリ市や農家を走りまわって牛を確保し、再び山奥を目指したのは夜の十一時をまわっていた。そのときだった。警察官が行く手をさえぎった。

「オイ、コラッ、貴様、牛泥棒だな」

警察官は有無を言わさず海清さんの胸ぐらをつかみ、警察署へ連行しようとする。ボロを着て泥まみれの彼は、牛泥棒に見えてもしかたなかった。

「今からこの牛を山胞の村まで届けに行くところです、決して盗みなんぞしてません」

どんなに事情を説明しても信用されず、賄賂に渡す現金もなく、結局留置場で一夜を明かすはめになった。翌朝、ようやく釈放されたのだが、再びセデック族の村に着いた頃は、日もとっぷり暮れていた。

「あの頃は三日三晩、寝ずに商売をしていたこともあった」と海清さん。

過酷な毎日だったが、人気のない山道を往復するうちに、彼は山の霊力を感じるようになった。ピッピ、クルクルー、チチチュッ、……さまざまな鳥の鳴き声、稜線を焦がす黄金色の落日、深閑とした闇の中で超然と咲くヤマザクラ、樹齢一〇〇〇年を超えるヒノキの大木。

「声をかけると答えてくれたよ」

山の精霊は手負いの魂をなぐさめたのである。

日本譲りのがんばる力

各地で白色テロが横行していたときも、王海清さんは霧社でひたすら明日のために働いていた。人目を気にせずに無我夢中で仕事をしたおかげで、三年後には暴風雨で倒れた店を建て直し、借金を返すことができた。

中央山脈の様相が一変したのは、一九六〇年の横貫公路開通がきっかけだった。梨山《りさん》一帯で果物や高原野菜の栽培が始まると、海清さんは、日本人から習った育種技術を生かしてナシ、モモ、リンゴなどの苗木やダイコン、キャベツの種の販売をいち早く始めた。碧《へき》湖のそばに原住民から土地を借り、肥料運びをして多くの苗を育てると、作る先から面白いほどに売れる。そのうち家族だけでは手が足りず、友人といっしょに肥料運びに明け暮れた。その努力が実って、大規模に農場を経営する資本家がどっと入り込んできたときには、霧社の種苗業者として名前が知れ渡るまでになっていた。彼の育てた苗は、今ではたわわな実をつける大木となって、梨山の観光農場一面に広がっている。

次に建材用の植林ブームが起きると、すぐにスギの苗を揃えて対応した。果物や野菜と合わせ、多い年は一年に一〇万株以上の苗を販売することができた。

観光開発や木材の切り出しに沸く霧社に、三〇〇〇人近くの労働者や商売人が往来するようになると、海清さんは店を増やし、食品、雑貨、工作具の販売を拡張した。これがまたみごとにあたった。すでに成人した子供たちが商売を手伝うようになり、無我夢中で働く時代は終わりを告げる。

海清さん、商売成功の秘訣は何ですか？

「そりゃあ、信用が第一さ」

ストライクゾーンに返事が返ってくる。

「二番目は、何でも人より先にする。頭を使ってよく観察して、えーっと、世の中をブン……よく考えて、調べて」

「ブンセキ？　分析ですか？」

「それだ。三つ目は日本人から習ったがんばる精神だ」

そうか、がんばる精神か……。

日本人は昔から、どんなときにも「がんばろう」、「がんばって」とお互いを励まし合い、逆境を乗り越える力を生んできた。それが最近ではオールマイティーのおまじないではなくなっているように思う。若者たちは、困難やプレッシャーに立ち向かうよりも、自由に自分の好きな道を選び、楽しく挑戦することで精神を鼓舞している。だから、トオサンの口から何度も出る「がんばる」という言葉が、よけいに日本人らしく聞こえるのだ。

王海清さんの夢は、夏の雲が勢いづくように大きくふくらんだ。

彼は林務局から土地使用の許可をもらって、村の入り口に土地公（土地の精霊、神様）に感謝するための廟を建てた。屋根の上につがいの鳳凰《ほうおう》が舞い降りた美しいデザインの建物である。

廟を奉納し、周囲にサクラを植えると、苗床を確保して苗の育成にとりかかった。黙々と作業を続ける彼が商売以外のことに熱中しているとは、誰も、想像していなかった。

一九八一年、埔里のロータリークラブからサクラの苗木の商談が舞い込んだことがある。話をよく聞くと、植えつけの時期を五月に設定したうえでの注文だったため、海清さんはクラブの事務局へ出向いていった。

「五月に植えるのであれば、このお話はなかったことにしてくれませんか。サクラが可哀想だよ」

一般にサクラは、十二月から三月の休眠期に苗木を植え、春から秋の成長期には開花のために休ませる。枯れるとわかっているものを売って、代金をもらうわけにはいかない。これが海清さんの信念である。

ロータリークラブの会長は、彼のぶっきらぼうだが素朴な人柄に魅せられ、入会を打診してきた。

「ぜひメンバーとして迎えたい。入会を検討してほしい」

海清さんは喜んでこれを受け、クラブの会員といっしょに初めての日本旅行に参加した。このとき、日本各地でサクラの並木を見てまわり、木と木の間隔を計ったり病虫害の手入れの仕方など、たくさんの情報を持ち帰った。肥料として灰が有効だということも改めて知った。公学校で習った『ハナサカジジイ』は、灰が樹木の栄養になることを、さりげなく教える物語だったのかもしれない。

第三章　誰もが呻吟した時代

犬が去って豚が来た

日本の敗戦後、連合国軍総司令部のマッカーサーから委託を受けて、連合国軍中国戦区最高司令官の蒋介石は、一九四五年十月に台湾を接収した。

植民地からの解放に有頂天となった人々は、国際法上、台湾がどういう地位に置かれたのかもよくわからないまま、〝同胞〟の軍隊を迎えた。だが、彼らの目に映った国民党軍は貧相な装備のうえ、軍の規律も悪く、台湾人の目にはごろつきの集団と変わりがなかった。こんな中国兵になぜ日本は負けたのだろうと、日本の敗戦をいぶかしがる声があちこちで上がった。

人々のとまどいをよそに、中国人はあっという間に台湾の支配者になった。彼らは、日本統治時代の土地建物、生産設備、企業、物資の詰まった倉庫から、市民の財産や農家の米までを取り上げ、えげつないやり方で私腹を肥やしていく。遵法精神や近代的市民としての自覚を身につけていた台湾の人々は、生活、文化、モラル、法治などすべての面で、自分たちより後進的な支配者に愕然となる。そこで、「犬が去って豚がやってきた」と口々に言い合った。犬（日本人）はやかましく吠えるがそれでも財産は守ってくれた。それに比べて豚（中国人）はむさぼり食うだけではないか、との義憤がそう言わせたのである。

つい昨日まで当たり前のことだった正直や遵法、時間厳守、勤勉、礼儀正しさが、中華民国になってからはたいそう奇特なことになってしまったのだ。そこで、賄賂《わいろ》を受け取らない役人や正直な商売人に出会うと「日本精神がある」とほめそやした。

だが、これをもって、台湾の人々が日本統治時代を全面的に肯定していると勘違いしてはならない。日本に代わって統治した国民党政権のやりかたが、あまりに無法、非道だったため、戦前の日本統治が「まだ、まし」に見えただけのこと。

南京国民政府による光復（祖国に復帰すること）からの五年間で、悪性のインフレ、食糧不足、倒産、失業と、社会は混乱を極め、生活は足もとから崩れ去った。戦後台湾の悲劇は、支配者の正体が露わになった時点から始まったとも言える。

蔣介石は独裁政権を維持するために、全島に恐怖の特務機関を配置して言論と人権を弾圧した。学校や職場では台湾語と日本語を禁止し、北京語を国語と定め、子供たちには「中華民国」の歴史と版図、反日思想を植えつけた。

国民党に入党しなければ役人も学校の教師も出世がおぼつかず、トオサンたちは冷や飯を食わされたうえに命の危険にさらされた。中国人（外省人）は政府や軍、一流企業の上位ポストを独占し、台湾人（本省人）はその下に甘んじるという構造ができあがってしまった。

人々は、大陸から押しかけてきた国民党政権に大きな失望と怒りを感じながら、先の見えぬ毎日を必死で生きぬくしかなかった。

台湾という小さな島に、チベットまでを領土とする虚構の中華民国を持ち込んだ蔣介石の亡命政府を、防共の砦として利用したアメリカは、一九五一年から一九六六年まで年間一億ドルに及ぶ莫大な経済援助と総額二五億ドルを超す軍事援助を与えた。「一年準備、両年反攻、三年掃蕩、五年成功」（一年かけて準備をし、二年目に攻撃し、三年目に共産党を駆逐し、五年で大陸奪還を成功させる）という、現実性のないスローガンを蔣介石が叫び続けたのは、アメリカからの援助が欲しかったことと、台湾人を監視する言い訳としか考えられない。

戦後の社会で日本時代に培ってきた価値観に矛盾を感じたかどうかをアンケートの中で聞いてみたところ、六〇パーセントがイエスと答えている（265ページ参照）。中でも「正直さが失われた」と回答した人が一番多く、「賄賂が横行する社会になった」「差別された」など、苦労の様子がありありと見える。

過去の出来事に「イフ」はないけれど、日本の敗戦や一九四七年に起きた二・二八事件を機に台湾が独立でもしていたら、中華民国への光復が問題なく行われたら、日本統治時代へのノスタルジアがこれほど強く残ることはないのではないか。「日本精神」がそのまま誉め言葉になっていたかも、はなはだ疑問である。

一方、台湾の宗主国だった日本は、万世一系の天皇制を継続するという〝国体の護持〟を条件に、一九四五（昭和二十）年八月十四日の御前会議で、無条件降伏のポツダム宣言を受け入れた。その翌日の玉音放送からわずか一五日後、国民も政府も占領の意味がよくわからぬうちに、連合国軍総司令官マッカーサーは、日本へ上陸してきた。「レイバン」のサングラスをかけ、パイプを片手に現れた司令官を見て、昨日までの（鬼畜米英）は、ころりと憧れの対象になってしまった。

九月に東久邇宮稔彦《ひがしくにのみやなるひこ》首相が国会で〝一億総ざんげ〟演説を行ったように、日本の戦後は平身低頭して占領軍を迎えたところから始まった。しかも占領軍を「進駐軍」と呼び換え、民主主義をもたらしてくれる解放軍と、まつりあげたのである。台湾のように母語をとりあげられる悲劇は起こらなかったものの、日本的価値観や戦前の社会制度、伝統世界は否定され、占領軍主導の改革が世の中を変えていった。

一九五一（昭和二十六）年九月八日、日本政府はサンフランシスコ講和条約に調印して、台湾と澎湖《ほうこ》諸島に対するすべての権利、権原、および請求権を放棄。一九五二（昭和二十七）年四月二十八日に条約は発効となった。日本はこのサンフランシスコ講和条約で台湾を放棄したが、どの国に「返還」するかは明記していない。そのため、台湾の帰属先は国際法上、いまだに「未定」とする法学者もいる。

国際社会に復帰した日本は、以後、象徴天皇制と平和憲法のもとでひたすら経済復興に努めた。その間、私たちは、国内唯一の激戦地となった沖縄県に思いを寄せ続けただろうか？

植民地だった朝鮮半島や台湾の元日本人のことを心にかけて来ただろうか？　彼らの痛みを共有しないまま今日を迎えてしまったのではないだろうか？

『梅花』というナツメロ

共産党軍との内戦に敗れた蔣介石に従って、台湾へ渡ってきた国民党の正規軍は約六〇万。しかし、軍の関係者や役人、共産主義を嫌って逃れてきた一般人を含めると、中国からの新移民は二〇〇万人に近かった。日本の敗戦直後、台湾の人口は約六三〇万人だったから、膨大な数の人々がなだれ込んできたことになる。歴史家の史明《しめい》さんは著作の中で、一九六〇年代の社会構造を以下のように説明する。

二百万人の台湾における中国人は、ほとんど軍人、官吏、高級職員およびその家族たちであってほとんどは非生産人口である点は、日本時代と何ら変わるところがない。この非生産人口が農民、労働者、下級職員の台湾人を支配し、台湾全産業を蔣政府と中国人の支配下において、政府の管理および半官半民の独占企業とし、商工業の九〇％を握り、全耕地の生産を管制しているのである。

（『台湾人四百年史』より）

戦後の長い間、このいびつな社会構造が固定化していたのだ。一部の特権階級（官僚、軍人、資本家）は、現職中から財産と子供たちをアメリカやカナダ、中南米、日本へ分散していたから、退職後はさっさと海外に移住するか、外国籍をとった上で台湾に居座り、ぜいたくリタイアライフを送ったに違いない。

「梅」の国からやってきた職業軍人たちは、孫文が建国した中華民国に忠誠を誓い、台湾へ移住した後も蔣一族と国民党をささえ、大中華のプライドを胸に暮らしてきた。鄧麗君《デンリーチュン》（テレサ・テン）の歌う国語（北京語）歌謡をくちずさみ、故郷の言葉をしゃべり、台湾語が苦手な彼らは、ある意味でトオサンたちの対極に位置する人々だった。

梅花梅花満天下　梅の花、梅の花が満天に咲いている
愈冷它愈開花　冷たい季節にますます咲いて
梅花堅忍象徴我們　辛抱強い梅の花は、私たち
巍巍的大中華　偉大なる大中華の象徴だ

看那遍地開了梅花　見てごらん、梅の花が咲いたよ
有土地就有它　どんな土地にも梅の花はある
氷雪風雨它都不伯　氷や雪、風や雨をものともせずに
它是我的国花　これぞ私たちの国の花

（作詞、作曲　劉家昌）

中華民国の国花であり、逆境に耐えてけなげに咲くウメの花を、親しみやすいメロディーにのせて称えるこの歌は、一九七〇年代に誕生した。祖国を追われ海外で暮らす同胞に、大中華思想を植えつけ、中華民国の国威発揚をうながす、きわめて政治色の強い歌である。

国語としての北京語の普及を、国をあげて行っていた一九六〇年代、多くの国語歌謡曲は文化教育政策の一環として政府が意図的に流行させたものだった。国語歌謡を担った歌手のほとんどが、中流以下の「外省人」家庭の出身者だった。北方出身の彼らのしゃべる北京語はくせがなく、貧しさゆえにハングリー精神が強かったので、芸能界で成功したのである。

父親が元下級軍人、長兄は国民党機関紙の記者、三番目の兄は職業軍人を経て、軍が出資するTV局勤務という、軍人一家に育ったテレサ・テンは、中華民国の宣伝塔となって海外公演をこなしていた。彼女についたニックネームは「歌う公務員」。それが日本へデビューする前の、もうひとつの顔である。

一九六〇年代から軍隊の慰問や政府主催のチャリティーコンサートに出演し、香港、ヴェトナム、マレーシア、シンガポール、アメリカなどの華人コミュニティーで活躍していた在りし日のテレサ・テンは、しばしばコンサートで『梅花《メイホウ》』を絶唱した。出だしを澄んだソプラノで楚々と咲き香るウメの花を表現し、最後の小節はぐんと声を張り上げて。ときには観客とともに〝中華民国万歳〟と唱和しながら……。

「梅」の国から来た老兵

一九五四年、中華民国がアメリカとの間に共同防衛条約を結んだとき、質の悪い軍隊をどうするかが問題になり、下級の兵士たちを容赦なく退役させ、国防部が新たに作った建設公社へと送り込んだ。そして彼らは、台湾の中央部を東西に横断する自動車道路や各地のダムの建設に従事した。

台湾へやってきた兵士の中には、国民党にだまされるようにして入隊したり、中国の農村からなかば拉致された人も混ざっていた。内戦が終わればすぐに故郷へ戻るつもりだったのに、知らぬうちにイデオロギーの濁流に呑み込まれ、親族や祖国と引き裂かれてしまって台湾へたどりついたのが、外省人一世たちである。

彼らの多くが退役年齢に達した一九六〇年代末から七〇年代にかけて、国防部は各地に団地や退役軍人病院（通称は栄民病院）を建設した。それだけではない、アメリカからの莫大な援助金から毎年予算を計上して、退職金と終身年金制度を整え、医療費免除、貯金利子の優遇などの恩恵を与えて、彼らの退役後の生活を支えてきた。本人が亡くなったあとも、〝中華民国栄誉国民〟（栄民）としての破格の年金と待遇は、妻が受け継ぐシステムである。

だが、すべての退役兵が幸せな余生を送れたわけではない。年齢とともに募る望郷の念を抱えながら、孤独のうちに台湾で人生を終えた人の方がはるかに多いだろう。中には自殺をしたり、中国人女性から結婚詐欺まがいの被害を受けたり、援助交際に走って世間から後ろ指をさされたりと、思いがけない不幸にさらされた老人が後をたたず、台湾のメディアを騒がせていた。

私が台北に遊学していた二〇〇四年から二〇〇五年当時住んでいたアパート群も、台北市中心部に位置する栄民たちのために作られた住宅だった。住み始めてすぐに、ここが政治色の強いコミュニティーであることに気づいた。いくつもの棟の入り口ごとに中華民国の青天白日旗がひるがえり、選挙の前になると親中派の政党のシンボルカラーの旗やのぼりで埋め尽くされた。台湾の本土化が進んだ現在からはとても考えられないが、当時は政治や思想の分断が、生活のそこかしこにはっきりと影を落としていた。

住民のほとんどが空軍の退役軍人とその家族で、彼らを世話するヴェトナム人やインドネシア人女性たちもひんぱんに出入りをしていた。一等地のアパートで家族と生活をしていたお年寄りは、現役時代にそうとう上層部で仕事をしていた恵まれた人々だったろう。

一方、身寄りのない下級兵士が結婚もしないで歳をとった場合、終の住処は官営の「栄民の家」となる。二〇一一年に制作された日本のドキュメンタリー映画『老兵挽歌　異郷に生きる』（林雅行監督）は、孤独な老兵たちの日常をていねいに描いていた。深いしわが刻まれた無表情の彼らが、一日三度食堂に集まってくる。その時間だけが楽しみなのか、箸を立ててご飯を口に運ぶときには表情が和らぎ、諦観とも言えるかすかな笑みを浮かべる。彼らのふるさとの北京語、四川語、上海語、広東語、湖南語などのお国言葉が、梢を揺らす風のようにときどき行き交う。「栄民の家」は、歴史の吹きだまりに思えた。

ここにもまた、知られざる戦後台湾の悲劇が長い年月の分だけ沈殿している。

日本人として生まれたトオサンたちが敗戦によって日本から引き離され、見捨てられたとの思いで今日まで生きて来たとすれば、「栄民の家」に身を寄せる中国人のお年寄りも、戦後すっかり様変わりした祖国から見捨てられて同じように心の傷を負っている。しかも、彼らは異郷の地で朽ち果てていくしかなく、トオサンたちよりもさらに過酷な運命を甘受している。外省人一世たちは、無念と望郷の念を背負った深海に棲むヤドカリだ。トオサンの対局軸には、こうした人々がまだいることを忘れてはならない。

一九九八年に、故李登輝総統が台北市市長選挙の応援演説で、「我々は、みな〝新台湾人〟だ。早く来たか遅く来たかの違いだけではないか」と聴衆に語りかけた。省籍の違いを超えて大同団結して、台湾を前進させようという決意に溢れたこの言葉から、すでに四半世紀。いまや、台湾の若者の間には祖父母や親の世代が気にした外省人と本省人といった認識はほとんど薄れている。実際、独立運動家の中には、いわゆる外省人家庭の子女も加わっている。同じ台湾の空気を吸い、米を食べ、ともに民主化に向かって歩んできたという共通の自負が育っているからだろう。

四百数十年も前から開拓民や難民を受け入れてきた多民族国家の台湾は、ますますエスノシティーの実力をつけて、未来に前進しているのである。

あるトオサンの帰還

ここで話を日本の敗戦時に戻して、日本でその日を迎えたトオサンに登場してもらう。彼の話を聞くと、彼らがどんな思いを抱いて「桜」の国から「梅」の国となった台湾へ戻っていったかが、よくわかる。

台北市の日本語学習会『友愛グループ』を通して知り合いになったのが、元薬剤師の廖継《りょうけい》思《し》さんだった。残念なことに二〇一五年に亡くなったが、生前、自分が日本人からいきなり中国人に変わった日のことを、穏やかな口調で話してくれた。

彼は北海道の函館で、一九四五（昭和二十）年八月十五日を迎えた。正午から始まった玉音放送を、勤務先の工場で同僚たちとともに聴いたという。

「朝からどんより曇っていて蒸し暑い日でした。重大な放送があると言われ全員工場に集まってラジオを聴きました。雑音がひどかったのに、〝耐え難きを耐え、忍び難きを忍び〟というくだりだけはなぜかよく聞こえたんですよ。瞬間、これで戦争が終わったという嬉しさがぱあーっと……」

「ぱあーっと」と言いながらにこやかな笑顔を見せたが、すぐに継思さんは改まった顔でつけ加えた。

「玉音放送の話をすると、植民地から解放されてさぞ嬉しかったでしょう、と日本人はすぐに質問をする。しかし、自分が日本人でなくなったことを知るのはまだ先のこと。まず感じたのは、戦争が終わったという喜びだけでした」

日本降伏の放送に接して、植民地から解放された喜びや祖国への熱い思いがあふれるようなことは、すぐにはなかった。戦勝国民になったという自覚も湧いてこなかった。

一週間後に、東京の本社から専務が函館にやってきた。

「廖君、キミはいつ台湾に帰るんだ？」

専務は、彼と会うなりこう尋ねた。

自分はまだ日本人のつもりなのに、すぐ外国人扱いされたことに傷ついた。なんだかすぐにでも追い出そうとしているようだ。

継思さんは、むっとなりながら心の中でつぶやく。

（そんなこと、わかるはずないじゃないか）

そこで、「帰れるものなら今すぐにでも帰りたいですよ」と言い返してみたが、胸中は複雑だった。

敗戦後手のひらを返すように変わったのは日本人のほうだった。急によそよそしくなった会社の上層部に、トオサンは言いようのない寂しさや不安を抱いたと話す。

廖継思さんは、一九二四（大正十三）年、台中市から数キロ離れた郊外の西屯《せいとん》に生まれた。父親は若い頃から信用組合や土地管理会社などで、ずっと書記を務めてきたサラリーマンだった。当時としては珍しい高給取りで、継思さんが中学に進学する頃は、月収が一〇〇円以上あり、「ぜいたくではないが、何不自由ない暮らしだった」。

一九三六（昭和十一）年、二・二六事件が勃発した年に西屯公学校を卒業した継思さんは、約六倍の競争率を突破して台中州立台中第一中学校（四年制の旧制中学）へ進学し、寮生活を始める。この頃、台中州では中等教育を行う学校が次々に新設されたが、それでも進学できる児童は、全体の一〇パーセントに届かない。それもそのはず、入学者の定員に制限があるうえ、公学校の国語教科書が小学校と違うために、受験には大きなハンディキャップがついていた。同じ頃、王海清さんは魚池の公学校でカタカナ学習に取り組んでいた。

継思さんが、台中一中時代の寮生活を記録した文章が興味深い。毎月の寮費は一〇円、雑費は二円だった。寮ではご飯だけは食べ放題で、それもふつう台湾の家庭が使う在来米（インディカ米）ではなく、日本人が大正時代に品種改良した日本人好みの「蓬萊米」（ジャポニカ米）が食卓にのぼった。

　実家では、何年も前から「蓬萊米」を食べていたので違和感がなかったが、従来いわゆる「在来米」を食べ慣れていた人には胃にもたれるというのがいた。（中略）メニューは五年生の委員が作成する。和食を基本にしているが、台湾食からもとり入れられている。一汁一菜にたくあんやつけものが付く程度だから、いい家庭に育った人には不満だったろう。それでも人気メニューがあり、野菜煮つけ（少し肉が入っている）、コロッケ、サツマ汁、てんぷらなどが待ち遠しかった。おかゆだけは禁物で、日曜の朝、時々「半かゆ」というご飯におかゆをかけたものが許される。このときのおかずは「油条《ヨウティアオ》」（註・

小麦粉をほそ長い形に揚げたパン）「煎り落花生」など郷愁を慰めるものが提供される。

（『中学一年生』より）


中学校を卒業すると、継思さんは東京に住んでいた従兄を頼って上京した。基隆《キールン》と神戸の間には二つの船会社が週に三便ずつ、計六便を運航していた。三泊四日の船旅の後、神戸から列車を乗り継いで東京へ。旅費は東京まで学割を使って二四円ほどだったと記憶している。

「十七歳の誕生日直前でした。その前の年に修学旅行で日光まで行ったので、日本の様子はだいたいわかっていました。従兄の家に無事たどりつけたのは、東京のお巡りさんがとても親切だったから。台湾とはずいぶん違うなあとびっくりしましたよ」

寮生活のおかげで東京の下宿にもすんなり適応できた継思さんは、約一年、予備校通いをして、一九四二（昭和十七）年に千葉医科大学付属薬学専門部（現在の国立千葉大学薬学部）に合格した。この年、台湾からの新入生は二人だけ。快挙であった。

「一年目の学生生活は、千葉の自然の中で思う存分楽しみました。魚釣りや和船のこぎ方もこのとき覚えました」

しかし、翌年から戦局はどんどん悪化して、一九四四（昭和十九）年になるともう勉強どころではなくなってしまう。

「昭和十九年九月に、半年繰り上げの卒業となりました。就職が内定していた油脂会社の工場に六月から勤務して、函館で代用醤油造りをしました。原料ですか？　イカの内臓をアミノ酸液にして使っていましたね」

一九四五（昭和二十）年、北海道は大雪に見舞われ、五月末になってようやくサクラが咲いた。彼が初めて日本のサクラを目にしたのは、中学四年生の春に修学旅行で訪れた吉野山だ。

「花の季節には早かったのでほとんどがつぼみでした。サクラの印象は薄かったですよ」

大学に入ってからは花見をする機会がなく、函館で初めて満開のサクラを目にした。

「その日は海軍記念日だったんです」

五月二十七日。絶望的な死闘が続いていた沖縄では、この日、日本軍が司令壕を放棄して南部の摩文仁《まぶに》へと撤退を開始。すでに避難していた約一〇万人の住民と三万人ほどの軍人が入り乱れて、地獄と化す寸前だった。同僚の自宅で三平汁とおはぎを食べながら、ストーブにあたって庭のサクラを観賞した継思さんたちは、はらはらと散る花びらをどんな思いで眺めたのだろうか。最後となった海軍記念日に満開だったサクラは、台湾に戻ってからもしばらく、彼の心に花吹雪をふらせた。

七月になると、米軍艦載機グラマンが飛来して、港や市街にすさまじい爆撃と機銃掃射をあびせた。このため本州と結ぶ青函連絡船の大半が撃沈され、醬油に使う工業用の塩が入手できなくなってしまった。

「しかたなく、急ごしらえの製塩場をつくって、毎日海水を煮詰めて塩をつくる作業にあたっていました」

東京の本社が空襲で焼けてしまったため、継思さんは敗戦後も十月まで函館にとどまり、帰京してからは引き揚げ船の順番待ちをして暮らした。一九四六（昭和二十一）年二月、浦賀から石炭運搬船を改造した船に乗り込んだ若者たちは、みな「祖国」に貢献する決意を熱く語り、将来の希望にあふれかえっていた。同じ船に、後に台湾現代舞踊の母と言われた若き日の蔡瑞月《さいずいげつ》（一九二一〜二〇〇五）も乗っていて、『チゴイネルワイゼン』や『インドの歌』のヴァイオリン演奏にのせて毎晩のように至芸を披露した。

「われわれの夢が無惨にくだけたのは、基隆港に立ち寄ったときでした。船上から眺めた兵士たちは、おそろしくだらしなくて異様な感じがしたんです」

乗船者の中からは、「船長にかけあって、船を日本に戻してもらおうじゃないか」という絶望的な声すら起こったと、継思さんは回想する。

復員切符をもらって汽車に乗り故郷に戻ってみると、「新聞はすべて中国語になっていた」。しかし社会のシステムは日本のまま。日本であって日本でなく、この先どうなるのか予想もつかぬ生活に不安を感じながらも、新しい国語を習いながら台中市内の薬局で仕事を始めた。お客には紺の唐山服を着た外省人や帰国を待つ日本人も混じっていた。

やがて、国民党軍が毛沢東の率いる共産党軍に敗れ、中国人が台湾にどんどん流れ込むようになると、インフレ、汚職、賄賂、特務が市民をおびやかし、世の中が騒然としてきた。この頃、船で日本へ脱出する人が後を絶たなかった。ストレプトマイシンやペニシリン、砂糖など、高く売れそうな品物を大量に仕入れて、密かに漁船をやとい、与那国島《よなぐに》を目指す。

台湾と日本最西端の与那国島は約二〇キロメートルしか離れていないのだから、天候や海流を注意深く読めば、十分に可能だった。沖縄から貨物船に乗って九州や本州へ渡ってしまえば、終戦で混乱している社会にまぎれ込むことができたらしい。

「いつのまにか、同窓生や知り合いがいなくなるんです。すると、日本へ行ったらしいと噂が流れてくる。あの頃私も、何度、日本へ密航しようとしたかわかりません」

鹿のような継思さんの目がこころなしかうるんでいる。

一九四六年の奥地紀行

日本から帰国して七ヶ月目、日本人でなくなってからおよそ一年後。精神が不安定になっている息子の様子を、父親は見逃さなかった。

「ある日、オヤジが一〇日間の管内巡視旅行に、誘ってくれました」

漢文の素養があるうえに北京語ができる父親は、台中州能高区の区長になっていた。区長の視察先は、中央山脈の山ふところにある原住民の居住区だった。

一九四六年の十月、一行四人は、霧社《むしゃ》からさらに奥へ、標高三〇〇〇メートルを超える山々に囲まれた道を三日間歩き、合歓山《ごうかん》にほど近いマレッパ地区に到着した。父親と警察分署長と仁愛郷の郷長が駐在所を視察したり接待を受けている間、継思さんは村の娘たちに取り囲まれた。日本から帰ったばかりの区長の息子で、しかも二十二歳の独身とくれば関心の的にならぬはずがない。

継思さんは、自分の周りに集まった若い女性たちが、きれいな日本語を話すこと以上に、肌が透けるように白いことに息を呑んだ。

日本の新しい歌を聞かせてほしいと娘たちからねだられるままに、持っていたハーモニカで『誰か故郷を思わざる』や『りんごの歌』を演奏する。

「次々にリクエストがきて大変でした。そのうち、彼女たちが歌い出したのですが、大部分は日本の歌でした」

おかえしにタイヤル語の歌も、いくつか教えてもらった。

「不思議ですねえ。六〇年以上経った今でも、歌詞ははっきり覚えている。リズムとメロディーが覚えやすいためでしょうか」

〽ヌーワイターヤ　スーマリムイ
リームイキーヌ　ソーニラホイ
ラーホイソーメ　ラーホイワゲ

翌日、一行は村の運動会を視察した。夕方になると、村人は会場にかがり火を燃やし、歓迎の踊りを始めた。ステップやリズムが日本の盆踊りそっくりである。

「原住民と日本の文化は黒潮でつながっているのだろうか……」

継思さんは、初めて間近で見るセデック族の踊りに魅せられた。と、そのとき、女性の声が、かがり火にはぜた。

「踊らないんですか?」

炎に照らされた彫りの深い顔には、あどけなさと艶っぽさが同居している。

「いや、なんだかもう疲れてしまって……」

言い訳がましく、草をむしる。すると彼女は、隣にすっと腰を下ろして話し出した。

「私ね、この間まで台中で看護の勉強をしていたんです」

養成所を卒業したばかりだという女性に、若い薬剤師は興味を惹かれた。

「偶然だな、ボクは台中の薬局で働いているんだ」

「ほんとう?」

「日本の大学で薬学を勉強していたんですよ」

たわいないおしゃべりなのに、すこぶる楽しい。

「よかったら、私の家のほうに行きませんか? すぐそばなんです」

彼女は少しも臆せず、柔らかな笑顔で誘った。好奇心も手伝って継思さんは言われるままに彼女の住む集落へ。二人は村人の踊りの輪に加わった。息苦しいほど、満天の星空だった。

夜が更けて宿舎に戻るときの思い出を継思さんはこう書いている。

その日は陰暦の一日。外は真っ暗でわずかな星明かりが頼りである。

「暗いから派出所まで送ります」

と返事も待たずに彼女が並んでついて来る。集落内ではあっても心もとないと思ったのか、手をつなぐ格好でゆっくりと歩く。派出所が見えるところで彼女が急に立ち停まった。と思うといきなり僕の手を彼女の胸に当てて強く押した。心臓が高鳴っているのがわかるぐらい圧して離さない。自分の感動を身体で示したかったのだろう。僕にもはじめての経験だったから、ずいぶん長く感じたが、おそらく一分もしなかっただろう。

「楽しかったわ、また来てね……さよなら」

そういうとくるりと集落の方を向いて駆けていった。


（『マレッパの夜』より）


たとえ刹那《せつな》のできごとでも男女の切ない出会いは、忘れじの面影となってつきまとう。

「かがり火のもとで過ごした夜は、思い出の中にしまっておくのがいいかもしれない」と、彼は回想記に書いている。

その後、廖継思さんは、妻を連れて二度、霧社やその先の廬山温泉にドライブをした。しかし、この二〇年は一度も足を運んでいない。

「今はすっかり腰を痛めてしまい、エレベーターのない四階の自宅が不自由でしかたありません」

話し終えたトオサンは古風な日本人らしく、つましく、恥じらう。

霧社事件の余韻

一九五二年、霧社。明け方の冷たい空気が霧を呼び込んだのか、ミルク色の淡いもやが山のくぼみから稜線へと広がっていた。

日本から帰還して五年目、三十一歳だった林淵霖《りんえんりん》さんは、郷公所（役場）の前に立って、これから数年間を過ごす村の様子を、同僚たちと眺めていた。作業着にゲートル姿とはいえ、いかにも都会風の、知的な雰囲気を漂わせている彼は、霧社の奥にあるダムの調査にやってきた電源保護站の主任技師である。

「なんと殺風景な村だろう」

これが霧社の第一印象だった。

「それにしても、つい二〇年前のことではないか」

淵霖さんは奇妙な感覚に包まれた。霧社事件の舞台となったこの村で、何ごともなかったように生活が営まれ、目の前の道路を生き証人かもしれない年寄りたちが往き来している。淵霖さんが通りを眺めていると、傾きかけたバラックの前で人のような動物のような影が動いた。

「あれは？」

技師たちはいっせいに目をこらす。両者の視線が一瞬からまった。

「険しい顔の男だなあ」

仲間の一人がつぶやく。

「二、三年前からここに住みついている商売人ですよ」

役人がそう説明した。

……ひどく緊張をしている。

「きっと流れ者だろう」

淵霖さんは察した。砂金掘りの労働者や流れ者の吹きだまりとなっていた霧社には、過去を置き去りにしてきた人々が、その日暮らしをしながらうごめいていた。


世に言う「霧社事件」とは、一九三〇（昭和五）年十月二十七日に霧社で起きた抗日事件のことである。風になびくススキがきらきら光る秋晴れの日、セデック族の戦士たちは、夜明け前から各地区の駐在所を襲い、霧社公学校へとなだれ込んだ。小学校との合同運動会が始まろうとしていた運動場には、大勢の児童と日本人の父兄等が集まっていた。蕃刀がうなり、雄叫《おたけ》びと悲鳴が同時に上がり、一三四名の死者が出た。子供や大人を問わず、日本人だけが狙われた（註・和服姿の台湾人二名が日本人と間違えられて殺害されている）。

霧社事件の背景には、何があったのか？

漢人の次にやってきた日本人は、ショウノウの原料となるクスノキを求めて山地に入り込んだために、各地で衝突が起こった。台湾総督府は、まず北部から討伐を始め、南部へと部族ごとに鎮圧し、ついに一九一五（大正四）年、討伐の完了を宣言した。日本人は清朝政府にならって「生蕃《せいばん》」（山の中にこもって抵抗する原住民）、「熟蕃《じゆくばん》」（平地に住み、同化した原住民）と呼んでいたが、やがて「高砂族《たかさご》」と総称するようになった。

討伐が終わると、総督府は国語の普及を以前にも増して熱心に行った。山の中のいたるところに蕃童教育所と国語伝習所（後に公学校となる）を設けて、高砂族に文明をさずけようとした。閉鎖的な山の中で、警官の強制によって行われた国語教育は、たまたま、部族の間に共通語がなかったこともあり、急速に広がった。特に大正時代末からの就学率の伸びはめざましく、公学校への進学者は漢人生徒とそれほど変わらなかった。

しかし、原住民の習慣にも信仰にも無知な警察官が、生活指導から教育までを引き受けた場合は、必ず問題が起こった。霧社事件の遠因には、苦役のほか内地人警察官の不法行為や差別、傲慢な態度も関係している。警察官の指導には衛生状態の改善や農作業の改良など、評価すべき点もあろうが、一部の山の戦士を衝動的な凶行に走らせたのは、日本人への不信と民族としての絶望感であった。

「高砂族に日本服を着せたところで何になるのか？　労働に和服が不適切なのは日本人が一番よく知っているではないか」

（『台湾土俗史』小泉鐵著）

研究者からのこのひとことは、総督府の理蕃対策への痛烈な批判である。

思いもかけなかった武装蜂起事件に、威信を傷つけられた総督府は、翌日から警察と軍隊を送り込み凄惨な報復を開始。セデック族は、人口が激減するほど徹底的に討伐され、先祖代々の土地や固有の文化までも奪われた。かろうじて生き残った人々も、総督府の側についた部族によって殺害されてしまった。こうして山ふところの小さな村は、台湾と日本双方の歴史に永遠に名前を残すことになる。

原住民たちはもともと山地に住んでいたわけではない。十七世紀から、福建省や広東省に住む漢民族が渡ってくるたびに平地を奪われ、次第に山の奥へ追われていったのだ。

彼らの祖先は、はるか遠い昔に黒潮にのって台湾へやってきた南島語族の人々で、現在もアミ、タイヤル、タロコ、サキザヤ、クヴァラン、ブヌン、サアロア、パイワン、ルカイ、プユマ、ヤミ、ツォウ、カナカナブ、サイシャット、サオ、セデックの一六族が政府から認定され、東部と中部を中心に、約五八万人（二〇二一年度内政部資料）が暮らしている。精霊信仰にもとづいた踊りや音楽、工芸品は、部族ごとに特徴があり、誇り高く、美しい。原住民文化は、台湾独自のものである。なお「原住民」という呼称は、原住民自らの要求のもとに、それまでの「山地同胞」から改め、一九九四年に憲法で定めたものだ。

四つの言葉、四つの心

台湾には現在一六とも一九とも言われる族群の原住民が暮らしているが、各部族の言葉はまったくばらばらだ。そのため、日本語が部族間の共通語としてずっと重宝されてきた。

日本時代の初期、漢人家庭の祖父母らは、子供や孫たちが日本語を学ぶことに抵抗を感じたようだが、原住民家庭ではそうした文化的抵抗よりも、便利な道具として日本語を受け入れたため、部族の違いを超えて浸透した。

公学校の教師や駐在所の警官が、日本式の生活様式や習慣を学校の宿直室に子供たちを泊めて教えたこともあったので、言葉と生活が一体となって身についた。さすがに若者たちは北京語に変わったが、今も日本語は断片的ながら生き続けている。親や祖父母の日本語を小さいときから聞いて育ったせいだろう。

戦後、原住民出身のトオサンたちは、母語である部族の言葉に加え、日本語、北京語、台湾語と、四つの言語が混ざり合う環境で暮らしてきたわけで、名前を複数持ったことのある人が少なくない。実際、集落の中を歩くと、漢字名とローマ字名の両方を掲げている表札に出会うことがある。

大正年間に、南部の屏東県の荒れ地にサステナブルな地下ダムを造った水利技師の鳥居信平（一八八三〜一九四六）の取材を行ったときは、工事に協力したパイワン族の子孫たちに何人もお目にかかったが、どの方もまず改正名にあたる日本語の名前で自己紹介し、それから原住民としての正式な名前を告げた。中国語の名前は、聞けば教えてくれるという程度だった。

たとえば、女性頭目のチャーパライ・サングさんの日本語名は「谷口滝子」と言う。赤銅色の肌に、オレンジ色や緑や黄色の精緻な刺繍をほどこした衣装と首や腕に巻き付けている装身具の美しさが、頭目としての威厳をさらに増している。彼女の正式名を覚えられずにメモをいちいち確かめる私に気を遣って、彼女は日本語でこう言った。

「タキコでいいさ、山にある小さな滝よ。きれいな名前よ」

そして、先祖から伝わっている地下ダム建設当時の話を、台湾語とパイワン語、時々日本語を交ぜながら披露してくれた。通訳を引き受けた台湾人の友人も、彼らの言語の迷宮にしばしば立ちつくすのだった。

もうひとり、忘れがたいパイワン族のトオサンがいる。

一八七四（明治七）年に日本が台湾に攻め入った「征台の役」のひきがねにもなった琉球民の遭難殺害事件の、語り部としてその名が知られていたマバリウ・バジロクさんだ。中国名は華阿財。パイワン族と客家人を母方と父方に持つ彼は一九三八（昭和十一）年に生まれた。日本の敗戦時はわずか七歳だった。しかし、彼の日本語の能力は維持され、私たちとも問題なくコミュニケーションがとれた。

母方の祖先は、文化の違いから誤解が生まれ琉球民を殺害したパイワン族の頭目に、そして父方の祖先は、遭難殺害事件に巻き込まれた琉球民五四名の墓を建立するために土地を寄付した客家の実力者にいきつく。そうした宿命を背負って生まれた彼は、退職後、台湾では「牡丹社事件」と呼ばれるこの昔の事件の調査研究に没頭し、二〇〇五（平成十七）年、パイワン族のゆかりの人々とともに沖縄県を訪れ、被害者の末裔たちに謝罪をしてともに未来志向の友情を誓い合った。バジロクさんは万感の思いを込めて話す。

「琉球のみなさんを殺してしまった我々の先祖は、いくつもの言葉を理解していませんでした。互いに言葉が通じ合っていれば、百数十年前の悲劇は起きなかったと私は思うのです。言葉はねえ、ほんとうに大切なんだ。私、いまもパイワン族の言葉が使えるから先祖の気持ちもわかる。こうして日本語もなんとか使えますから、沖縄の方々の心もよーくわかるんですよ。私のさびついた日本語使って、これからもできる限り、友好のお役に立ちたいと思っております」

言葉は心。この短く簡潔なひとことに、互いの文化に対する尊敬が感じられる。時代の変化に呑み込まれながらも、四つの言葉と心で舵を切りながら、部族のアイデンティティーを保ち続けてきた原住民の歴史は、台湾史そのものである。

マバリウ・バジロクさんは、敬虔なクリスチャンとして、当事者の末裔として牡丹社事件を自分たちの歴史として若者に教え、日本の研究者や旅人の案内を率先して務めた。二〇一八年に人生を卒業。彼の魂は先祖代々のコミュニティー、クスクス社の深山で眠りについている。

白色テロの横行

淵霖さんの話に戻す。彼の最初の仕事は、「台湾電力公司」の事務所を開くことだった。しかし、村には会社として使えるような建物は何ひとつない。そこで、〝中山さん〟と呼ばれる郷長に会って知恵を借りることにした。

霧社事件にかかわり、十五歳のときに警察の捕虜となった〝中山清さん〟。彼は事件の責任をとって自殺した原住民出身の警察官、花岡二郎（ダッキス・ナウイ）の妻だった初子（オビン・タダオ）の再婚相手となった人物である。セデック語名はピホ・ワリス。日本名は中山清、中華民国になってから、高永清《こうえいせい》という中国名に改め、仁愛郷郷長選挙に当選した。元医師だけあり温厚で思慮深い高郷長は、長い間、霧社の発展に尽くした。

その中山さんが言葉をにごす。

「霧社事件の跡地なら、あるにはあるが……」

一三四名が殺されて閉鎖した公学校のことだった。

さっそく出かけてみると、校庭にはまだ五基の墓とヤエザクラの大木が残っていた。

「事件の前に、日本人が植えたものですよ」

中山さんはサクラの木を見上げる。事件を目撃したヤエザクラは四方に枝を広げ、すでに幹の周りが一メートル以上に育っていた。こずえを鳴らすのは、事件の際の雄叫びや悲鳴か、それとも単に風の音だろうか。多くの血を吸い込んだ校庭にたたずみながら、淵霖さんは決断するしかなかった。

「ぜひ使わせてください、お願いします」

それから半月後、仮設の事務所が完成し、「台湾電力公司」の看板を掲げることができた。

「台湾電力公司」の技師たちは、工作站《こうさくたん》（出張所）の二階に間借りしたり、ときには民家の一室を借りたりしながら単身赴任の生活を始めた。

小さな村の様子は、すぐわかるようになった。

海清さんの店のほかは、簡易食堂、「桜旅館」という名前の宿泊所、食品兼雑貨店がぱらぱらと開いているだけ。利用するのは砂金採りの労働者と「台湾電力公司」の関係者のほかは、原住民だった。山の奥に住む彼らは、鹿の皮やタケノコ、ヤマノイモを持ってきて、マッチや塩、干し魚と交換する。

淵霖さんらもときどき日用品を買いに出かけた。海清さん夫婦の店には、里で採れた野菜がよく揃っていた。若夫婦は森の動物のように警戒心が強く、口数はとても少なかった。朝から晩まで忙しそうに働き回り、のんびりとした村とは異質の時間の中で生きていた。

霧社に赴任中、淵霖さんは調査のついでに村々をまわって、原住民たちに山火事防止や灌漑の方法を指導した。やがて、村々の頭目に信頼され、「ルル・バサオ」という原住民の名前をもらう。淵霖さんと海清さんは二人とも原住民の村に深く入り込んでいったが、その動線は交わることがなかった。

それにしても……と淵霖さんは首をかしげる。

「どうして海清さんは山に行商に入れたんだろう？　今でも不思議なんですよ。一九五〇年代、平地と山との往き来は厳しく制限され、入山証が必要だったはずなんだが」

一九四七年に起きた二・二八事件以降、山地は厳重な警備がしかれていた。というのも、台湾共産党の創立者で、二・二八事件のときは台中の学生軍を指揮した女性革命家謝雪紅《しゃせっこう》

1950年代、中央山脈の原住民村を巡回する林淵霖さん。「ルル・バサオ」と呼ばれ、親しまれていた

霧社事件の際、日本軍に鎮圧され燃え上がるタイヤル族の村

（一九〇一〜一九七〇）が、東部の花蓮に抜ける山中ルートを利用して国外脱出をしたからだ。共産主義者がまだ山中に潜んでいるに違いないと、特務はしつこく捜索を続けていたが、社会の底辺をはうように生きる一庶民には関心を示さなかったとみえる。

一九四九年に「戒厳令」と「懲治反乱条例」を続けざまに宣布した国民党政権は、蔣介石直轄の秘密警察、軍が管理する軍統局、情報局、保密局（現在の国家安全局）、内政部に属する調査局、保安部（後の台湾警備総司令部）に属する情報処、そのほか各地に警察と憲兵隊を配置して、国民の行動を監視していた。これらの機関はすべて思想犯を調査、逮捕する権限を持っている。この恐怖の総体を一般的に「特務」と呼んでいる。

特務の最大の任務は、中国共産党が送り込んでくるスパイとその共謀者、独立思想の持ち主を摘発、粛正することだった。淵霖さんは赴任中、何回も特務に呼び出しを受けたことがある。

「仲間数人で集まっただけでも、昨晩何を話していた？　と詰問される。山の人に生活指導をしていると、政府を攻撃するような相談をしただろうと決めつけられる。事務所で地図をトレースしただけで、秘密書類として扱われる。それはもう大変な時代だったんですよ、我々が生きてきたのは」

トオサンが大きなため息とともに吐き出した大変な時代。それは一九四七年二月二十七日に起きた市民への発砲事件から幕が開く。

台北市延平路《えんぺいろ》でヤミタバコを取り締まっていた外省人係官が、女性の露天商を検挙する際銃で顔面を殴打するという暴行を加えた。それを見ていた市民がいっせいに抗議をすると、あわてふためいた係官は、あろうことか群衆に向かって威嚇《いかく》発砲し、台湾の青年が流れ弾にあたって死んだ。この瞬間、「外省人」（戦後大陸から渡ってきた中国人）に対する不満や恨みが爆発。全土に抗議運動が広がり、一部の学生たちは日本軍が残していった武器を手にとって、今こそ台湾のために闘おうと占拠した放送局から呼びかけた。彼らを突き動かしたものは、日本教育から得た「愛国心」や「大義」であったと、語るトオサンもいる。

民衆の暴徒化に恐れをなした行政長官の陳儀《ちんぎ》は、「二・二八処理委員会」を設けて話し合いによる解決を装った。これは老獪《ろうかい》な陳儀の時間稼ぎにほかならず、裏では蒋介石に援軍を依頼して、着々と反撃の態勢を整えていた。

三月九日、国民党の陸軍第二十一師団は北の基隆、南の高雄から上陸して、台湾人の無差別虐殺を開始する。読書会に参加したら共産主義の勉強会だと決めつけられ銃殺された学生、母親が日本人だという理由だけで逮捕された若者、親からもらった名前が国家を侮辱していると難癖をつけられて収容所送りになった教師など、二・二八事件の恐ろしさは、国家のなりふりかまわぬ無法ぶりである。地元の有力者、教育者、医師、弁護士、学生ら、日本時代の教育を受けた知識人たちがはしから逮捕され、残忍な方法で殺された。二・二八事件の犠牲者は、二万人ともそれ以上とも言われている。

台湾人の抵抗を、国民党政権は〝日本精神の余毒がたたりをなしたもの〟ととらえ日本語世代は狙い撃ちにされた。

終戦直後の中国大陸で、国民党宣伝員として徴用された経験を持つ小説家堀田善衛（一九一八〜一九九八）が、戦後発表したいくつかの著作に国民党のテロ体質を書いている。

「いったん警備司令部なり、憲兵司令部なりにとっつかまると、無実であろうがなんだろうが、軍、憲、警、党、この四つが何重にもかさなりこんぐらかった迷路をかきわけて出て来ることは、まったく容易ではなかった。それに、もし当の軍、憲、警、党のうちのどいつかが、この男は金になる、と見込んだり、あるいは、この男にウソでもなんでも他の中国人または日本人の悪口をいわせて、その悪口をいわれた方の男をしぼったら金か物かが出るかもしれない、などと見込まれたりしたら、どういう罪を、罪名をでっちあげられるか、とにかくしれたものではなかった」

（『上海にて』より）

台湾に亡命した蔣介石は、国民党が大陸でやっていた手法をそのまま持ち込んだ。共産党のスパイだと密告のあった者は、片端から暗殺、不当逮捕された。

それでも台湾の人々は不屈の精神で抵抗してきた。国民党の不正選挙や弾圧に抗議し、海外の人権団体と組んで思想犯の実態を告発し、犠牲者の屍《しかばね》を乗り越えて民主化を求めてきた。一九八〇年代に入ると、民主化運動は市民の間に広がり、それが台湾民主化の原動力になったのだった。

一九七二年まで中華民国と国交を結んでいた日本政府は、日本国内で暗躍する特務に協力し、民主活動家の台湾への強制送還に手を貸した。人権に対して毅然とした態度がとれなかったのは、アジアとは経済だけでつながろうとしていた日本人の、本音だろうか。

独裁者のつぶやき

一九六〇年に、中央山脈を東西に結ぶ横貫公路（横断道路）が開通した。

全長一九二・八キロメートルのこの道路は、蒋介石の長男の蒋経国（一九一〇〜一九八八）が中心となり進めてきた国家的プロジェクトだ。標高三〇〇〇メートルに近い山を貫いたトンネルの続く横貫公路に、蒋経国は調査から工事まで何度も足を運び、ときにはアメリカの援助関係の主だったスタッフとともに、現場視察に訪れることもあった。「台湾電力公司」の林淵霖さんは、霧社の任務を済ませるとさらに北部の大甲渓《だいこうけい》上流に移り、一九七三年まで水系や森林保全の調査を続けていたが、英語能力を買われて一行を案内する役を務めたことがあった。合歓山をはじめ、日本時代から続く牧場やダム工事の現場をいっしょにまわると、蒋経国は、日本人が始めた馬の放牧に強い関心を示した。

「この見晴牧場（現在の清境牧場）を広げて、もっと大々的に放牧はできぬものかね？　どうだ、ひとつ検討してみてくれないか」

それが権力者の意向となれば、取り巻きの役人は絶対服従である。誰も意見らしい意見を言わず、専門家の意見さえ聞こうともしなかった。

翌朝、朝食のあとで、淵霖さんは思いがけぬ誘いを受けた。

「キミ、ちょっと散歩につきあってくれんか？」

こう蔣経国が声をかけてきたのだ。

「わかりました、お伴させていただきます」

護衛官もつけずに宿舎を出た蔣経国は、すたすたと歩き出す。清涼な空気が張りつめる山道で、いきなり、蔣経国が尋ねた。

「キミは私の牧場計画に反対だそうじゃないか」

淵霖さんは一瞬身がすくんだ。親子で台湾を意のままに動かす独裁者から、自分に反対するのかと直接問われているのだ。

「閣下、お言葉を返すようですが、五〇頭の今でも牧草が足りておりません。さらに馬の数を増やせば、この標高では冬場の牧草確保はとうてい無理です。水源のことも考えなくてはなりません。総合的に見て繁殖計画は実現性が薄いと言わざるをえません」

淵霖さんは思いきって持論を述べた。独裁者の息子は果たして何と返事をするのか？

「ム、そうか」

これだけだった。

「おい、キミ、私と花蓮《かれん》まで行かないかね？」

「有り難いお言葉ではありますが、一研究者としてまだやらねばならぬことがあります。それに自分は政治の世界は向いておりません」

　淵霖さんは、自分の考えを正直に伝えた。

「……そうか」

　こう言うと、蔣経国は身体を揺らして山道をなおも行く。途中、警備兵が驚いて不動の姿勢で敬礼をする。

「ご苦労、ここで朝まで寝ずの番だったのか」

「ハッ、閣下のご警護に鋭意臨んでおりましたッ」

　警備兵は、忠誠心を見せつけるように返事をした。淵霖さんはそれが嘘だと知っていた。兵士たちは、宿舎でちゃんと仮眠をとっているのだ。しばらく歩いてから蔣経国がため息混じりに声を出した。

「キミ、あの警備兵の返事を聞いたか？　私は一生涯、だまされっ放しだよ」

　誰も自分にほんとうのことを言ってくれない……。蔣経国が吐露した屈折だらけの孤独は、今も淵霖さんの胸に焼きついている。


　台湾にやってきた蔣経国は、父親蔣介石の右腕として、国防部の総政治主任を振り出しに、行政院政務委員（国務大臣）、国防部長、行政院副院長（副首相）、行政院長（首相）を経て、父親の死後中華民国六代目の総統になった。十五歳から一二年間、旧ソ連で政治教育を受けただけあって、旧ソ連の良いところも悪いところも政治手法に取り入れている。評価すべき点は、社会主義的な国家プロジェクトをいくつも立案し、台湾のインフラ整備に力を尽くし経済発展に貢献したこと、有能な若手や本省人を起用したこと。平凡であることに憧れた総統は、任期中全国をまわって国民と接している。今も田舎の小さな食堂に、〝閣下との記念写真〟が飾ってあるほどだ。

一方でKGB（旧ソ連の秘密警察）を手本にした特務機関のトップに君臨し、多くの無実の人々から自由と人権と命を奪った。共産主義者から父親の政権を守るためとはいえ、弾圧の責任は重い。台湾全土が恐怖におののいた時代は、蔣経国が一九八七年に世界最長の戒厳令を解除し、一九八八年に李登輝《りとうき》が台湾人として初の総統になるまで続いた。台湾人と一部の外省人や残留邦人を含む、多くの人々を苦しめた白色テロの真相は、いまだに明らかになっていない。容疑者も逮捕されず、遺骨も戻らず、今も心に傷を負う遺族がなんと多いことだろう。

昨今、蔣経国の遺徳を偲ぶ声が高まっているが、光と影の両面を見極めたうえでの議論になってほしい。

社会に走った大きな亀裂

台湾が中華民国として再出発した当初、若者たちは未来に大きな希望を抱いていた。しかし、政情も生活もいっこうに安定せず、大学の授業はろくに行われない状況に失望したインテリ青年の中には、中国大陸で勉強をしようと考える者も出てきた。

台北市に住む画家の陳孟和《ちんもうわ》（76）さんは、一九四九年、十九歳のときに中国行きの船に乗り込んだところを検挙された。特務の手先になっていた高校時代の下級生に「彼は共産党のシンパだ」とでたらめな密告をされ、見送りに来た父親の目の前から連行された。嫌疑不十分のための保釈通知が到着するまでの七ヶ月間、家族は孟和さんの居所がまったくわからず、不安と焦燥感にさいなまされた。

二年後の一九五一年に、孟和さんは再び逮捕された。連れて行かれた場所は思想犯を取り締まる保安部保安処（後の台湾警備総司令部）。日本統治時代の東本願寺の地下納骨堂を改造した牢獄が待っていた。

「真っ暗で狭いでしょう、一週間で神経がおかしくなりました。それなのに一ヶ月も二ヶ月も拷問して、自白を強要するのです」

非合法組織に参加しているだろうと責められても、まったく身に覚えがない。裁判らしい裁判も受けぬまま、同じ頃につかまった同窓生たちと判決を聞いた。四名が共産党員とみなされ銃殺刑、孟和さんを含む三名は一五年の懲役刑となった。

判決後、二人ずつ手錠と腰ひもでつながれ、真夜中の台北の町を追われるように行進し、郊外にある待機所に移された。その後、基隆港から出航。激しい船酔いの末に甲板にはい出すと、陽光にきらめくエメラルド色の島がそびえていた。台東市から三三キロメートル離れた太平洋上の緑島に収監された二十二歳の青年は、島を出たとき三十七歳になっていた。

あとからわかったことは、別件で逮捕された人物と孟和さんたちが仲が良かった、というだけの理由で例の下級生が密告したという事実。

「賞金目当ての捏造《ねつぞう》だったことは間違いありません」と孟和さん。

「私の世代は台湾が祖国に戻った喜びを一度は味わったんです。だが、それもつかのま。同胞のはずの中国人から死ぬほどひどい目に遭いました。その怒りと絶望感が根底にあるから、中国に対して本能的な拒否反応が起こってしまう。中国人が恐ろしいのです」

トオサンたちの身の上話に、二・二八事件や白色テロは大きな影を落としている。真夜中に電話がかかってきたり、風が吹いて戸口ががたがたと鳴るだけで、特務につきまとわれた時代を思い出し、脈拍数が急上昇したり、あぶら汗が出ると語る人は少なくない。受難者のトラウマは、台湾の対中国政策にすら大きな心理的影響を与えている。

宜蘭《ぎらん》県在住の蔡尚美《さいしょうび》（55）さんの父親が逮捕された話も、不条理な小説を読んでいるようだ。

「一九八七年に戒厳令が解除になって、何でも自由に話せるまで、両親がどれほどひどい目に遭ってきたか知りませんでした。今まで政治に無関心だったから、ほんとうにショックでした」

尚美さんの父親の蔡國卿《さいこっきょう》（享年80）さんは、慶応義塾大学の文学部を卒業した秀才である。終戦後はいち早く郷里に戻って、光復の喜びをかみしめながら地元中学で英語を教えていた。ところが、二・二八事件の処理委員に名を連ねていた父親の代わりに、國卿さんはある日、いきなり逮捕された。祖父は日本時代に宜蘭県の民生課長を務め、開明的な台湾民衆党の運動に参加していたため、國卿さんも政治運動にかかわっているとみなされたのだ。食事や水も与えられず、三日三晩の拷問。帰宅が許されたとき、青年教師のきゃしゃな身体はすでに壊れ、生涯を後遺症で苦しむことになる。

國卿さんの妹を見初めた特務の幹部は、彼女にフィアンセのいることを承知で花嫁に差し出せと迫り、それが嫌ならカネを払えと一家をおどしにかかった。そこで祖父の代から経営していた精米所を売り、田畑や家財のほとんどを現金にかえて、妹を守るしかなかった。財産を奪い取ったあとも特務は、カネになるものはないかと嗅ぎ回り、蔡さん一家に精神的虐待を加えた。山に身を潜めていた國卿さんの父親が帰宅してみると、妻は恐怖のために精神に異常をきたし、息子の嫁はほどなく心労死した。國卿さんは残された家族を守るために実家を離れ、教師を続けるために国民党員にまでなり、四〇年近く独り住まいを通した末に、一生を閉じた。

「生きるのは、死ぬより辛い、いっそあのとき殺されたほうがましだった」

晩年、國卿さんは見舞いに訪れた教え子に涙ぐみながら訴えたという。だがこのトオサンが地獄の果てにたどりついた境地は、憎悪の対極にある慈悲の心だった。子供や孫や教え子に対して、「人を恨んではいけない、憎しみからは何も生まれない」と、いつも言い含め、日本留学時代に買い溜めたクラシックのレコードを取り出しては、自らの魂を慰めていたのである。

「どんな逆境に置かれても、愛の心を忘れぬよう。そのためにたくさん本を読むよう、父はいつも話してくれました。おじいちゃんッ子だった春輝《チュンフェイ》が、父さんの心をしっかり受け継いでいます」

尚美さんは父親の眠る県立墓園に案内してくれた。山の頂きから、煙雨にかすんだ太平洋が見渡せる。墓所のあるところまでさらに石段を上った。母親の細いうなじにしずくが垂れぬよう、子息の春輝（31）さんが雨傘をかざす。墓石をそっと撫でる尚美さん。雨足が強まる中、母と子は、トオサンが遺していった慈しみの心に、いつまでも寄り添っていた。

話さない、も両親の愛情

そうかと思うと、あやうくいのち拾いができた人もいた。

二・二八事件が勃発した時に、国民学校の六年生だった林昭妍《りんしょうけん》（87）さんは、特務に逮捕された父が、銃殺刑になるか火焼島の牢獄に送られるかの寸前で奇跡的に助かった話を聞かせてくれた。

昭妍さんの父親は、当時嘉義県嘉義市の市議会副議長を務めていた。祖父は貿易商として一代で財をなした人物で、一家は日本時代から何不自由なく暮らしていた。彼女を含めて五人の兄弟姉妹は、全員が日本人専用の小学校に通学していたと言うから、地元名士の一族として尊敬を集め、厚遇されていたことは間違いない。

そんな一家も、日本の敗戦を経て光復を迎えた社会では、想像もつかぬ事態の中に投げ出された。特に市議会議員だった父親は、二・二八事件後の市内の安全維持に奮闘していたが、ある日路上でひとりの男性が民衆によって激しく殴打され、ふくろ叩きになっている現場に遭遇した。どこの誰かわからないが、見殺しにはできない。そう思った昭妍さんの父親は果敢にも暴力の輪の中に飛び込んで必死で男性を救い出した。虫の息だった被害者は、なんと市長職について間もない外省人だった。

「父は興奮する人たちを説得して市長を助けたのです。その頃嘉義でも、ラジオ局が市民に蜂起を呼びかけていましたし暴動があちこちで起こっていました。武器を山のほうから入手して、民衆が飛行場を占拠するという噂もありました」

嘉義市郊外の水上飛行場で国民党軍兵士と民衆が一触即発状態にあることを知った市の「二・二八件處理委員會」は、事態をなんとか収めようと代表を飛行場に送った。その中には二・二八事件処理委員会のメンバーだった昭妍さんの父親ら数名の市議会議員と、有名な画家の陳澄波《ちんとうは》も含まれていた。陳画伯は北京語が堪能だったので、通訳を買ってでたのである。

「ところが、国民党軍は、説得に来た父たちを問答無用で連行しました」（昭妍さん）

逮捕の一報を受けた母親はすぐさま市庁舎に駆けつけ、市長に直談判をする。

「あなたの命を助けたのは私の夫ではないですか！　こんどはあなたが夫たちを助ける番でしょう！」

身の危険も返りみず市庁舎に乗り込んで嘆願した妻の勇気のお陰で、しばらくすると夫は釈放された。しかし、逮捕者のほとんどが嘉義の駅前で、見せしめのように銃殺され、数日間遺体は放置された。釈放された父親は生涯にわたり悲憤に心を占拠され、政治への情熱も使命感も失った。

年齢を感じないほどモダンで明るい昭妍さんだが、小さい頃から苦渋する社会や家族を見て育ってきたのか……すると彼女は意外な言葉を発した。

「いえいえ、父のことや銃殺事件のことを知ったのは大学に入ってからですよ。一番上の兄が話してくれましたが、兄さえもこの話を直接父から聞いていません。両親はいっさい家では話しませんでしたから、それはもう驚きました」

国民党の残虐性と社会の絶望を目の当たりにした父親は、まだ幼くしかも感受性の強い昭妍さんだけでなく、子供たち全員をおもんぱかってか、いっさいを封印した。そして母もそれに習った。

「私自身も、父の身におきたことなどをよその人に語ろうとは思いませんでした」

子供たちが一人前の自我と知見を身につけるまでは、あえて知らせない。それが林家の教育だったのかもしれない。父母の沈黙は八〇年代まで吹き荒れた暴虐の嵐から子供たちを守る盾になった。それもまたあの時代の処世術だったのかも知れない。

一九七七年に渡米し、外国での生活が長かった昭妍さんは一昨年、余生をどうしても台湾で送りたいと願う夫とともに三十数年ぶりに帰国した。現在は台北市に住んでいる。

話し終わると彼女は「じゃあ、これで」と言ってすくっと立ち、氷雨の降る台北の雑踏へ戻っていった。しだいに小さくなるその後ろ姿。ショートカットの白髪が、伸びた背筋の上で揺れている。現在の台湾からは想像もつかない特殊な時代で育ち、異文化で鍛えられた人が持つ、強靱な魂を見た思いがした。

金もうけの疑惑、村人の疑問

ここでもう一度、王海清さんの話に戻す。

一九八四年頃、サクラを植えたいと仁愛郷の郷公所に申請に行くと、ちょうど埔霧公路《ほむこうろ》の緑化計画が持ち上がっているところだった。

「無一文の自分を、ここまで育ててくれた霧社へ恩返しがしたい」

と申し出る海清さんに、役場の係はけげんな顔で応対した。

「サクラだって？　なぜ我が国の国花、ウメにしないのですか？」

「ウメも悪くないさ、だが私はサクラを植えたいんだよ」

話し合いの末、海清さんは、風景区の管理事務所や農業局、議会からメンバーが集まる埔霧公路樹維護管理委員会に個人の資格で加わり、緑化計画の実施に協力をすることにした。委員会は何度も審議を重ね、公路沿いに三二〇〇本の植樹を決議し、海清さんが一二〇〇本、委員会が二〇〇〇本を分担することで協定書に調印した。ところが、それで役目が終わったとでも言うように、突然、委員会は解散してしまった。

「いったいどうなっているんだ？　植樹を本気で考えているのか？」

協定書を手に何度もかけ合ったが、そのたびにのらりくらりと責任回避の答弁をする郷公所に、海清さんは大きな失望を感じた。こうなったら自分一人でも植樹をやり抜こう。すでにカンヒザクラの苗木は、時期がくればいつでも植樹が可能なほどに育っていた。一九八七年、まず沿道の地主を一人ずつ訪問し、私有地に苗木を植える了承をとりつけることから始めた。

「無料で土地を提供するということかね？　ならばお断りだ」

もうけにつながらないなら断るという地主が多く、海清さんは説得に多くの時間を費やさねばならなかった。

次に、穴掘りのためのシャベルカーと作業員を数名やとい、苗木と肥料と水を載せた別のトラックに乗り込んで埔里と霧社を何度も往復した。

霧社一帯の土壌はやせていて、掘ればすぐにスレートにあたる。地盤を確認しながら穴を掘り、一本、一本、ていねいに植えるのは、思ったよりずっと時間と手間と資金のかかる作業になった。

酸性度が弱く、落ち葉が積もる水はけのよい場所に穴を掘るよう、作業員の先頭に立って土壌を確かめ、改良剤や肥料を使って苗木を慎重に植えつける。もちろん土砂崩れには細心の注意を払った。

一心不乱に作業をしていると、乗り合いトラックの荷台から村人が声をかける。

「王さんよ、精が出るじゃないか。一本、いくらで請け負ってるんだ？」

海清さんは気色ばんだ。

「バカなこと言うもんじゃない、世のため人のためにやってるんだ」

「世のためだって？　それじゃ、もうけはなしってことか？」

「当たり前だ、霧社への恩返しだ」

「苦労して稼いだカネを道路に捨てるって？　そんな嘘っぱちが信じられるかい」

村の人たちは、商売上手の海清さんが新手の商いを思いついて、利益を独り占めしていると思い込んだらしい。

ある日、新任の郷長からそっと声をかけられた。

「あんたずいぶん稼いでるっていうじゃないか。サクラはそんなにもうかるのかね？」

郷長までが詮索するほど、海清さんのボランティア熱は常識を超えていた。

半年が過ぎた頃、海清さんはある作戦を思いついた。

いつものように、カネの話を始める村人に言ってみた。

「悪かったな、黙っておって。実は政府から毎月小遣い程度をもらっているんだ」

「なんだ、そうなのか」

詮索好きの人々は鼻白んだ顔で去り、やがて、誰も植樹に興味を示さなくなった。

およそ二〇〇万元（当時のレートで約一〇〇〇万円）の私財を投じた第一回目の植樹は、三年かけて公路の中間点まで来て終わった。公路全体をサクラで埋め尽くすには、少なくともあと一五〇〇本が必要だ。そこで苗を育てるところから再び作業を始めると、子供たちからいっせいに反対の声が上がった。

「オヤジ、いいかげんにしてくれ。もう十分じゃないか」

父親が苦労に苦労を重ねて貯めた私財をサクラにつぎ込む行為が、子供たちには理解できなかった。

「いや、最後までやる。やると決めたらやるんだ」

「みんなが父さんのこと、何と言ってるかわかってるの？」

埔里に住む長女も心配して意見する。だが、海清さんは気にもとめなかった。

「おまえたちには店をまかせたんだから。あとは私のやりたいようにやらせておくれ」

そして、数年かけて残りの公路に苗木を植えた。ただひたすらに、黙々と。

最初の植樹から二年目の一月下旬、緋色の花が朝日を浴びていっせいにほころびた。

血管の中にどぶろくを注ぎ込まれたほど、海清さんの心臓は高鳴った。

「おまえたちもがんばってくれたなあ」

思わず、サクラの幹にほおずりをして見上げると、緋色の花がすべて彼のほうを向いて笑いさざめいていた。遠い日に出会った恩師の面影になって微笑みかけているようだ。

海清さんの胸に、継母にいじめられた少年時代や霧社へ移ってからの日々がしみじみとよみがえった。その昔、運命のサクラが彼に与えた生命力と安らかさを思い出しながら、彼はいつまでも木の下を離れようとしなかった。

その後、海清さんは六十八歳のときに脳梗塞をわずらい、右半身がマヒしてしまったが、

埔霧公路を紅く染めるカンヒザクラの並木と王海清さん

別名「タイワンヤマザクラ」。小さな花弁を集めた可憐な緋色の花が、ぼんぼりのように垂れるカンヒザクラ

それでも退院と同時に並木の散歩を再開し、孫や子供たちの手を借りながらできる範囲で手入れを続けた。細かい手作業が、知らず知らずのうちに後遺症のリハビリになったらしい。右手の機能は取り戻せなかったけれど、杖がなくても一人で歩くことができるようになった。以来、不自由な身体をおして、桜守を続けている。

「誰が植えたんだろう?」

一九八〇年代末、久しぶりに霧社や梨山まで足を運んだ林淵霖さんは、埔里公路にサクラの苗木が植わっていることに気づいた。

「どこかの誰かが、山から採ってきた幼木をいたずら半分に植えていったのだろう」

そう結論づけると、やがて忘れてしまった。

ところが一九九〇年代の中頃に再び霧社を訪れると、公路のサクラはみごとに育ち、手入れの行き届いた並木が続いているではないか。不思議に思った淵霖さんは、「台湾電力公司」の霧社事務所に問い合わせたが、サクラの管理者がわからない。ようやく人づてにあの雑貨店の王さんとわかって、淵霖さんは耳を疑った。最初に出会ったときの印象と、サクラ並木を完成させたボランティア行為が、どうしても結びつかなかったのである。

山に分け入った日本人学者

一九五一年から一九七二年まで中央山脈の水系調査にたずさわった林淵霖さんは、翌年から研究生活に入った。彼は、森林水文学《すいもんがく》（雨が降ったあと、どのように森林地に吸収され、河川に流れるかを研究する学問）の専門家である。取材でお世話になった頃は台北市にある林業試験所で客席研究員を務めていた。

こんもりとした緑の中に建つ林業試験所の二階に上がると、名札がかかった研究室がある。専門書や資料、日本語の書籍に混ざって、本棚には吉川英治の『宮本武蔵』の英訳本やクリントン前大統領の自伝が並んでいた。机の上はきれいに片づき、食器棚には「フォション」や「トワイニング」の紅茶缶とカップ&ソーサーがきちんと置いてある。職業的な凡帳面さで、彼は茶葉の量を計り、ヨーロッパ産の有機ハチミツをたらして美味しい紅茶をごちそうしてくれた。

トオサンは、ゆっくりとスプーンで茶碗をかきまぜながら、過去の糸を正確に紡ぎ出してくる。一九二三（大正十二）年生まれというから、私の父親とひとつ違い。張りのある声、きちっと整髪した白髪。長年の山歩きで鍛えた身体は、小柄ながらバネが利いている。

淵霖さんの日本語は、その語彙《ごい》の量やイントネーションをとっても日本人とあまり変わらない。彼は高等科を卒業後、十五歳で日本へ留学。実家は、南部の屏東《へいとう》市で時計修理と楽器やレコードを扱い、銀座の服部時計店（現在のSEIKO社）や浜松の日本楽器（現在のヤマハ）とも取引をしていたというから、ハイカラだったのだろう。

淵霖さんは、早稲田大学の電気学科を卒業後、逓信省《ていしん》（戦前の交通、通信、電気を司る行政機関）に就職して、北多摩郡田無町《たなし》（現在の西東京市）の電気試験所分室で人工雷の研究に没頭した。

軍需工場が集まっていた田無町は、戦争末期、B-29の爆撃目標になっていた。来る日も来る日も空襲から逃げ回り、八月十五日に「紫の布がかぶせてあった職場のスピーカー」から玉音放送を聴いた。

台湾への引き揚げ船を待つ間に、中華民国大使館が東京の両国で始めた語学塾に毎日通って北京語を習った。

「もう日本人でなくなったのだから、一日でも早く新しい国語を覚えようと考えた」

すばやく頭を切り替えたおかげで、北京語は難なく身についた。

「日本で過ごした十数年間の思い出は、山歩きのことばかりです。週末ごとに出かけた奥多摩、秩父、丹沢、南アルプス縦走はほんとうに楽しかった。戦争体験ですか？　人生にマイナスになったとは思いませんね。逆境をはねかえす強い意志が備わったと思います」

毎朝四時に起きると、一時間ほど英語の原書を精読するという。

「朝の頭は恐いもの知らずというでしょう、頭脳がへたりません。難しい単語を調べる作業にも身が入りますね」

目の使いすぎに留意して、精読は一時間以内に決めている。そのせいか今も老眼鏡なしに「コンサイス」辞典をひく。精読が済むと朝食をとり、八時過ぎには研究室に到着する。まず『日本経済新聞』の文化欄を声に出して読み、台湾の新聞各紙にじっくりと目を通す。仕事が忙しくてもつきあいがあっても、できる限り夜九時の就寝時間を守り通している。揺るぎない日常は、青年時代に日本で培った規律正しさが支えているようだ。

淵霖さんは、台湾総督府の陸地測量部が作った霧社一帯の五万分の一の地図を広げてくれた。色を淡く塗ったと思うほど、等高線が細かく引かれた精密なものだ。

「この地図は、日本人が中央山脈をくまなく歩いて測量したものです。これ以上の地図を戦後の政府はなかなか作れませんでした。ようやくアメリカに依頼して航空測量したけれど、私たちはいつも日本の地図と地名を頼りにしていました。こういう立派な仕事を成し遂げた日本人がたくさんおったから、今の我々の仕事があるのです」

よく見ると、桜台、桜山、桜峰、桜社、富士社など、いかにも日本らしい地名があちこちに散らばっている。

「原住民の生活を考えれば、土壌の改良に役立つハンノキを植えたほうがよっぽどよかったのに、日本人は、どこにでもサクラを植えたがるんですよ」

と林淵霖さんは苦笑する。

「サクラが植えてある場所はたいてい駐在所、学校、神社などでしょう？　警察官がいることが多いから、子供たちは目を合わさぬように小走りで通り過ぎていく。恐いんですよ、警官が」

原住民たちにとっては、サクラも神社も日本人が勝手に持ち込んだ「日本」であった。戦前にサクラがたくさん植わっていたことから「桜社」という名前がついた小さな村落（現在の春陽《しゅんよう》村）は、霧社から一〇キロメートルほど奥に入ったところにある。村の古老の話によると、光復直後は日本人への反感や人口増加のために、いっせいにサクラを切り倒してしまった。それがここ二〇年ほどの観光ブームにのって、村役場が主導してサクラを再び植えて観光客を呼び込んでいる。村人にとってのサクラは、日本文化とは関係のない現金収入の手段なのだ。二〇〇六年にこの村を訪れてみたが、共同墓地の周囲はきれいなサクラ並木になっていた。坂道に民家がへばりつく村の中に入ると、ブルーのペンキで塗られた古い日本家屋と緋色のカンヒザクラが、異郷の情緒をかもし出していた。

「そうだ、これもお見せしよう、あなたがたは知らんでしょうから」

林淵霖さんは研究室の本棚から分厚い本を取り出す。『台湾樹木誌』（台湾総督府中央研究所林業部・昭和十一年刊）と表紙に金文字で刻印してある。およそ三七〇〇種の植物を分類、解説した日本人植物学者の労作だ。

台湾総督府は、原住民の理蕃政策を開始すると同時に、中央山脈の水系、植生、森林資源、土壌などの調査を始めた。一八九六（明治二十九）年には牧野富太郎（一八六二～一九五七）、一九〇五（明治三十八）年からは、後に台湾植物学の専門家となった早田文蔵（一八七四～一九三四）や林業博士の金平亮三《かねひらりょうぞう》（一八八二～一九四八）ら、気鋭の学者を多数送り込んでいる。

一八九六年十月から約一ヶ月間、基隆、台北、淡水、新竹、澎湖《ほうこ》島、高雄などを調査した牧野は当時三十四歳。若さと情熱で各地を歩き回り、台湾自生のコケ類、竹類、フウセンカズラなど、多くの新種を発見した。学者たちは一九四〇年頃まで根気よく中央山脈を調査し、植物の標本を作り、スケッチをしながら台湾の植生を明らかにしていく。

「日本人は自然に畏怖の念を持っていたから、いい仕事ができた」と淵森さんは高く評価する。

「風土病や野生動物の危険をものともせず、一流の学者たちは山地を歩き回った。彼らがどれほど素晴らしい仕事をしてくれたか、みんな知らないんですよ」

こう言って、彼は『台湾樹木誌』のサクラの項目を開いた。カンヒザクラ、ムシャザクラ、タイヘイザクラなど自生種が精密なデッサンとともに載っていた。

「彼らは台湾のために命がけで働いてくれました。戦後も台湾大学に残って研究を続けてくれた学者もおります。この事実をもっと知ってもらいたいですね」

日本人も台湾人も、植物学者の功績に無関心なことが残念でならないと淵森さん。

「嘉南大圳《かなんたいしゆう》（嘉南平野に水を供給する灌漑《かんがい》施設）をつくった八田與一《はったよいち》技師はすっかり有名になったが、台湾のために尽くした一流の日本人は、ほかにもたくさんおります。名もない人々が台湾のためにがんばって、素晴らしい仕事を残しているんです」

ここまでを一気に言うと、トオサンは溜め息まじりにぽつり。

「それなのに、もったいないねえ」

――えっ、何がですか？

「大東亜共栄圏の隅から隅までフィールドワークをした民間の学者の苦労や功績を、日本は武力でつぶしてしまった。ほんとうにもったいない、悔しいです」

実務派の研究者は、日本が起こした戦争をこのように非難した。

第四章　われは孤島の桜花

あるベテラン教員

王海清《おうかいせい》さんがふともらした「公学校での六年間がなければ、現在の自分はない」という言葉の意味をたぐりよせるために、私は林淵霖《りんえんりん》さんの職場を辞してから国立図書館へと向かった。館内で公学校の資料を眺めているうちに、戦前から戦後までずっと教育現場にいた教師から生の体験が聞けないものだろうか、そんな思いが湧いてきた。

ある日、屏東県竹田郷にある日本語図書専用図書館「池上一郎博士文庫」でお目にかかった洪嘉猷《こうかゆう》(74)さんから、国民学校時代の恩師の思い出を綴った著作が届いた。ページをめくるうちに、主人公の黄性善《こうしょうぜん》先生が心の教育に一貫してかかわっていたことがわかった。

その夜、私は行きつけの食堂から弁当とスープをテイクアウトして、贈呈された本を最後まで読んだ。翌朝、お礼を兼ねて電話をする。

「今、シュジンと代わりますから、待っておってね」

「シュジン」という言い回しが、カアサンたちは自然と身についている。

お孫さんらしき可愛い声にかぶって、トオサンが出てきた。本のお礼と恩師訪問のお願いをすると、柔らかな口調で「いつでもかまいません」。

「東港《とうこう》にマグロの刺身を食べにいらっしゃい」とも言う。

　そうだった、東港は南シナ海に面した遠洋漁業の基地として有名な港町だ。東港に水揚げされるマグロは、日本でも高値で取引されている。

「戦前の東港は、広島県の呉《くれ》に次ぐ良港でしたから海軍の飛行基地がありました。その跡地もご案内しましょう」

　こんな嬉しいことはない。すぐにでも出発したかったが、南部の東港を訪れたのは、五ヶ月後のことであった。

　二〇〇五年七月、台南の駅前からバスに乗って初めて東港へ向かった。下車したとたん、発情した大気に襲われた。果物の熟れた匂い、干物や魚醬の匂い、クローヴや八角の匂いが混ざり合い、南国の官能がまとわりついてくる。見慣れたはずの台湾の雑踏なのに、いつもよりずっと遠くへ来たように感じた。

　一八〇センチを超える長身の洪嘉猷さんが手を振っていた。バイクの走り回る騒音や屋台街の喧騒《けんそう》をものともせずに、超然と微笑んでいる。ヒノキの大木のような人である。手足の長い嘉猷さんは、黄昏《たそがれ》の中、長い長い影法師をひきずりながらホテルまで案内してくれた。

　その夜嘉猷さんとともに、航海の安全を守る金ピカの廟「東隆宮」や、裸電球がほおずき色に照らす夜市を歩き回った。一五〇余年も続いた漢方薬舗をついだ六代目で、町の名士だった祖父に、小さい頃から史跡や廟の散歩に連れて行ってもらった思い出が、嘉猷さんの心の引き出しには、いっぱい入っている。もの識《し》りでほのぼのとしたキャラクターなのは、おじいちゃんッ子のせいだろう。

翌朝まだ涼しいうちに、嘉猷さんはホテルに現れた。トオサンの朝は早い！

屏東県の萬巒郷《ワンルアン》で隠居生活を送る恩師の黄性善（91）さんの自宅まで、車で一時間ほど。私たちはのんびり県道を走ってから左に曲がり、ビンロウヤシの林に伸びる一本道へ車を進めた。マンゴーの大木やバナナの木に囲まれた平屋建ての一軒家は、いかにも熱帯気候の住居らしく開放的だ。短毛の黒っぽい台湾犬《タイワンイヌ》がしきりに吠えて、我々の到着を知らせた。

庭先まで出迎えてくれた黄先生は、飴色の竹を思わせる人だった。長年教壇で鍛えただけあって、よく通る声で私たちを屋内に迎え入れた。居間には木漏れ日が差し込み、欄間《らんま》に並ぶたくさんの表彰状の上でもゆらめいている。テーブルには、ひとくち大に切ったグァヴァとパパイヤ、よく冷やした烏龍茶《ウーロン》が用意されていた。台湾の人々の、客をもてなす心にはいつもながら敬服する。

黄先生は、さっそく古いアルバムを広げてくれた。

昭和十年代の公学校の様子が手に取るようにわかる。運動会、ラジオ体操、朝礼、職員室などの光景は、私の記憶の中の小学校とあまり変わらない。入学式の記念写真だけがいかめしい。サーベルを下げて軍服を着た日本人校長と警察署長、和服姿の日本人教師がずらっと並ぶ後ろで、坊主頭やおかっぱの子供たちが緊張のあまり、顔をしかめて写っている。

「あの時代はね、生徒だけでなく、台湾人教師もそうとう辛い目に遭っておったんですよ」

これが、九十歳を超えるベテラン教師の第一声であった。

黄性善さんは一九三六（昭和十一）年、台南師範学校を優秀な成績で卒業したが、本島人という理由だけで、就職先は片田舎の公学校に決められた。教え子の不遇を知った内地人の恩師が奔走し、自分が教頭を務める東港の公学校に迎えてくれたものの、内地人の同僚と比べると給料から宿舎まで、待遇には歴然とした差がついていた。物置を改造しただけの宿舎にはトイレもなく、四畳半と二畳半のいわゆる2K。ここで黄先生は妻を迎え、四年間暮らした。

嘉猷さんは著書の中で恩師の情熱的な指導を次のように書いている。

先生は、特に算術と理科に重点を置き、国語、修身、歴史、地理等は要点をプリントにし、週五日間に一日二時間の時間を割いて予め進度を定め、夜八時から十時まで受験生を宿舎に呼び集めて、ただで指導に当った。風の吹く日も、雨の降る日も、先生はつゆほど怠ることなく苦労を重ねた。

（『恩師　黄性善』洪嘉猷著より）

日頃の指導ぶりが認められて、黄性善さんは六年生の担任となった。それまで東港公学校では、受験を控えた学年を台湾人教師が受け持つことはありえなかった。開校三四年目にして、初めての起用だった。

漁師の子供は漁師になるのが当たり前と、教師も親も社会も考えていた時代に、黄先生は、優秀な子供を高雄の中学校に次々と送り込んだ。内地人教師を上回る指導力を発揮したのは、「内地人教師に負けない」というプライドだったと、嘉猷さんは見る。

「特別なことをしたわけではありゃあせん。総督府の指導書を熟読して、事前に一生懸命研究してから教壇に立っただけ」

謙虚な物言いだけに、黄先生の自負心がいっそうきわだつ。

心の教育はどう変わったか

台湾を領土にして以来、総督府は「教育勅語」の精神を子供たちに教え、国語教育や修身を通して忠君愛国、勤勉、正直誠実、礼儀などの徳目をたたき込んできた。

黄先生は〝皇祖皇宗〟など、子供たちになじみのない言葉が並ぶ「教育勅語」とは別に、生活に密着した心の教育にも熱心に取り組んだ。

修身の教えがしっかり身につくようにと独自の「生徒公約」をつくり、黒板の右脇に貼り出して、子供たちと毎日約束をした。

一つ　時間ヲ守ルコト

二つ　安静ヲ保ツコト
三つ　姿勢ヲ正スコト
四つ　清潔ト整然ヲ保ツコト
五つ　礼儀ヲ重ンズルコト
六つ　敏速ニ行動スルコト
七つ　仕事ヲ遣リ遂ゲルコト

二ヶ月も経たぬうち子供たちはがらりと変わった。自習時間はしんと静まりかえり、生徒が自発的に勉強をするようになった。廊下はごみひとつなく掃除され、ほうきやバケツはきれいに揃えて置くようになった。黄先生は、やればできるという自信を子供たちに与え、自尊心を引き出した。

公学校における〝桜の教え〟は、本島人の教師の努力によって身の丈のものとなり、子供たちの心に染み込んでいったと言える。一九二七（昭和二）年に、高雄市の教育研究会が行った市内と台北の公学校生徒の意識調査（対象は第三学年から第六学年まで。男児八〇九名、女児二三六名、計一〇四五名。なお一部に内地の小学校が含まれている）の中には、以下のような設問がある。生徒たちの回答を見ると道徳教育の効果が表れていることがよくわかる。

・一番よいと思ふことをおかきなさい

台湾の公学校生徒の最も多い回答は「正直」、「勉強」、「孝行」だった。内地の生徒は「孝行」「忠義」「勉強」を挙げた。

・一番悪いことだと思ふことを一つおかきなさい

台湾の公学校の生徒の最も多い回答は「偸盗」(盗み)、「喧嘩」「不正直」だった。内地の生徒は「不孝」、「偸盗」(盗み)、「喧嘩」を挙げている。

正直であることは、子供たちにとって何よりの徳目であったのだ。

今も台湾では、時間厳守、勤勉、正直、約束を守る、といった美徳を表現するときに「リップンチェンシン」(台湾語で日本精神のこと)という言葉を使う。

トオサンの子供たちに「日本精神」について具体的に聞いてみると、礼儀正しさ、時間厳守、清潔、約束を守る、愛国などと理解している様子がアンケートからうかがえる(巻末アンケート 278ページ参照)。もちろん、「日本精神」の解釈は、世代や個人によって違う。差別や軍国主義を思い出す人もいれば、「自分を犠牲にして家族を守り、公に尽くす習性を身につけた人が必ずしも幸せになるとは限らない」「日本教育のおかげで犠牲的精神が強かったため、国民党時代に不幸になってしまった人は多い」と話してくれたトオサンもいる。

トオサンたちが「教育勅語」を高く評価しているのは、親孝行や夫婦が仲むつまじく暮らすこと、友達を大切にし、博愛を広く与える、といった万国共通の普遍の価値が含まれているからだ。

戦後、教育心理を勉強し直した黄先生は、国民党政権のもとで長いこと「公民」の時間を受け持った。

「公民教育というのは、非常時に国民は団結せよとか、選挙は必ず投票せよとか、国民として何をしろ、何をしてはいけないと教えるだけだな。修身や『教育勅語』は善悪や人生の意味を教えるから、人間の心が育つのと違いますか？」

彼は、強制をともなう「義務」と、個人の自由意思で成り立つ「徳」の違いを言いたいらしい。「公民」だけでは不十分と感じた黄先生は、自分の中に息づいていた日本時代の修身の良さを生かし、整理整頓、時間厳守、清潔、正直、勤勉などを生徒にしつけた。その成果が大いに上がったのだろう。地元の新聞は「日本精神を生徒の道徳教育に生かした名校長がお別れ」と、心の教育に一生を捧げた名物校長の引退を惜しんだ。

昨今の教師たちに話が移ると、二人の言葉が熱を帯びてきた。

「聖職者としてあるまじきこと」と、言葉をムチのようにしならせたのは、公立学校の教師が一時間三〇〇元ほどの補習費を取って、受験戦争に加担している現状だ。戦前の〝桜の教え〟によれば、人格者たるもの、金銭に執着したり蓄財に励んだりしてはならなかった。金銭に淡白であれば、間違いを起こすこともないからだ。教師も政治家も人格者であるべしと教わったトオサンたちから見ると、言いたいことが山ほどあるらしい。二人の元教師の怒りのほこ先は、戦後の日本と日本人へも向いている。

「今や、日本人のモラルも地に落ちましたな。台湾も日本も、修身の時間をなくして精神方面を軽んじたことが問題ですな」

黄先生の言葉を受けて、老いた教え子は大きくうなずく。

「台湾の今どきの教師は、自分の利益につながることしかやりたがらない。教育までがカネ、カネ、金なんだよ」

ヒノキの大木のような人が、ゆっさゆっさとこずえを揺らし、怒っている。

「あっさり、言うとね」と黄先生。

〝あっさり〟とは日本語風の台湾語で「いさぎよく」とか「単刀直入にはっきり」という意味をこめるときに使う。

「私は自分の教え子に補習費を長いこと払うはめになった」

黄先生の子供や孫を教える小中学校の教師のほとんどは昔の教え子だったからだ。

「君たちの親から、自分は一銭も補習費をもらわなかったぞと、苦言を言ってやったよ」

戦後、大陸からやってきた国民党政権が、台湾人の教師や父兄を白色テロの恐怖で縛り上げ、中国人としての歴史観や教育を押しつけ、教育界までを金銭体質、賄賂《わいろ》漬けにしてしまった、というのが彼らの嘆きであり告発なのである。

だが、そこまで教育現場が変わってしまったのは、台湾人自身の責任でもあると黄先生。

「ヘビににらまれたカエルのように、我々はあまりに立場が弱かった。台湾人自身ずっと腑《ふ》抜け状態だったことは確かです」

饒舌《じょうぜつ》さに、ときおり混じる悔恨、義憤。

お別れを告げようとしたとき、部屋の奥に飾ってある一枚の色紙に気づいた。

春くれば　降り積む雪も溶けるべし
しばし　ときまて　やまのうぐいす

「あわてるな、何ごともよく熟考せよ、というようなことだな。自分に言い聞かせて、今日まで生きてきたわけだ」

「梅」と「桜」、二つの時代を教育者として生きた自負と苦悩が、ふっとのぞいた。

親子に見る言葉の相克

戦後、国語が日本語から北京語に切り替わると、トオサンたちは漢字ばかりで真っ黒に見える教科書を使って、勉強をやり直すはめになった。中には、国民党政権を嫌悪して新しい国語の学習を拒否したり、教師に恵まれなかった理由で、身についていない人もいる。

日本語の本や教科書をすべて焼くように言われた彼らは、新しい知識の吸収にも日常生活にも困難を生じ、「新しい国語を学習することが何より大変だった」と回想する人は意外に多い（巻末アンケート267ページ参照）。

「序文にかえて」のところで、黄智慧さんが紹介してくれた台湾川柳会の二代目会長を務めていた故李琢玉《りたくぎょく》さん。彼は自分自身の言葉の相克をみごとに詠《よ》んだ。

ペキン語を喋らぬ誓い半世紀
あっしには関わりのねえ国中華
我が家にも一国二制孫来たる
(『酔牛　李琢玉川柳句集』より)

琢玉さんのようなトオサンたちは、中国語で文章を書くべきときもまず日本語で自分の考えをまとめ、それから翻訳する人が多いと聞く。パソコンのキーボードでも、中華民国が定めた併音法「bo po mo fo」(「ボ・ポ・モ・フォ」といった発音に該当する音声文字による表記)や、中華人民共和国が採用しているローマ字併音法の代わりに、日本語の要領で漢字を打ち込んでいた。

漢文の素養があった清代生まれの親は、日本語を勉強する子供たちを複雑な思いで見守るしかなかったに違いない。第三章で登場した林淵霖さんの父親は、公学校一年生の国語教科書の漢字の少なさにびっくりして、「なんと幼稚なのだろう」と感想を述べたとか。

私は多くのトオサンから日本語で書き下ろした自叙伝や日本の同窓会誌に投稿した原稿をいただき、拝読している。台湾の進むべき道をテーマにした論文、自分史、資料を駆使してまとめた郷土史などどれも素晴らしい内容なのに、日本語で書いてあるため、子供や孫たちにはちんぷんかんぷんなのである。

日本語どころか、十代の若者たちは北京語ほど、母語の台湾語がうまくしゃべれない。ましてや原住民語となれば、若い世代への伝承が難しくなっている。

現在、大部分の家庭の三世代共通語は、母語である台湾語（閩南《びんなん》語、または客家《ハッカ》語）だ。母語のほかに、祖父母は日本語、子供家族は国語である北京語、と複数の言語が常に飛び交う。留学先、または移住先のアメリカやカナダ、ニュージーランドから、孫や子供一家や親族が一時帰国して食卓を囲むとなれば、台湾語（もしくは原住民語）、北京語、日本語、英語を混ぜた、超チャンプルーなコミュニケーションが展開する。そう、家庭にこそ多言語国家、台湾の姿があるのだ。

英語を習うトオサン

世代によって、いくつもの言語が家庭の中でも行き交う台湾は、私たち日本人の想像がとうてい及ばない多言語、多文化社会である。特に子供たちがアメリカやカナダなど他国に移民している場合は、トオサンたちの期待どおり日本精神の継承はむずかしい。

台南市が、地元の国立成功大学の協力を得て運営する生涯学習センター「松柏学苑」で英語を学ぶ陳平海さんと葉俊宏さんの仲良しコンビに出会ったのは一九九四年だった。当時六十六歳だった陳さんは、受講の動機を照れ笑いしながら教えてくれた。

「アメリカに住む息子一家が里帰りをすると、孫たちに英語でペラペラッとやられる。それがさっぱりわからんのです。孫たちと会話ができるようになりたいと思いましてね」

二人は週に二回の英会話講座に通って二年余りになる。

「どのクラスも楽しいですよ。先生は若くて美人だし、申し分ありませんな」

年長の葉俊宏さんが脇から冗談半分に言葉を添える。

彼らの案内で生涯学習の様子を見学に行って驚いたのは、参加者たちの向学心だった。英語の他、スペイン語、日本語、中国語、台湾語のクラスがありどこも大人気だ。英語やスペイン語のクラスは、主に親族がアメリカへ移住している人が受講し、日本語クラスにはさびついた言葉をブラッシュアップしたい人たちが、中国語クラスには戦後に学校で学習の機会を逃した人たちが、台湾語クラスにはベトナム人やインドネシア人のお嫁さんたちが集まり、熱心に授業を受けていた。内容は日常会話で実践第一。

猛勉強の甲斐があったのか、陳平海さん夫妻はだいぶ前に息子さん一家の住むニューヨーク州のロングアイランドへ移住した。

アメリカでの生活ぶりはご本人や子供さんたちのSNSを見れば一目瞭然だ。チノパンツにポロシャツというカジュアルなスタイルでロングビーチを家族と散歩する平海さんの雰囲気は、トオサンというより、どうみてもダディになっていた。

その後、陳さんが旧正月にアメリカから帰省するのにあわせて私も台南へ出かけるほど一族の皆さんと仲良くなった。一族が集まる宴席では、誰もが三つくらいの言葉を混ぜながら会話を楽しんでいる。多くの言語がきらめきながら組み合わさって、感嘆符、接尾語からあふれるニュアンスの妙、美しい響きが万華鏡のように広がる。その旋律を耳にするだけで、多言語文化の豊穣さに圧倒される。

シニア世代になっても、台湾の人々の環境適応力というか落地生根ぶりはみごとというほかない。言葉同様にスマートフォンなどのITツールもほとんどの人が使いこなしている。日本語だけ律儀に使っている私たち日本人よりも、頭の構造が柔らかなのだ。

それでも謙遜家のトオサンは大きく手を横に振り、いつも言う。

「いやいや、とんでもない。一番しゃべれたのは台南の英会話教室に通っていた頃ですよ。いまはすっかり頭の回転が鈍くなっておりますよ。しかし、フシギなことに日本語は忘れませんなあ。子供時代に身についたものは違いますな」

世代間のギャップは言葉だけではない、トオサンの子供にあたる世代は、中国人としての教育を北京語によって徹底的に受けている。小学校に入学するなり歴代皇帝の名前を暗記し、チベットまでを版図とする虚構の「中華民国」の歴史や法律を習い、抗日精神を強調した歴史を徹底的に学んだ。戦後の教科書や反日映画に登場する日本人像は、決まって残虐で傲慢、粗暴で卑怯だった。

子供たちは、父親のことを頑固だの大男人主義（男性が優位とばかりにいばりちらす）と批判する。「すぐにバカヤロウと言う」、「子供をたたく」、「怒鳴る」、「亭主関白」。こうした態度を日本男性の典型と誤解しているトオサンの子供たちは、学校教育の影響か、はたまたヤクザ映画の見過ぎだと思うけれど、意外に多いのである。

親子の価値観や生活信条の相違は、繊細でしぶとい。ふだんは何気なく過ごしていても何かの瞬間にマドラーが動く。すると心の底に澱《おり》のように溜まっている考えの違いが浮上し、小さなクラックが入る。

屏東県で出会ったトオサンは、激する気持ちを奥歯で噛んでつぶやいた。

「娘や息子は、考え方もまるで中国人なのです。自分の子供なのに話が通じない。なんとキッカイ（奇怪）なことか……」

二・二八事件や白色テロを生み出した国民党に嫌悪感を抱く親の世代は、学校で子供たちが教わってくる「日本」に異論を唱えた。トオサンが子供たちに聞かせた日本人像は、正直、勤勉、時間厳守、愛国、犠牲的精神に富む、サムライであった。

「親がまったく反対のことを主張するから混乱するんですよ、爸爸（パパ）はむきになって台湾人と日本人を弁護したな。先生の教えることは大嘘だってね」

仲良しの湯さん夫妻は、笑い話として語ってくれる。

それが孫の代になると子供が親に示すような反抗や葛藤はほとんどない。幼少時代から日本のアニメや漫画やテレビ番組に触れ、日本各地に観光し、メイドインジャパンのファッションやアイドルに熱中してきた孫の世代にとって、日本語の理解できる祖父母には仲間意識があるし、祖父母は孫たちが日本経留学するのを応援し、目を細めてその学生生活を見守った。

そんな世代別の意識を考えたとき、巻末のアンケートのある回答が興味深い。

「日本精神を子供たちの教育に生かしましたか？」と質問したところ、全体の七六％がイエスと答えている。しかし、子供たちに日本精神が受け継がれていると答えた人は四〇％。「伝わっていない」と「わからない」の両方を足すと半数以上の五六％になる。子供に「桜」の心は伝わらなかったと、トオサンたちは悲観的だ。

水に流す心を忘れたくない

日本時代の教育にアイデンティティーを見いだす蘇明義《そめいぎ》さんは取材当時八十歳。中部の彰化《しょうか》県出身のダンディーなトオサンだった。彼の長男は外省人二世の女性を妻に選んだ。二人は同じ大学を卒業し、教会の活動を通して知り合った。

「しかたないよ、好きでいっしょになったんだから」

トオサンは、時代の流れを認めるように、おだやかな口調で話す。

お嫁さんの父親は湖南省出身の空軍軍人である。四人の娘のうち三人をアメリカに留学させ、自身もアメリカ生活の経験が長い国際派だ。

「嫁さんの両親とはもちろん会えば笑顔で挨拶《あいさつ》します。でも会話は表面的だな。こっちの北京語も向こうの台湾語もそれほどうまくないから、心を割って話したことは一度もありませんね」

「梅」の国からやってきた人々に対する、理屈を超えた「いかんともしがたい」気持ちがあるのだと、明義さんは打ち明ける。官庁で多くの外省人同僚と、不慣れな北京語で長い間仕事をしてきたからこそ、そう感じるのだろう。

「こっちは大日本帝国の教育を受けたし、向こうは大中華思想を授かっている。ウッハッハ」

冗談めかして笑い飛ばすけれど、その目はけっこう真面目である。

明義さんは州立台北工業高校の機械科を卒業後、東京芝浦電気（現在の東芝）の正社員となったが、戦況の悪化で日本での技術研修を受けることができなくなってしまった。そこで彰化青年師範学校に入り直したが、米軍上陸に備えて海岸防衛の任務に召集されて、一九四五年八月十五日を日本兵として迎えた。

「敗戦になって自分が中国人になるとは考えもしませんでした。中国人になったというよりならされたんだな。いきなりだから、泡を食ったっていうかね。まあ、戦争で死んでしまうよりはましだっただろうがね」

日本から中華民国へと体制が変わってからは、「技術職に徹する。それが生きる道だ」と覚悟を決め、六十五歳の定年まで行政院経済部（日本の経済産業省にあたる）工業局に環境整備の次官として勤めた。そのため白色テロにも遭わず、比較的おだやかな人生だったと振り返る。その言葉どおり、過ぎた歳月が福々しい表情に表れている。

国家公務員だった明義さんは、退職前の給料の七七パーセントにあたる終身年金を、半年ごとに受け取ることができる。厚生年金や国民年金の制度がまだ整っていない台湾では、外省人の老兵年金と並び破格の待遇と言えよう。台北市内の自宅は、二〇年以上前に購入した。入り口に茂るカタンの大木が、周囲に緑陰と静寂をもたらしている。リビングルームでは「藤娘」と「娘道成寺」の日本人形、その脇に置いてある「メンソレータム」のフタについたナースが、並んで微笑んでいる。「ジョニーウォーカー」の黒ラベルやヨーロッパ土産らしい絵皿の並ぶカップボード、生け花のしつらえ。どれもみな日本の家庭におじゃましたようだ。キッチンからかすかに匂うかつおだしの匂いが、夫妻のあの日への郷愁につながっている。

明義さんは、社会にはびこっていた省籍矛盾がじょじょに消えていく様子をじっと観察してきた。それでも中国人と台湾人の間には根本的な違いがあると言う。

「僕ら七〇代以上の台湾人がガンコだから？　いやそうじゃない。中国人と台湾人の違いは、六〇年という長い時間をかけても消せるものではないんだよ。東京と沖縄とでは言葉も文化も大いに違うだろうが、そんな簡単な違いでは説明ができないんだ」

じゃあ、外国人同士ですか？

「うーん、それとも違うな」

答えの出ない禅問答と言いたげだ。

「とはいってもね、台湾の平和は、省籍を乗り越えて台湾人と中国人が築き上げたものなんだ。それだけじゃない。日本人が台湾に伝えた有形、無形の財産の中に〝水に流す心〟、許す心がある。この日本精神のおかげで台湾人は心が広くなった。つくづくそう思うんだよ」

水に流す心は単に過去を忘れ去ることではない。憎むことや恨むことを忘れ、相手を許して認める。おのれの気持ちを浄化することだ。そんな高度な技が、戦前の日本人から伝わったと、トオサンは言っている。

「我々は、いっしょにやっていかざるをえないんだよ」

そうだろう？　とこちらの顔をのぞき込む。

改めてその意味を考えていると、カタンの木からジュクジュクジュクジー、ジュクジーッと蟬の声がかぶさってきた。

日本語と妻を思う心

「ねえ、一度遊びに来て。パパが喜ぶと思うの」

ジャーナリストの林淑珠《りんしゅくじゅ》さんは、北京語特有の喉《のど》の奥に巻き込む音で私を誘った。彼女の父親は、一九六〇年に漁師を引退してから漁網店を商い、認知症の妻を介護しながら日本語学習に励んでいるという。なぜ、今になって日本語なのか？

二〇〇六年の二月、彼女の実家を訪れた。

旧正月と重なったこともあり、観光地淡水は休暇を楽しむ家族連れや若いカップル、旅行者でごったがえしていた。ファッションブティックや土産物店、ソフトクリームのスタンド、ゲームセンターが並ぶ通りに、観光客がその存在にも気づかない漁網店があった。その奥で、店主の林禎《りんてい》（80）さんは私たちの到着を待ちこがれていた。

潮焼けしてしわがれた声、肌に刻まれた縮緬《ちりめん》状のしわが、長年の漁師生活を物語っている。台中港沿岸で、ウナギ、シラス、ボラなどの養殖を続けながら、四人の子供を育ててきた苦労人だ。

店内には青や赤の漁網が、布団のように丸めて積み上げられていた。奥にダイニングテーブルがひとつ。「大日本帝国特別志願兵　高雄警備府　台湾第四期高志水二四八九号」と書かれた身分証明書と、日本から取り寄せている海軍懇親会の会報が置いてあった。私に向かって誇らしげに日本語で説明をすると、こんどはとっておきのお宝を披露すると言い出した。

自分の部屋からケヤキ製のトランクを持ってきて、テーブルの上で開ける。軍隊式にきちんとたたんである六十数年も前の海軍志願兵の制服一式だった。

「これを着てたのぉ？」

娘が台湾語ですっとんきょうな声を上げた。トオサンははしゃぐ娘を目でたしなめると、日本語でこう言った。

「これはな、私の宝だ。二・二八事件のときは畑に穴を掘って埋めて隠したんだ。これだけはどうしても守りたかったんだ。あとは全部焼いてしまったなあ」

コットンの白いセーラー服、裾広がりのネイビーブルーのパンツ、ネルのアンダーシャツ、リボンのついた海軍帽、防水加工を施した濃紺のジャケット、靴下、ゲートル、海軍のワッペン、桜の徽章《きしょう》。それら「お宝」をいとおしげに広げ、身体にあてて感触を確かめるトオサンは、私たちを置き去りにしてタイムトンネルに入ってしまった。

禎さんは、国語が北京語に変わってもほとんど習おうとせず、船の上では母語の台湾語で通してきた。妻が病気に倒れる前は、夫婦の間で日本語の会話もあったが、今は海軍の会報誌を手にするときや、日本人の旧友に手紙を書くときしか、使う機会がない。日本語の独学は、広告チラシやカレンダーの裏側に日本の地名を書き連ね、読み方の練習をする。海軍会報誌の文章を書き写す。短歌をつくる。

節くれだった手にエンピツを握りしめ、禎さんは日本の河川や山脈名を書き、次々に読み上げた。そのつど娘の顔を得意げに見る。

「パパが読む日本語の響きが好き」

孝行娘は優しく持ち上げる。私は、こうした父と娘の情景に不慣れだ。

階下で談笑していると、ひきつった声を上げながら妻の月嬌《げっきょう》（79）さんが、ヘルパーに支えられて二階から降りてきた。ショートカットの髪にカチューシャをして、ローズ色のブラウスを着ている。が、下はしわだらけのパジャマのままである。

「ここへ座りましょうね」

娘は母を誘導するのだが、子供のようにだだをこねてトオサンをこぶしでなぐる。こんなことは日常茶飯らしく、彼は上手に台湾語で認知症の妻をなだめて座らせた。月嬌さんは意味不明な言葉をつぶやき始めた。視線を左や右に向け落ち着かない。禎さん

淡水河を散歩する在りし日の林禎さんと愛娘の淑珠さん

が日めくりカレンダーの裏側を使って日本語を書き出すと、認知症の妻はすさまじい力でそれを奪い、カレンダーの数字を日本語で読む。

「にじゅうーいち、にじゅうにぃ、これー、これはご・が・つ」

遠い記憶は恐ろしいほどに鮮明だ。現在の言葉を失っても、日本語は彼女の中で息づいている。突然、月嬌さんはテーブルの上の皿からお菓子をわしづかみにして、私に「たべて、たべて」と差し出した。それを止めようと、ヴェトナム人のヘルパーと娘が、二人がかりで北京語でなだめ押さえ込む。それでも、「たべて、たべて」と、宙を見つめて日本語を繰り返す。

「もう、月嬌は治らんですよ、どうしてこんな病気になってしまったのかねえ」

トオサンはがっくりと肩を落とす。壁には、元気だった頃の妻とのツーショットが飾ってあった。

八十歳になったとき、彼は生まれて初めて愛妻のために短歌を詠んだ。

月嬌の多福をたのし祈りつつ

夫婦の情け　今偲ぶけり

つたない一首から、妻への変わらぬ愛情が伝わってくる。

「元気だった頃を思い出すと、つらくてねえ。だが人間八十にもなると深く考え込まないようになるものだ。悲しいけれど、悲しいと思わんようにできるんだよ」

彼は折りじわがついて、文字がところどころかすれている名簿を机から取り出した。

「ヘルパーの小姐《シャオチエ》を紹介してくれたのも、海軍の仲間ですよ」

すりきれた懇親会名簿。戦友同士のつきあいは、単なるノスタルジーではなく、互いの命や生活をささえ合うセーフティーネットになっている。

とはいえ、〝蜘蛛の糸〟のようなネットは年々先細りになり、先に逝った仲間たちの名前の上には、ボールペンで横線が引かれていた。

「海軍で鍛えたがんばる精神があるから、なんとか今日まで介護をしてきましたよ。それがなければ、母さんよりも私のほうが先に天国へ行ってしまうよ」

またしても「がんばる」精神がトオサンの口から出た。

片手に名簿を持ちながら、禎さんは指で机をたたき始めた。志願兵時代に習い覚えたモールス信号だ。

トン・トン・トン・ツー・トン

ボケ防止と言いながら、薄暗がりの中で一心に信号を送っている。誰にも語らぬ心の言葉を、亡き戦友に送信しているように見えてしかたない。トオサンにとっての日本語は、言葉を超えて彼を奮起させ、ときに癒してくれる大切な存在なのだろう。どんなにサビ付いた日本語だとしても……。

林禎さんの家を出て駅へ向かう途中、「多桑」（トオサン）と呼ばれる人々と日本語との絆が想像を超える領域に及んでいることを感じ、教育の底力を思い知った。

後ろから声がした。海軍の帽子をかぶった禎さんだった。水滴が貼りついた大玉のスイカを私の両腕にねじこもうとする。「また、必ずいらっしゃいよ」。それだけ言うと、妻のもとへ急いで戻っていった。

あの日、元気に見送ってくれた林禎さん。彼の訃報を聞いて八年目の春だ。

日本には大恩がある

日本でも愛国心や愛国心教育についてさまざまな意見が出るたびに、「日本人は国難に殉じる覚悟があるのかッ」と一喝した〝上杉重雄〟こと鄭春河《ていしゅんが》（享年85）さんを思い出さずにはいられない。

一九九四年、台南市に取材に来ていた私のもとに、ある日、眼光鋭い七十三歳の老人が、陸軍志願兵だった頃の写真や資料をたずさえて訪ねてきた。ホテルのロビーで会うなり、「日本名上杉重雄です」と自己紹介をし、いきなり「大東亜戦争は聖戦だった」と断言した。

日本がかかげた大東亜共栄圏の理想でどれほどアジア諸国が奮いたったか、という点を特に力説する。

「それなのに戦後の日本はなんたるざまよ、アジアを侵略したと謝罪し続け、土下座外交を行うとは！」

目の前のトオサンは、「大東亜戦争」を「太平洋戦争」と言い換え、すべてを軍国主義のせいにして、先の戦争を全否定する戦後の日本が歯がゆくてしかたがないらしい。心に溜まった思いを一気に作裂《さくれつ》させると、押し黙ってしまった。

春河さん同様に戦争を体験した世代は、当時、侵略戦争の意識などなく、大東亜の解放を素直に信じお国のために尽くしてきたのだろう。ところが、敗戦後の社会から、あの戦争は間違っていた、悪だったと決めつけられて、子供たちに過去の体験を知らせる意欲が萎《な》えてしまい、私の父のように「どうせわかってもらえない」とだんまりを決め込んでしまった。

もし彼に、昭和のある時期に日本は国策を誤り、戦争に突入したんですよ。「大東亜共栄圏」の実態はどうでしたか？　結局、日本の国益のためにアジアの人たちが多くの犠牲を強いられたじゃありませんか。と言ってみたところで、意見がかみあわず、気まずさと虚しさにおぼれるだけだ。

そう思って次の言葉を待つしかなかった。

トオサンは息を整え、「今の日本人は、国難に殉じるだけの覚悟がありますかッ、日本人の愛国心はどこへいった？」とさらに問う。

帰国後、鄭春河さんからしばらくの間冊子が送られてきた。『嗚呼《ああ》大東亜戦争』『戦犯と英霊』『台湾志願兵の告白』『国民意識』『今は昔の比に非ず』などなど。そのどれもが端正な日本語で綴られ、先の日本の戦争については自身が血書嘆願して従軍したこと、欧米列強からのアジア解放という大義が多くの資料をもとに淡々と論じられていた。学校ではまったく教わらなかった内容に愕然とした。しかし一つの意見として拝聴はできても、皇国史観にもとづく意見には同調できなかった。

二〇〇五年七月、台南では満開の鳳凰木《ほうおうぼく》の花がかがり火となって、道路を照らしていた。お見舞いかたがた、鄭春河さんのご自宅に私は向かっていた。前の年のある会合で、若者の衝動殺人が多発したり、役人が汚職まみれになっている昨今の日本の現状を憂慮する春河さんのスピーチを聴き、彼の持論を改めて聞いてみたい気持ちが突き上げてきた。

「何日も前から知らせると、失礼のないようお迎えしようと張り切るので負担がかかってしまう」と、父親を気づかう子息との約束どおり、面会は一時間ほどとし、到着の一五分前にタクシーの中から電話をして知らせた。

台南から四〇分ほどのご自宅の広い客間には、軍刀と「教育勅語」、初々しい陸軍志願兵時代の写真などが飾られていた。どれも春河さんが日本人〝上杉重雄〟として二六年間生きた証《あかし》だ。エアコンの音に混じって、しわぶきが奥の部屋から漏れてきた。しばらくすると、革靴を履き、上着をはおった鄭さんが現れた。痛々しいまでの折り目正しさに歓迎の気持ち

軍刀を見せる故鄭春河さんと子息の名峰さん。客間には「上杉重雄」時代の写真が架けてあった

が強くにじんでいる。

「遠いところをようこそいらっしゃった」

一〇年以上前に私を一喝したトオサンの野太い声は、すっかり弱々しくなっていた。

鄭春河さんは、李《り》登輝《とうき》総統が誕生して手紙の検閲がなくなった一九九〇年頃から、台湾民主化への思いや日本への直言を、日本語でしたためては志を同じくする人に送りつけてきた。自費出版の総部数はすでに三〇万部近く、費用は二〇〇〇万元（約七〇〇〇万円）を超えている。代表的な論文は『台湾人元志願兵と大東亜戦争・いとほしき日本へ』（展転社刊）として一冊にまとまり、靖国神社の遊就館にも献納されている。

「日本は、台湾における元日本人のことをすっかり忘れておりますね」

春河さんは、寂しく笑う。

「だが、私は大恩のある日本を決して忘れません。それが国を愛する心なんです」

「……大恩ですか」

「ええ、日本は台湾を今日のごとく大きく育ててくれた。ですから最後まで恩返しをしたいのです。感謝報恩は道徳の基本、国を愛する心でもあります」

ペンを握るのも不自由になった右手をさすり、肩で息をする。五年ほど前から神経痛が悪化して右腕がマヒするようになってしまったのだ。

「戦後の日本は、若者がすっかり毒されてしまった。親殺しなど、戦前には想像もつかなかった事件ですよ。日本がおかしくなりかけているのに、元日本人として黙っておられますか、私は遺書のつもりで日本人に向けて書いております」

春河さんの心に刻み込まれている「日本」と、戦後の日本はあまりにかけ離れてしまった。彼の思慕する「日本」は、武士道精神にのっとった道義国家であり、毅然とした外交をし、自国の文化を誇りにするまほろばである。

「今どきのモラル崩壊は、日本精神を失った当然の帰結です」

歯がゆいという痛覚が、神経痛以上にうずき、彼をさいなんでいたのだ。

捨て子となった悲哀

大和をばはなれ孤島の桜花
花か波かと見る人もなし

(『台湾人元志願兵と大東亜戦争・いとほしき日本へ』鄭春河著より)

「どんなに差別を受けたとしても、今になれば日本時代が懐かしい」

こう語るトオサンは少なくない。歳をとればとるほど青春時代への郷愁は強度を増し、加速してくる。しかし鄭春河さんの日本に対する思いは、一般的なノスタルジーをはるかに超えている。

南方戦線での過酷な戦いを、強靭《きょうじん》な精神力で切り抜けた日本兵〝上杉重雄〟は、日本人でなくなったとたん、捨て子の気分を味わった。母親から無理矢理引き離された幼子のように、戦後六〇年の歳月を、春河さんは枕を涙で濡らし生きてきたに違いない。

彼は著作の中で、こんなふうに真情を吐露していた。

今更愚痴をこぼしたところで何んにもならないが、まだご健在の当時の為政者にお伺ひしたい。当時の台湾人民がそんなに不忠だったのか？　台湾が戦後日本の荷物となるからか？　それとも補償を避けんが為の手段なのか？　何故我々を捨てたのか？　どう考へても考へてもその理由が判らない。世間には貰ひ子（養子）が腹を痛めた子よりいい子が沢山いるではないか。ところで肉親の子である日本国民はどうだらうか？　みな台湾人より忠良な国民であっただらうか？　台湾人はみないい子ではなくとも、やむなくお別れせねばならない時、せめて「将来の生きる道」だけは考慮してやれた筈なのに、況やこれが人情ではなかろうか？

（『台湾人元志願兵と大東亜戦争・いとほしき日本へ』より）

志願兵になり、お国のために戦うことで忠君愛国を貫いてきたというのに、彼は「日本人」にはなれなかった。その代わり、彼は「元日本人」としての矜持を保ち戦後を生きてきた。アイデンティティーの葛藤を引きずりながらも、春河さんはまるで戦前の皇民化作家のように、立派な日本人になるための努力と苦悩を、いくつもの論文に残している。

執筆にふけることで彼は甘美な思い出をまさぐり、「母親」に出会おうとした。強い思慕の念で面影を追ううちに、「母親」はしだいに聖なる偶像へと変容していったのではないか。春河さんの愛国心は、感謝報恩と絶対的な愛情に貫かれている。だから彼が著作の中で、日本への思慕を語れば語るほど、その裏から日本人になれなかった無念があふれ出てくる。

約束の時間はあっという間に経ち、別れの時がやってきた。律儀に家の前で見送る春河さんをバックミラーで見やりながら、次の街まで送ってくれた子息の名峰《めいほう》（53）さんがため息混じりに話してくれた。

「日本のことになると自分の体調も顧みない。なぜそこまで一生懸命になるのか、まったくわかりません」

「理解できない」と首を振る子息の名峰さん。私も最初は鄭春河さんの歴史認識に大きな違和感を抱き、トオサンが特別な人に思えた。

「父はまるでタイムトンネルの向こうにいるようです」

無理もない。敗戦によって〝大日本帝国〟は瓦解し、日本人は潮が引くようにいなくなり、皇民たちだけが取り残された。彼らは熱帯のジャングルの中だけに置き去りにされたのではなかった。

「しかし、本人が幸せならそれでいい。父には健康で充実した余生を送ってもらいたい、それだけです」

ろうそくの灯火に手をかざすような、子息の一言だった。

それから約半年後。愚直に、日本精神を極めようと努力をし続けた鄭春河さんは、彼岸へと旅だってしまった。夏にお目にかかったとき、燃え尽きる命を予見していたかのように、「兵隊はいつでも覚悟ができております」と、語って柔らかに微笑んだ。

お参りのために再度ご自宅を訪ねると、名峰さんの一家が揃って出迎えてくれた。居間には祭壇が置かれ、柔らかな微笑みのトオサンは花に囲まれていた。ルーペや万年筆や爪切りなどの遺品がガラスケースに並んでいる。日本語の蔵書二〇〇〇冊は、すでに南投市の「国史館」に寄贈されていた。

春河さんが昼寝をしたり書き物をしていた場所に案内された。しわぶきが聞こえてきた奥の部屋である。

「せめて一年はこのままにして、父を偲ぼうと思っています。まだ父が元気でいるみたいでしょう？」

赤茶色のビニールサンダル、小型扇風機、目覚まし時計。愛用品はどれもぬくもりを保っている。春河さんが石工と化して、日本語を一語ずつ彫るように綴っていた机の上に、言葉のかけらが散らばっているようだった。

台湾文学研究の第一人者張良澤《ちょうりょうたく》博士と会ったときの話を思い出した。台湾文学にはもちろん、日本語や北京語で書いた作品も含まれる。

「台湾文学の基準は、使用言語よりも作品に表れている考え方が、どれだけ台湾らしいかということです。日本人に負けないほど日本語ができると言ったって、我々は台湾人なのですから」

春河さんの論文は、どれもみごとな日本語で書かれているために「元日本人」という観点だけで読んでしまっていなかったか、〝立派な日本人〟を目指した台湾人の屈折した哀しみを、見逃していなかっただろうか？　私は見えぬかけらをまさぐりながら、自問した。

いつのまにかお孫さんたちが、遺影の前に集まってきた。

「遺品を整理するうちに、歴史に翻弄《ほんろう》された父の苦労が見えてきました。子供たちにも知ってほしいので、いずれ父の人生をまとめてみたい」と名峰さん。

残された家族は、トオサンの人生をひも解こうとしている。

第五章　トオサンの戦争と平和

緑島への里帰り

第三章で、白色テロの受難者としてご紹介した陳孟和《ちんもうわ》さんと、一緒に緑島へ旅行したことを私は一生忘れないだろう。孟和さんが人生を卒業したのは二〇一七年。九十三歳で亡くなるまで、ずっと、一途に、彼は白色テロの記録を後世に残す仕事に打ち込んでいた。

初めてお目にかかった時頂いた名刺に、「台北市高齢政治受難者關懷協会」と所属団体が書いてあり、薄紫と曙色の光を含んだ空と起立する岩の、美しい海岸の絵が添えてあった。水彩画だろうか。思わず、この場所は？　と聞くと、彼はちょっと遠くを見る目になって言った。

「ここは、今の私の原点になった場所、緑島です」

そして、都合がつけば、いつか案内しようと約束をしてくれた。

カンヒザクラの紅茶色のつぼみがふくらんできた二〇〇五年十二月、白色テロの受難者、陳孟和（76）さんに案内をお願いして、二泊三日の旅程で緑島を訪れた。一九九〇年五月まで政治犯の自由と人権を奪って、監獄島と化した台湾の、その中でも極めつきの〝アルカ

絶海の孤島、緑島の収容所「新生訓導処」を描いた陳孟和さんの作品。彼は絵画の才能にも恵まれていた

トラス〟である。

台東市の東、約三三キロメートルの太平洋上に浮かぶ緑島までは、二〇人乗りの小型プロペラ機で一五分ほどのフライトだ。ふわりと離陸した機体は、白い波頭が立つ太平洋の上を熱気球のようにふわふわと飛んでいった。

トオサンたちは「火焼島《かしょうとう》」と、一九四九年の改名以前の島名で呼ぶ。

その昔、航海中の船に島の位置を知らせるために、小高い丘で野焼きをした習慣や、夕焼けで島が赤く燃えるように見える様子から名前がついたらしい。

二十二歳で島流しとなり、一五年間も労働と思想教育を強いられた孟和さんは、逮捕にあたってなぜあんな恐ろしい捏造《ねつぞう》が行われたのかと、今も考え込む。

「知識分子でもなく、社会に何の影響も与

えない私のような若造を、さらうように逮捕してね、一〇年も二〇年も収容所に入れてしまう。白色テロの恐ろしさはそこにあるんです」

努めて冷静に話していた受難者は、機上から島が見え始めると心臓の鼓動が早まるのか、胸を押さえて呼吸を整える。

「あの島には……」

自分なりの青春があるという。

孟和さんにとって、火焼島はかつてそこで生き、別れ、また戻る「ふるさと」と同感覚の痛みを秘めている。だから、「行く」のではなく「帰る」と表現する。

「懐かしさと哀しみが混じり合った特別の場所、だから、里帰りと同じです」

季節はずれのリゾート地は、海鳴りが響く絶海の孤島に戻っていた。旅館や民宿は軒並みシャッターが降りて無聊《ぶりょう》な時間がたちこめ、放し飼いの犬たちが、風下から私たちの匂いを盛んに嗅いでいる。

「一九五〇年代に戻ったようです」

孟和さんの心の中で、時計の針が逆回りを始めた。

「あの頃の火焼島は、一～二ヶ月に一度、生活物資を運ぶ貨物船がやってくるだけ。船外エンジンの付いた漁船は島に三艘しかなく、自転車は役場に二台しかありませんでした」

人影のない通りをしばらく歩くと、黄緑色の蛍光灯がしばたたいていた。小さな食堂の奥で食事をしているのは店主の家族だった。中へ入り、島の名物だというトビウオの唐揚げ、アオサと卵のスープ、バジルの一種の九層菜《カウツンツァイ》とナマコを炒《いた》めた一品を注文してみる。

トビウオは、海の旨味《うまみ》が強く懐かしい味がする。孟和さんもまた、史明さんと同じようにプラスチックの箸を器用に使って、トビウオの身を骨からこそぎおとしてくれた。帰り際に、彼は少し上気した表情で、店の若夫婦に語りかける。

「私はね、この島に一九六七年までいたんですよ」

すると、若い二人は無遠慮に当惑の表情を見せた。今やマリンスポーツと温泉リゾートを全面に売り出し、年間約四五万人の旅行者を迎える島の人にとって、暗い歴史をまとった元思想犯は歓迎できぬ存在なのだろうか。誰もが当たり前に思っている民主や人権は、彼らの犠牲の上に成り立っているというのに。トオサンと若者。日本の社会の姿が重なって見えてくる。

ホテルへ戻る途中、便利商店（コンビニ）に立ち寄った孟和さんが買い込んだのはサントリーの〝ダルマ瓶〟だった。六二七元（約二二〇〇円）なり。

「寝酒がないとだめなんです、島にくると、どうしても感傷的になってしまいますから」

失われた歳月は、今も島の中を彷徨《さまよ》い、主のもとへ戻ろうとする。

「じゃあ、少しおつきあいしましょうか」

「それは嬉しい、気持ちが落ち着きます」

ホテルの部屋で孟和さんは〝ダルマ〟の瓶を傾け、茶碗についでは喉《のど》を鳴らして飲み干す。

飲み干してはまた、島に置き去りにしてある歳月を拾い集め、ひとつずつ糸に通していく。

無間地獄が始まった

二十二歳の前途ある青年が反乱組織に参加したとされ、懲役十五年と宣告されたときは、どんな思いであったろう。

運命を呪い、自暴自棄《じぼうじき》になったりしなかったのか？　この世のすべてが信じられなくなっただろうに。

「いえ、すごく嬉しかったんです。審理も尽くさず銃殺刑にする。控訴をすれば逆に死刑にされてしまう。むちゃくちゃな裁判でしたから、これで命拾いできたと安心しました」

保安部保安処（後の台湾警備総司令部）が緑島に建てた「新生訓導処」は、一九四九年に宣布した「戒厳令」や「懲治反乱条例」によって、急激に増えた思想犯を収容するための施設である。

役人から、極悪人がやってくると聞かされていた島民は、はしけから次々に上陸する受刑者を見て奇妙な思いにとらわれた。誰一人凶暴な人相はしておらず、物静かで、知的で、病的なまでに皮膚の白い男女ばかりではないか。

「私たちは、島民から〝白いゴキブリ〟と呼ばれました。栄養失調の状態で地下の牢獄に長い間監禁されると、皮膚が黄白色にふやけてくるんですよ」と孟和さん。

〝白いゴキブリ〟の群れは、波止場から北東部の収容所まで、約五キロメートルの石ころだらけの道をよろめきながら進んだ。

収容所の生活は、三分の二が重労働、三分の一は思想改造の反共教育だった。受刑者はサンゴのかたまりから石材を切り出し、自分たちを囲うための塀づくりをしたり、山の草刈りや道路整備にかり出された。炎天下で半日も作業をすると、坊主頭の皮膚がまるごとずるりとむけてしまう。それほど島の太陽は容赦なかった。

「それでも新鮮な空気と光がある。東本願寺の、あの暗く息苦しい牢獄に比べれば火焼島は天国でした」

と、孟和さんは思わず深呼吸しながら言う。

困難な環境で生きる意味を見いだそうとする受刑者たちは、アレクサンドル・デュマの小説『巌窟王《がんくつ》』の主人公に自分たちをなぞらえて、励まし合った。

一九六七年、ようやく刑期を終えた孟和さんは対岸の台東の街に着いた。一五年ぶりに鉄路を見た瞬間、涙の海におぼれた。

「あの感情を何と説明したらよいものか……」

あなたにはどう言おうと、わかってもらえないだろう、そう顔に書いてある。

「ようやく文明の地に戻ってきたという安堵感かもしれません」

出所の安堵感と同時に、家族を長い間苦しませたという自責が一気に押し寄せ、涙で景色がゆがんだ。

ずりおちた黒いセルフレームの眼鏡をもとに戻すと、彼は唾をごくりと飲みこんだ。

「忘れもしません」

父親が一人の青年にささえられてゆらゆらと近づいてくる。その青年は、自分が逮捕されたときにまだ小学生だった末の弟が、立派に成人した姿だった。父親の老いた様子よりも弟の成長を目の当たりにして、過ぎ去った時間に愕然となった孟和さんは、停車場で泣き崩れた。

「ああ、父さん、親不孝を許してください」

日本が昭和元禄に浮かれ、ミニスカートとグループサウンズが、大ブームを起こしていた頃の話である。

孟和さんは、〝ダルマ〟の瓶を傾けながら、さらに苦渋の人生を振り返る。

「思想犯は、出所したあとも目に見えない監獄に入れられます」

故郷へ戻ってきたときに、せっかく家族が厄落としのための猪脚麺線《テイイカアミイソア》（豚足をのせた煮込み素麺）を用意してくれても、いったん遠のいた元の生活は戻ってきてくれない。

特務の監視が二四時間つくために、就職も旅行もままならず、不動産店で部屋も借りられず、親戚や友人たちも離れていく。もちろん結婚も難しい。晩婚になりがちの元思想犯に嫁いだ妻は、特務の執拗《しつよう》な監視、世間の冷たい視線、生活の不安に耐えながら、年老いた義父母の面倒を見なくてはならない。いきおい離婚が多くなる。

親のすすめで、四十四歳のときに結婚した彼も例外ではなかった。裕福な農家の出身で何の苦労も知らずに育った妻は、元思想犯に対する世間の目や監視の恐怖に耐えられず、子供二人が成人するやいなや、家を出て行ってしまった。孟和さんは、「妻には気の毒なことをした」と、身体を硬くしてうつむく。深い酩酊感のせいか、海鳴りが抑えた嗚咽のように聞こえる。

翌朝も鈍い鉛色の空が広がっていた。強風のせいで霧雨が斜めに降っている。

昨夜は寝不足だったので、朝はきしめんそっくりの米苔目《ビータイバツ》を少しだけ食べる。そのあと、きれいに舗装された一本道を、『ドン・キホーテ』の痩せ馬ロシナンテのようなレンタカーで人権紀念園区に向かった。民宿が並ぶ一画を過ぎると、あたりはアダンや落花生の畑になって人家が途切れた。寡黙な景色から何かをあぶり出すように、トオサンは前方を見つめている。凮まみれの孤島。

突然、助手席から孟和さんが身体を浮かして指さした。

「あ、あのあたりだ、ミズをもらったんですよ」

「水？」

波止場からの行進中、彼らは酷暑と喉の渇きに苦しんだ。あまりの渇きに、口の粘膜がくっついて呼吸困難を起こしそうになった孟和さんは、道ばたに転がっていたかけた茶碗を見つけ、一軒の人家の前で頭を垂れて差し出した。

「そ、冷たい水。あの味は一生忘れません」

どれほど多くの母親が

緑島人権紀念園区は、白色テロの迫害に耐えて、自由と人権を台湾にもたらした人々を顕彰し、世界へ向けて人権と民主の大切さを発信するという願いをこめて、二〇〇〇年の世界人権宣言デーに開園した。台湾には、「台北二二八紀念館」をはじめ、各地に二・二八事件の犠牲者を追悼する施設や記念碑が建てられている。そのどれもが、戒厳令下（一九四九〜一九八七）に自由を希求して殺された人々の鎮魂と、決して繰り返してはならない圧政の歴史を語り継ぐ、重要な拠点になっている。

中でも「緑島人権紀念園区」は政治犯収容所跡を公開しつつ、人類の普遍の価値である人権と平和を考える展示が際立っている。太平洋の群青色に包まれた孤島で、将来をもぎ取られ監禁された元若者たちの、あの日の証言を聴くことは、心臓に錐を差し込まれるほどに辛い。しかし、戒厳令下の台湾で何が起こっていたかを知らなければ、現在の台湾の理解が進まない。どんな逆境にあっても人間の尊厳を失わなかった人々をしのぶ「緑島人権紀念園区」は、私が最も行ってみたいと祈念していた場所であった。

三角錐の岩が三つ並ぶ「三つ岩」海岸に、波が砕け散る。波の飛沫が綿花のようにふわふわ飛んでくるスロープの壁面には、受難者の名前と収容年数が細い文字でびっしりと刻んである。だが、これでもほんの一部で刻印名は数百にすぎないという。中には「彭明敏《ぼうめいびん》」、「施明徳《しめいとく》」、「呂秀蓮《ろしゅうれん》」、「黄信介《こうしんすけ》」など、与党民進党の幹部となった政治家や、台湾を代表する作家の「柏楊《はくよう》」、「楊壁川《ようへきせん》」。「柯旗化《かきか》」らの教育者も混じっている。「陳孟和」の三文字は、中ほどの位置に海水を帯びて光っていた。

　横なぐりに吹いてくる海風を受けながら、濡れたスロープを慎重におりると、円く天空を見上げる広場に出た。ベージュ色の壁面いっぱいに碑文が刻んであった。作家の柏楊さんが寄贈したものである。

　在那個時代　　　　　　　あの時代
　有多少母親　　　　　　　どれほど多くの母親が
　為他們　囚禁在這個島上的孩子　この島に囚われた子のために
　長夜哭泣　　　　　　　　長い夜を泣き明かしたことだろう

　碑文の前で薄い身体と萎えた脚を杖でささえ、ふんばる孟和さんの質素なグレーの上着が、音を立ててはためいている。映写機のフィルムがプレイバックするような、記憶が一気に昔へ戻る音……。

　一九五〇年代の台湾では、一晩に何人もの学生や知識人が消えてしまう事件が後を絶たなかった。全島で暗躍する特務は、何の前触れもなく、いきなり市民の生活に踏み込んでくる。陳孟和さんの二回目の拘束は一九五二年の旧正月休みに起きた。

　当時彼は、一回目の逮捕のときに不起訴になった仲間たちといっしょに、市内の写真館に

受難者の中の自分の名前を示す陳孟和さん

居候《いそうろう》をしながら撮影助手として働いていた。

旧正月二日目の深夜に、屈強な体格の目つきの鋭い男たちがなだれ込んできた。

「特務だ！」

仲間とともに孟和さんは飛び起きた。とたんに、黒ずくめの男たちにはがいじめにされ、パジャマ姿のまま手錠をかけられた。友人たちが特務に詰め寄った。

「家宅捜索の令状を見せろ、こんなやり方は不当逮捕だ」

「法を守れ！」

逮捕も二回目となると、令状の提示を求めるだけの度胸が出てくるらしい。だが、特務は薄ら笑いを浮かべ、わがもの顔に部屋の物色を始めた。

一人の仲間が隣長（隣り組長）を呼ぶために外へ飛び出していった。騒ぎを聞きつけた近所の住民は、写真館を遠巻きにしてことのなりゆきを見守っている。

ほどなく、隣長が夜道を駆けてころがり込んできた。

「アブゥ（母さん）……」

孟和さんは、口の中でつぶやいた。隣長は彼の母が務めていたのである。血の気の引いた表情で、それでも母親は毅然と応対する。

「家宅捜索をするなら令状を見せてください、隣長の私が立ち会います」

特務たちは、孟和さんや仲間たちの私物を手当たり次第にかきまわしたが、何も押収するものがない。苦々しい口調で「とにかく来い、聞きたいことがある」とだけ言うと、母親の目の前から息子を荒々しく引き立てていった。

内気な性格の、平凡な主婦だった孟和さんの母親は、息子が十九歳で逮捕されてから政治に関心を持ち始め、なぜ不当逮捕がまかりとおるのか、人々の暮らしをおびやかすものの正体は何なのか？　必死で知ろうと努めてきた。その悲痛な努力がなかったら、どうしてわが子の逮捕のときに、特務と冷静に渡り合えるだろう。子供をもぎとられた母親たちは、判決が下るまで慰め合って不安を抑え、新聞に銃殺刑確定者リストが載れば、おろおろと馬場町の処刑場に出かけて悲嘆を分け合い、毎日を泣き暮らすのだ。

孟和さんに一五年の懲役刑が下ってからは無事に刑が終わることだけを祈り、家事が一段落すると、窓辺にすわって仕送りのセーターを編み続けた母さん。

あふれる涙をぬぐおうともしないで、七十六歳になった息子は母親の慈愛を語った。

「私が結婚して五年目に脳梗塞の発作を起こして寝たきりとなってしまって……。亡くなるまでの二〇年は意識もなく寝たきりでした。何の親孝行もできませんでした」

〝あの時代、どれほど多くの母親が、この島に囚われた子のために長い夜を泣き明かしたことだろう〟という柏楊さんの詩は、台湾全土に充ち満ちた母親たちの呻吟《しんぎん》を、そのまま記念碑に刻んだものである。

静かな覚悟。時間との闘い

一九八四～一九八五年から、各国の人権団体が台湾の現状に目を向けるようになり、国内でも民主化要求が盛んになったため、政府は二〇年以上監禁してきた思想犯をじょじょに仮釈放したり、減刑するようになる。晩年の蔣経国は、経済発展を遂げた中華民国にふさわしい体制をつくろうと考えを変えたのか、蔣一族の世襲制をやめると宣言したり、「自分はすでに台湾人だ」との発言を繰り返した。彼は一九八七年、ついに戒厳令を解除し、緑島監獄は閉鎖となる。しかし、最後の思想犯王幸男《おうゆきお》（後に総統府国策顧問）さんが出所したのは、蔣経国の死後二年目の一九九〇年になってからである。

一九四七年に起きた二・二八事件の遺族や受難者に対しては、李登輝元総統が国民党政府の責任を認め、公式に謝罪を済ませた。事件から五九年目の二〇〇六年二月には、歴史の研究をする「国史館」の館長らが「二・二八事件の首謀者は蔣介石」とする報告書を公表し、陳水扁総統も賛成の立場を表明した。しかし、中には日本人や韓国人も含まれる犠牲者が一万人以上と言われる白色テロは、いまだに全容は解明されていない。

国民党は白色テロの痕跡を消したいのか、特務が拷問をしたり監獄として使った建物を片っぱしから財閥に売ってしまった。恐怖の時代が熾火《おきび》として残るのは緑島だけだろう。その緑島さえ、忘却と風化の波にさらされている。収容所跡には、思想犯が自力で建てた石造りの小屋、売店、収容所の石塀、近くの海岸には洞窟舞台が、かろうじて残っている。

陳孟和さんは、収容所の実態を多くの集会で証言し、政府に資料を提供し、白色テロの解明を訴えてきた。

「もっと多くの受難者が、自分の過去を明らかにしないと真実はなかなか伝わりません。だが、家族にこれ以上迷惑をかけたくないと、過去を封印してしまう人が多く、白色テロの全体像はいまだにわかりません」

二〇〇六年の夏、政府から緑島監獄跡を整備する決定が下った。それでも気が抜けないと孟和さんは眼前の三つ岩にくだける波を見据える。

「最近、もうそろそろお迎えがくるとわかるんです」

「そんなこと……」

「いや、わかるんですよ、自分の命ですから」

残り時間のすべてを捧げても足りない、と孟和さんは唇を嚙む。トオサンたちを駆り立てる使命感、時間との戦い。収容所跡を歩き、海鳴りを聞きながら、私はあえて尋ねる。

――何があなたの背中を押すのですか？

あなたの精神力をささえているモノは何ですか？

「正義です。正義と民主です」

言霊《ことだま》の力も加わって、孟和さんの杖がぶるぶると震えている。

「かたちばかりだがこの二つを私たちは手に入れました。真の正義、民主を台湾に根づかせるために、正義のなかった時代がどれほど悲惨だったか、若者たちにどうしても伝えなくてはなりません」

自分たちの物語を自分たちの言葉で、次の世代に伝えようという意志が強いのは、戦後長らく自由に発言する機会を封殺されていたからだろう。トオサンたちの静かな覚悟は、果たして時代を動かした。

孤島の人権記念館

蒋経国が率いる国防部は、緑島からいったん台東県の泰源監獄に移した思想犯を、一九七〇年に監獄で起きた暴動をきっかけに、一九七二年、再び島へ戻して隔離する。そのために新設したのが緑島感訓監獄（別名緑州山荘）だった。

監獄の入り口には、受刑者が忠誠を誓わされた青天白日旗の絵。敷地内の壁には「共産就是共惨」（共産主義はすなわち共惨）、「台独就是台毒」（台湾独立はすなわち台湾の毒）と、ペンキで書かれたスローガンが今もはっきりと残っていた。廃墟同然の敷地に石の亡霊がたたずんでいた。台座に〝永久的領袖〟（永遠なる実力者）と赤く彫り込んである蒋介石像だ。

その奥の十字形の建物には、収容者のいっさいの自由を奪う独房や、光が入らず音ももれぬ一畳ほどの懲罰房がずらりと並ぶ。バルト三国がソ連邦に組み込まれていた時代、似たような思想統制が行われていた。リトアニアでKGB（旧ソ連の秘密警察）が無実の市民を残忍に扱い、処刑した拘置所跡を見学したが、緑島の施設はそっくりだ。

元講堂を改装した記念館は、二〇〇二年に一般公開となった。周囲を山に囲まれたコンクリート打ち放しのささやかなもので、ガラス張りの外壁には、犠牲者の笑顔の写真が並んでいる。旧帝国大学の角帽をかぶった大学生、背広姿の知識人、先祖伝来の衣装をつけた原住民男性、お下げ髪の女学生。どれもみな、希望に燃えていた時代の肖像写真だ。手折られた花々に手を合わせてから館内へ入った。

入り口の右手には、撮影班に所属していた孟和さんが撮った収容所の日常生活や受刑者のスナップがある。みなこざっぱりした制服を着て笑顔を浮かべ、新しく生まれ変わろうと努力する様子が伝わってくるけれど、当然、ヤラセの宣伝写真である。当時の食器、思想教育のテキスト、家族にあてた手紙なども並んでいた。

奥には収容所の全景を描いた俯瞰図が。これは孟和さんの作品だ。芸術的センスがあり、手先も器用だった彼は、一年かけてヴァイオリンも作った。海岸に流れ着いた板や台風で倒れた家の廃材を水に漬けて成形し、銅線を張り、アダンの繊維をしごいて弓にした。仲の良い妹への、せめてものプレゼントだった。

「ヴァイオリンは、私のほかにも何人かが作り、演奏を楽しみました。新生訓導処は、まだ比較的自由がありましたからね」

受刑者たちがよく歌ったのは、イタリア民謡の『帰れソレントへ』やシューベルトの『セレナーデ』、『野バラ』など。日本へ留学経験のある医師や教師など、音楽素養のある人々がたくさんいたので、レパートリーは大変広かった。

館内に流れる生存者のビデオ証言は圧巻だ。どのように自分が逮捕され、どんな拷問を受け、無法な裁判によって罪に落とされ、いかに島で暮らし、帰郷後もどれほどの無間地獄に苦しんだかを、一六人の男女が語る。

司馬遼太郎の『台湾紀行』に〝老台北《ラオタイペイ》〟として登場する蔡焜燦《さいこんさん》さんの弟の蔡焜霖《さいこんりん》さんは十七歳で逮捕され、一〇年の刑を受けた。出所後に初めて父親の自殺を知ったときの衝撃を、昨日のことのように語っている。作家の楊碧川《ようへきせん》さんは、残忍な取り調べによって「人格を崩壊され、犬のように屈服させられた」いきさつを述べながらも、「暴虐な加害者の心中は常に恐怖が充満し、片時も心が休む暇がなかった。（中略）彼らはとめどなく暴力を行使して自分自身を麻痺させ恐怖を忘れさせるアヘンとして常用したのである」（『人権への道・れぽーと・戦後台湾の人権』より）と冷静に分析した。無期徒刑の宣告を受けた郭振純《かくしんじゅん》さんは身の毛もよだつ拷問の体験と不屈の精神を語り、粗暴な権力者像をあぶり出す。妊娠九ヶ月のときに捕まった陳勤《ちんきん》さんは、獄中での出産、子育てという異常体験を淡々と話す。小学校しか出ていなかった黄石貴《こうせつき》さんは、島でともに暮らした仲間から、字を習いふんだんに知識を得たと、その温情に感謝する。

過酷な環境で、最後まで希望を捨てずに励まし合った人々。小さな記念館からは、台湾各地でスクッと立ち咲く野のユリの芳香が漂ってくるように感じた。

ここで二・二八事件の犠牲となった外国人の救済についてひと言触れておく。二〇一六（平成二十八）年には、基隆で事件に巻き込まれた犠牲者の、沖縄出身の青山恵先さんが外国人として初の国家賠償を勝ち取った。続いて翌二〇一七年には韓国籍の朴順宗さんが、二〇一八年には二人目の日本人堀内金城さんの認定賠償が成立した。

このように台湾の司法は、人権擁護という立場から国籍に関係なく賠償請求を受理、審理している。

反骨トオサンの戦争と平和

「今、台湾に必要なのは、かつての日本が何度も危機を乗り越えたあの復元力。ルネッサンスの力。それと組織力ですよ。一人一人は一生懸命だが、それを大きくまとめていかなければ、台湾の将来は危ない」

歴史家の史明さんのこんな言葉を思い出したのは、二〇〇八年五月二十一日の朝のことだった。本書の取材を始め、公私ともにお世話になった高雄在住の許昭榮《きょしょうえい》（享年80）さんが、高雄市旗津にある『戦争と平和記念館』の敷地内で、前日の二十日に焼身自殺を遂げたと知ったからだ。何度も乗せて頂いた愛車を「台湾無名戦士紀念碑」の前にとめてガソリンをかぶり、自らに火を放ったのだ。私は訃報を聞いて胸に真綿でもつかえたように息苦しくなり、過呼吸に陥った。

公園予定地での自死は、トオサンの半生をかけての情熱と信念が打ち砕かれたことを意味していた。国民党の馬英九氏の総統当選祝いが、高雄市内のホテルで挙行されている時間に合わせて決行したことは、政府への強い抗議と不信感が表れている。しかし、一方で、昭榮さんの行動は、それまで生返事を繰り返していた行政側に強烈なパンチを浴びせ、未来を託す若者に衝撃的なかたちでバトンを渡した。

二〇〇九年五月、高雄市は許昭榮さんの遺言を尊重し彼の構想に沿って『戦争と平和記念館』をオープンさせた。許昭榮さんが自分の命をかけて完成させたものだということを私たちは忘れてはならない。

彼の献身的な努力は、ネットを検索して頂くといくつもエピソードが出てくるのでここでは詳しく述べないが、許昭榮さんは、日本人として先の戦争に参戦したあとこんどは台湾にやってきた国民党に徴用されて中国大陸の国共内戦へと送り込まれ、次には中華人民共和国に招集されて共産党軍として朝鮮戦争で戦い、挙げ句の果てにどの政府からも何の補償もなく、現地に置き去りにされたままの台湾籍兵士の救済に奔走していたのだ。

「台湾籍の老兵のことを、台湾でも日本でも中国でも、だあれも気にしない。こんな理不尽なことってありますか？　だろう？　誰もやらないなら私がやる。それだけですよ」

初めてお目にかかったときから、彼は台湾籍老兵の救済と同時に、計画中の戦争と平和の記念館構想を熱く語っていた。

ここにご紹介するエピソードは、高雄市旗津の予定地を昭榮さんがみずから案内をしてくれた二〇〇六年当時のものだ。今では高雄市の〝訪れるべき歴史スポット〟のひとつになっている『戦争と平和記念館』だが、開設までには実に多くの紆余曲折があり、記念館には多くのトオサンたちの平和と民主への渇望が染みこんでいる。昭榮さんのくったくのない笑顔を思い出すたびに、平和に込められた決意を改めて学ばなくてはと思う。

「とにかく献身的なオトコでね。火焼島にぶち込まれたあとも、不屈の精神で運動を続けておりますよ」

横浜在住の元陸軍幹部候補生呉正男《ごまさお》（80）さんは、自分の目で確かめてきてごらん、とでも言うように、友人が行っている運動を報道した記事や彼の書いた文章を送ってくれた。ワープロ原稿を凡帳面にとじた表紙に「許昭榮《きよしようえい》」と書いてある。この三文字には見覚えがあった。一ヶ月前に、陳孟和さんと訪れた緑島の記念館に並ぶ政治犯の写真の中にあった名前だ。ひときわ意志の強そうな、顔の輪郭がしっかりしたあのトオサンに違いない。

呉さんからいただいた新聞記事には、中国大陸で亡くなったり取り残されたままの台湾籍老兵の救済に取り組んでいることや、最南端の屏東《へいとう》県とフィリピンの間のバシー海峡に沈んだままの、帝国陸海軍の兵士二〇万余名を祀《まつ》る、屏東県の潮音寺の管理に協力をしていること、戦時中、日本海軍の特攻機の出撃準備にあたった経歴が書いてあった。台湾のトオサンたちと知り合う前の私なら、こうした経歴や慰霊碑建立の活動には興味を持たなかっただろう。

二〇〇六年一月、許昭榮さんと、日本統治時代の古風な駅舎を残す高雄駅で待ち合わせをした。

緑島で見た写真のとおり、まっすぐな目線の人だった。厚い胸板が甲冑《かっちゅう》をつけたように見えて、頼りになりそうなトオサンである。

会うなり昭榮さんは、ぜひ案内したい場所があると言って四輪駆動の愛車のエンジンをブルブルンとかける。剛気にアクセルを踏み、一番乗りを目指す武将のように早駆ける。高速道路を一二〇キロメートルの速度で飛ばしながら、片手で携帯電話を操作し、友人とふたこと、みことしゃべると、

「昼食は海鮮料理に決まりだ！　いいね？」

と明朗に言い渡す。

「了解！」

つられてこちらも声が大きくなる。ついでに聞いてしまおう。

——何年生まれでいらっしゃいます？

「私？　昭和三年生まれよ。立派なオジイチャンだよ」

長い海底トンネルを抜けてしばらくすると、昭榮さんはぐいとハンドルを切った。この瞬間、車は砂煙りをあげて海岸公園の奥へとすべり込み、二つの石碑の前で停車した。眼前に青い海が広がり、気持ちの良い潮風が吹いている。

高雄市の旗津海岸公園に、こんな場所があるとは知らなかった。

「年寄り八人が一週間ハンガーストライキをして、獲得した用地だ」

天守閣から領地を眺めるように、昭榮さんは重々しく言う。救急車を待機させながら命がけの交渉をして、高雄市政府から手に入れた三八〇〇坪の土地。領地のはしっこから仲間の呉國和《ごこくわ》さんが手を振っている。

昭榮さんが代表を務める団体は、世界初の戦争と平和を記念する公園をつくろうと、一〇年以上前から運動を続けてきた。敵や味方や国籍に関係なく、世界平和を祈念する出会いの場にしたい、これがトオサンたちの夢である。

「景色が素晴らしいでしょう。海の近くにメモリアルウォールと記念館を建てて、花や木をたくさん植えて。心が和むような公園にするんだよ」

「ここに……？」

だだっ広い敷地には雑草が生えて、椰子の木は立ち枯れ状態になっている。白い鉄塔と二基の慰霊碑がぽつんと建っているだけだ。若者たちでにぎわう隣のモトクロス競技場は立派に整備されているのに、「戦争と平和紀念公園」予定地にはビニール袋や飲料の空き缶が散らばっている。

「まあ、目標ということだな」

昭榮さんは咳払いをすると、海のほうへ私を連れて行った。ホワイトボードに木のワクをつけただけの、ぺらぺらの看板に「戦争與和平紀念公園」と書いてあった。行政院の文建委員会が建てたものである。よく見ると役人たちのサインに混じって、外国人の筆跡があった。

「トルストイのひ孫だよ」

「はあ……」

「ここに来たんだよ、二〇〇五年に」

文化交流のために高雄市を訪れた際、公園予定地に立ち寄ったそうだ。

「文豪の曾祖父を持つわりには、ふつうのオッサンだったな」

トオサンったら……。

「それよりも、我々が建てた碑を見てください」

二つの碑には「原日本軍　前国軍　台湾無名戦士紀念碑」と「第二次大戦捕虜船紀念碑」と銘記してある。いっしょに手を合わせた。

「日本には靖国神社があり、アメリカには国立の戦没者墓地がある。国共内戦の戦没者には忠烈祠があります。しかし、台湾老兵の魂はどこにも行き場がないんだよ」

市政府は「我々に土地だけ与えて知らんぷりをしている」から、昭榮さんらが奔走して碑を建立したという。

日本人として協力し戦争の犠牲になったのに、「ごくろうさん」の一言もなく、日本に切り捨てられたことに大部分のトオサンは憤りと失望と悲しみを抱いている。

「学徒動員は私の人生の最悪の時期であったが、命を賭けて戦った。戦後薬のない時代に一年も病魔と闘い生き延びる為に大きな代償を払った。日本は私にご苦労さんの一言も又一銭

の報酬も支払わなかった」（林新寛さん　75歳）
「我々は、内地にいる日本人以上に戦線の実態を知らされなかった。最後の最後まで日本の軍人たちにだまされた」（陳秀雄さん　81歳）
「日本はなぜあんなバカな戦争を始めたのか？　負けるとわかってなぜ戦争をやったのか？　おかげで台湾は戦後も大変に苦労した。悔しい」（蘇栄燦さん　86歳）
〝一視同仁〟という美名のもとに、トオサンたちは多大な犠牲と苦難を背負わされた。実際B、C級戦犯にされた台湾軍属が二四名（朝鮮人は二一名）もいる。「元日本人」の哀しみと怒りは、八〇余年の歳月を経て今もなお台湾に、アジアに残響し合っている。

日本時代の台湾籍の軍人と軍属は、二〇万七一九三人、戦没者は三万三〇四人（一九七三年厚生省調べ）。そのうち二万七八六四人が靖国神社に祀られている。しかし、昭榮さんたちが慰霊の対象とする、〝原日本軍、前国軍〟の兵士は、日本統治時代には日本兵として戦い、戦後は共産党軍と戦う（一九四六～一九四八）ため、中国に送り込まれた台湾人をさす。その数は推定一万五〇〇〇人にのぼるが、台湾へ生還できた人は四百名に満たない。大部分は国共内戦か、その後の朝鮮戦争（一九五〇～一九五三）に共産党軍として従軍して亡くなった。

「旧日本軍、国民党軍、共産党軍の三つに、命をもてあそばれた悲劇なんだよ」

敗戦によって捕虜や戦犯になったり、東南アジアの義勇軍に参加した兵士をのぞき、大部

トオサンたちの努力が実り、「戦争與平和紀念公園」は2006年12月に落成した。（写真は2006年１月現在。まだ２基の石碑のみ）

分の日本兵は一九四五年八月末までに解放された。だが、元日本人の台湾兵は一九五〇年代に入っても戦場で命を失い、一〇〇〇人を超える人々が中国大陸各地と海南島に取り残され、過去を隠した人生を余儀なくされている。この碑は歴史に遺棄された人々を記念する一里塚なのである。

無名戦士たちの記念碑は、近代に誕生したナショナリズムの象徴だそうですよ。でも、そんなことよりもトオサンが言いたいのは、「今生きている我々のために、彼らは死んでいったのだ。我々がこうして生活していられるのは、無名戦士のおかげですよ、だから顕彰をしなくてはならないんだよ」ということ。そうなんですね、トオサン。

もうひとつの碑は、日本軍の捕虜船「榎浦《えのうら》丸《まる》」で、フィリピンやシンガポールなどの南方から台湾へ護送される途中、米軍の魚雷を受けて亡くなったオーストラリアやイギリス、アメリカなど連合国軍捕虜の鎮魂碑だった。「戦争が終われば敵も味方もない。だから国籍に関係なく慰霊する。これが私たちの公園の趣旨ですよ」

明快である。

「平和のありがたさと戦争の悲惨さを同時に知っているのは、我々老兵だけ。政治家では絶対にありません！」

イラク派遣中の自衛隊の活動を伝えるニュースが流れたときだっただろうか。「戦争だけはごめんだ。平和が一番だ」と、父がぽつりと言った。私はその言葉を聞いて、昭榮さんの言葉を思い出した。

戦争体験をした者こそ真の平和論者だ。反戦の強い意志は理屈ではなく、自らの体験からマグマのように吹き出るものだ。どんなに年数が経とうが戦争体験は五感と記憶に巣くい、元兵士の生が終わるまで彼らをさいなんでいる。体験者にしかわからない苦悩を抱いて戦後を生きて来た父親を、理解をしようともせずゆっくりと話をする機会ひとつ持たなかった自分の未熟さを、歳を重ねるごとに情けなく思う。

トオサンたちは、腰をかがめて、敷地に散らばるゴミを拾い始めた。

「反骨老人のバ・カ・し・ご・と」と昭榮さん。

作業を続けながら、國和さんはわざと聞こえないふりをしている。青すぎる海に向かってトオサンが吐き出した胸の思いは、あっという間にモトクロスの爆音に引きちぎられ、海風に飛ばされてしまった。

桜花にこめられた願い

旗津名物の海鮮料理をとりながら、許昭榮さんの体験談に耳を傾けた。

国民学校を卒業後、町工場で技術を習得し海軍の整備兵になった昭榮さんは、一九四五（昭和二十）年の五月から敗戦まで新竹の海軍航空隊基地で、特攻機の出撃準備にあたった。南西諸島の喜界島や鹿児島県の鹿屋《かのや》よりも沖縄に近い新竹もまた、前線基地になっていたのだ。

一九四四（昭和十九）年六月のマリアナ沖海戦で、壊滅的な惨敗を喫した海軍は、通常の戦闘ではもはや米軍にたちうちできないと焦り、究極の特攻兵器の開発を目論《もくろ》んだ。台湾、沖縄、本土に戦火が及ぶ前に、敵の機動部隊に打撃を与えるのが目的だった。

沖縄戦に投入された究極の特攻機は、考案者（大田正一大尉）の名字から一文字をとって、秘匿名称を「マルダイ」とした。全長は約六メートル。機首に一・二トンの徹甲爆弾（戦艦を貫通する威力を持った爆弾）を詰めてあり、爆弾に操縦席をつけたとしか思えぬ設計だ。総重量が二トンを超える機体を、海軍の主力攻撃機の「一式陸攻」にぶら下げて近づき、六〇〇〇メートルの上空で母機から切り離す。あとは火薬ロケットの推進力を利用して二分ほど滑空し、敵艦に体当たりする。生還の見込みがまったくない〝一中必殺〟戦法である。うまく当たれば空母を撃沈するだけの威力はあったろうが、実際は母機もろとも撃墜されたり故障を起こすほうがはるかに多く、戦果は期待ほどあがらなかった。

　桜花特攻部隊（神雷部隊）の隊員の中には、ひるむ心をむち打ちながら出撃の日を迎えた若者たちもいただろう。しかし、国難を救うために、愛する家族を守るために、自らの命を犠牲にすべく飛び立った。あの時代の教えどおり、カンヒザクラの枝を手にして乗り込んだ隊員も少なくないという。第二章でご紹介した廖継思《りょうけいし》さんが、一九四五年五月二十七日に函館で花見をした頃、特攻隊が各地からサクラの花のごとく散っていった。当時十九歳だった昭榮さんは、何度か沖縄戦に向かう特攻機を見送った。護衛機とともに雲の中へ消えるまで、軍帽をちぎれるほど振って武運を祈り続けた。

「むごいことをすると思いました。笑顔で乗り込む隊員には、ほんとうに胸が痛んだ」

　トオサンは何度も眼をしばたたく。

「銀河、慧星（爆撃機）なども新竹から発進したが、印象深い特攻機はマルダイですよ。人間爆弾ですからね。機体が丸太ん棒にそっくりだったからマルダイと言うのかと思っておりました。私らは何も知らされていなかったからね」

　正式名称が「桜花」と知ったのは、一九八三年に靖国神社を参拝したときだった。

「遊就館にレプリカが展示してあったんですよ。『桜花』という名前を見てその場から動けなくなりました。だってあまりに象徴的でしょう、彼らは家族や国のために散っていったんだよ。あの若者たちの尊い犠牲の上に、今の日本の平和があることを、あんたら、わかっているか？」

一九五二（昭和二十七）年、元の「桜花」隊員が結成した神雷部隊戦友会は、靖国神社にサクラの苗木を寄贈して、亡き戦友の霊を慰霊、顕彰した。毎年、気象庁が発表する東京の開花宣言の基準木となっているソメイヨシノは、そのうちの一本だという。

政治難民になったトオサン

敗戦後「マルダイ」の解体と破壊作業に従事し、一九四六年にようやく故郷へ戻った許昭榮さんは、空襲で焼けた実家を建て直そうと奔走するうちに、友人から自分の名前が国民党のブラックリストに載っていることを知らされた。そこで、あえて国民党軍に志願した。

「一番危険なところが一番安全と言うだろ？　あにはからんや、一二年も軍におりました」

彼は三隻の接収艦の修理を担当することになり、アメリカに派遣されたこともあった。一九五五年、滞米中の昭榮さんは、東京で台湾共和国臨時政府が宣布されたことを知る。そこで日本に住んでいた伯父に頼み、運動の中心人物廖文毅《りょうぶんき》博士の『台湾独立運動10周年』英語版を入手。台湾に隠し持って帰り、翻訳をしていたところ、運悪く発覚してしまった。

「それだけで政府転覆罪よ、懲役十年だ」

一九五八年、二十九歳のときに緑島の新生訓導処に収監された。

刑期を終えて故郷へ戻ったものの、誰も思想犯をやとってくれない。友人は災いが及ぶのを恐れて離れていく。彼の窮状を救ったのはただ一人、ミシン工場を経営する日本人だった。

だが、昭榮さんの就職先がわかると、特務はすぐに嫌がらせを始めた。

「何の手違いか輸出品のラベルにMade in Taiwan, Republic of Taiwanと印刷されていた。それが反乱罪にあたるとおどすんだよ」

そこでRepublic of Chinaと訂正したのに、問答無用で昭榮さんは四ヶ月間刑務所に拘置され、過酷な尋問を受けた。証拠不十分のため起訴をまぬがれたが特務がこの先も嫌がらせをするのは目に見えていた。

「これ以上会社に迷惑をかけるわけにいかないでしょう、やむなく職場を去ったわけだ」

元思想犯たちの生活の基盤をつぶす特務の陰湿なやり方である。仕方なく竹細工を扱う小さな貿易会社をつくり、細々と生計をたてた。


「熱いうちに食べなさい、このマテ貝は美味しいから」

呉國和さんの一言でようやく気がついた。日本語で自身の逮捕歴をとうとうと語る昭榮さんの迫力に、いつしか食堂中の客が注目していた。たまに台湾語であいづちを打つ國和さんの言葉から、内容を察しているのかもしれない。

「私は声が大きいからな」

昭榮さんはビールをあおった。

その後昭榮さんは、一念発起して台中市の東海大学で企業管理を学ぶ。卒業後、高雄に戻って小さな会社をおこし、養殖エビの輸出を始めた。一九八四年、新しい市場を開拓するために日本とアメリカへ行き、枝豆とブラックタイガーの貿易を模索。仕事の合間を縫ってロサンゼルスでは台湾独立運動を応援したりもした。

「ところが、その現場をアメリカにいる国民党の特務に写真に撮られてしまったわけだ。おかげでパスポートをすぐ取り上げられてね、一夜にして国際難民だよ」

——それでどうなさったんですか？

「アメリカで知り合った日本人のご親切と、ワシントンに亡命していた国際政治学者の彭明《ほうめい》敏《びん》さんの紹介で窮状を脱出できたんだよ。国連のUNHCRやアムネスティーの援助もあってカナダの難民ヴィザがとれましてね。一九八六年からしばらくトロントで暮らすことになったんだ」

こうして許さんはトロントを拠点にして台湾の民主化運動と台湾籍老兵の救済に本格的に乗り出した。

「みんな神様のお導きだったねえ。アメリカでパスポートを取られたことで、カナダの難民になれたし、そこで安全に一年間過ごせたから台湾籍老兵のことも勉強できたし、そのことがあったから、戦友のお骨を捜しに中国へも行けたんですよ」

一九八九年、山東省へ出かけ戦友の遺骨を発掘。心の重荷をひとつ下ろしたときに、中国残留の台湾籍老兵に出会った。母国への帰還を果たせぬ彼らの、悲惨な生活ぶりがトオサンの胸をえぐり、正義感に火をつけた。

「外省人の老兵が手厚い年金や医療費免除を受けているのに、いったい、この不平等は何だ？　なぜ台湾人が中国に置き去りにされてしまったのか？　私の反骨精神が雄叫《おたけ》びを上げましたよ」

彼はその足で北京、青島、煙台、上海、杭州をまわり、一八〇人以上の老兵を捜し出して、苦難の人生を聞き出した。ある者はたどたどしい台湾語で、ある者は忘れかけた日本語で、血涙の半生を語った。各自の名前と望郷の思いを横断幕に書いてもらうと、昭榮さんはカナダへ持ち帰った。

李元総統が進めてきた民主化革命によって、一九九一年に思想犯のブラックリストが廃棄されると、許昭榮さんは一九九二年に帰国。例の横断幕に「滞留大陸台湾籍老兵要回家」（中国に残留している台湾籍老兵を帰国させよ）と大書して飛行機のタラップを降り、世論に訴えた。以来、「カナダで買った家も売り払い、貯金もはたいて」、老兵の救済に取り組むことになった。

社会に負けるなと教えた母

高雄市の北寄りの三民区に、「台湾退役軍人及遺族協会」の事務所がある。

「老兵問題に熱中しすぎた」こともあって離婚をした昭榮さんは、事務局で寝起きして週末だけ中部嘉義のささやかな自宅へ戻る日々を送っている。事務所のドアにカギ《かぎ》を差し込みながら、「ここが我々のアジトだ」と、おどけて声をひそめた。

「むさくるしいところだが、眺めはいいだろう？」

五階の角部屋からは市街地が一望できる。ビルの上のメタリックな貯水槽が、陽光にきらきら光っている。部屋にはスチール机が二つ、接客用の椅子、旧式のワープロ。どの備品もつつましく、使い込まれていた。天井に届くほどのプラスチックのケースやダンボール箱には、昭榮さんが丹念に仕分けした老兵の資料や寄付金名簿、申請書類、写真などが納まり、台湾籍老兵の写真や日本からの訪問客との記念写真も並んでいる。

奥の部屋は倉庫代わりになって簡易ベッドが置いてあった。私物は身の回りのものと写真立てくらいだろうか。

公的年金制度がまだ未整備だった頃、二・二八事件や白色テロの受難者たちは政府からのわずかな補償金を生活費にあてていた。トオサンの晩年は、子供たちからの仕送りの額や親の生きざまに対する理解度に深くかかわっているのだ。日本政府がいまさら台湾の老兵に賠償金を払うことはありえないとわかっていても、「それが少しでもあれば、こんなに苦労をせずに済んだのに」という気持ちが心のどこかにある。

一枚のモノクロ写真があった。

「お母さまですか?」と聞くまでもなく、目の前の息子に面影が重なる。骨格のしっかりした老婦人は髪を後ろで束ね、ひたとカメラを見据えている。

「教育を受ける機会もなく七歳から奉公に出てねえ、母は苦労ばかりの人生だったなあ」

彼の両親は、駆け落ち同然に結婚。子供は祖父母から認知されぬまま、三歳まで私生児として育った。

「私の家は貧乏だったから、公学校に持っていく弁当は米が五分の一で五分の四が芋。おかずはなしだ。たまに使い走りの駄賃に一銭もらうと、南京豆を買っておかず代わりにしたんだよ」

あの王海清《おうかいせい》さん同様、彼も幼い頃貧しさの中でもがいていた。

「貧乏が恥ずかしくて、いつも友達から離れて一人で弁当を食べていたよ」

やるせない懐かしさに胸がつまったのか、トオサンはふたつ、みっつ咳き込む。

「オヤジは獣医のまねごとや木工の腕を生かして仕事をしたが、生来の博打《ばくち》好きがたたって、年中借金取りに追われてたんだ」

そんな父親は、昭燊さんが十三歳の年にあっけなく死んでしまった。

三十三歳で未亡人となった母親は、日雇いの力仕事をしたり、日本軍の宿舎で皿洗いをしながら三人の子供を育てあげた。

「男尊女卑と貧乏のせいで母さんは苦労に苦労を重ねたんだ。それでも弱音を吐かなかったよ。思想犯となって火焼島にいる間、私の子供たちまで立派に育ててくれました」

母を恋うる大波が、彼の剛気さをザッブーンと押し流してしまった。

「〝人には負けても社会に負けるな〟。これが母さんの口癖だったなあ。不屈の精神は日本教育のおかげだけじゃないよ」

〝社会に負けるな〟と母は息子を叱咤激励し、七転び八起きの精神と広い心を授けた。

それが、平和公園の完成という大仕事の原動力になっている。

「神様が、まだおまえの使命は終わっていないと言ってるからね。自分が正しいと思ったこと、世の中のためになると思ったことを、最後のひと息までやり遂げるつもりだ」

踏みにじられ、打たれ、涙を流してきたおかげで、人生が尊いものになり、自分の使命もはっきりわかった、と昭榮さん。

「戦前も戦後も、私らの世代は苦労の連続だった。しかし、苦労したからこそ人生のありがたさも涙の意味もわかるじゃないの？　そうだろ？」

黄昏《たそがれ》の迫った〝アジト〟に、トオサンのつぶやきが満ちていく。

「台湾人に生まれた幸せをね、今はしみじみと感じておりますよ」

古くからの開拓者魂、不屈の精神と母の力。そこに日本教育が接ぎ木され、強靭な精神力のトオサンが生まれたのだろう。驚くべきスピードで進んだ台湾民主化の推進力となったのは「大変な時代」をしのいできた人々の、反骨精神と自由への熱い思いである。

最後にひとこと付け加えておこう。

許昭榮さんが亡くなってから約半年後、娘さんの淑蕙さんに連絡を取って遺灰が納められている高雄県鳳山にあるお寺に参拝した。娘さんとは初めての面会だったが、顔の輪郭も性格も父親似の女性だった。生前は、老兵救済活動や公園開設にのめり込む父親が十分に理解できなかったが、亡くなって初めて平和への深い願いや政府への悲憤がしみじみわかったと話してくれた。親の世代の貴い犠牲の上に今の平和があることを、親が元気なうちはなぜかあまり気にかけない。淑蕙さんと私。似た者同士の感情があふれてくる。

サムライは腹の底で泣く

台湾人に生まれた幸せ、哀しみ、せつなさ、ありがたさ……。

第一章で紹介した李英茂《りえいも》さんが、取材も後半に差しかかった頃家族について語ってくれた。新渡戸稲造《にとべいなぞう》が著作の『Bushido:The Soul of Japan』の中で指摘しているように、サムライは腹の底で泣くもの、と、トオサンの独白を聞きながらつくづく感じた。

宜蘭県羅東市に住む李さん夫婦は、二〇〇六年に孫が全寮制の中学校に進学するまで一二年間、台北でキャリア・ウーマンとして働く長女（42）の代わりに面倒を見てきた。以下は透明な微笑みを浮かべて語るトオサンの独白である。

「娘よ……

おまえの生き方を見ていると、ふと「教育に失敗したつけがまわってきたのかもしれない」と、思うときがある。自由放任にしすぎたのがいけなかった。日本女性のようにしとやかに育てようとすると、「きゅうくつでイヤ、日本式のお行儀は嫌い」と、ちっとも言うことを聞かなかったね。父さんもおまえたちに、こんな職業についてはどうかとアドバイスもしなかったし、将来何になりたいのか、一度たりとも聞かなかった。

もし、留学を言い出したら、いつでも応えてやれる用意はしてあった。日本に住んでいる兄夫婦も、日本人の親友も、いつでも保証人になると言ってくれた。そのために、母さんと二人、つましい生活の中から貯金もした。おまえたち二人の娘を台北の大学に送り出したのも、さらにアメリカや日本に留学をして、学問を深めてもらいたいと思っていたからだ。

だが、おまえは卒業すると同時にクラスメイトと結婚。

「留学するより社会に出たい。自分の人生は自分で決める」

こう言ったことを父さんは覚えているよ。

実家で出産を済ませると、赤ん坊をそのまま置いて台北へ戻ってしまったね。

母さんは、おまえが留学しなかった理由を、高校のとき事故に遭って痛めた座骨のせいと言う。そのとおり、おまえは健康のことなど考えた末に自分の道を歩んでいったのだろう。だが、巣立つ前に、伝統的価値観や家族の大切さを、もっと教えるべきだった。この点はとても後悔しているのだ。

「私のおじいちゃんはどんな人だった？」

一言でもそう聞いてくれたら……。父さんはおまえにしゃべりたいことが山ほどある。おじいさんやひいおじいさんがどんなに素晴らしい人だったか、おばあさんがどんなに優雅で美しい人だったか、語りたいことがたくさんある。

今のおまえとはほとんど会話が成り立たないね。いわゆるジェネレーションギャップであろうか。父さんは残念で残念でしかたがない。

少し私のことを話そう。父さんは戦後の社会になじめなかった。

かつて苦楽をともにした日本人の先生や仲の良い友達が、潮が引くように去っていったあとの校庭は寂しいものだった。「取り残された」、「裏切られた」と、高校生だった私は深く傷ついた。今まで勉強して身につけた知識や学問が弾圧の対象になり、封じ込められて、代わりに漢字ばかりの教科書や中国人としての教育を押しつけられた。憂鬱《ゆううつ》この上もなかったのだ。

一九五〇年頃だったろうか。街の映画館で日本映画『青い山脈』を見て、涙がとまらなかった。日本人がほんとうに恋しかったんだよ。

戦後生まれのおまえたちは、蔣介石が率いる国民党政権のもと、中華思想、三民主義、反日歴史観を北京語で徹底的に教わったが、私は、中国人たちが平気で行う賄賂《わいろ》や汚職は見ていられなかった。国民党政権の無法政治はがまんならなかった。

軍隊時代、胸の病気にかかった父さんは、小学校の教員となり、細く長く生きることを余儀なくされた。時代は進学競争のさなか、悪名高き補習授業にも取り組んだ。日本時代の恩師たちが、一銭もとらずに補習授業と受験指導をしてくれたことを思い出すと、赤面に耐えない。まだある。生徒たちに「だれそれは民族救星だ」などと、心にもないことを教え、台湾語を禁じ、台湾の文化をゆがめ、プライドを傷つけるようなことをしてしまった。

父さんはその罪滅ぼしに、昔身につけた日本語を大いに活用した。心の糧の乏しい子供たちに、日本や世界の童話をたくさん翻訳してあげた。また、昔の恩師から習った日本の童謡をたくさん歌ってあげた。

〽カーラース－、なぜ鳴くの、カラスは山に～

おまえを膝に抱いてはよく歌ってあげたね。『どんぐりころころ』や『夕焼け小焼け』、『揺りかごの歌』とか、知っている限りの日本の童謡を歌いながら、しょっちゅう月夜の校庭をお散歩したんだよ。

私が一生懸命可愛がったことを、おまえは覚えているのだろうか？　一度もそういう話をしてくれないから、おまえと思い出を共有しているのかも、よくわからない。

いや、もうやめておこう。

台北から戻ってきたときのおまえの疲れた様子を見ると、何も言えなくなる。会社の業績は伸びているそうじゃないか。夢を叶えて、ひたむきに前へ進む姿はおじいさんそっくりだ。おまえが満足できる人生を送ってくれれば、それでよしとしよう。

最近、台北と宜蘭《ぎらん》を結ぶ高速道路ができて、二時間半ほどあれば往復できるようになった。それを機に、おまえたち一家が宜蘭からの通勤をまじめに考えてくれていると、母さんから聞いたよ。実現すればほんとうに嬉しい。

幸い、おまえの息子が李家の跡取りになってくれた。お墓だけはしっかり守ってほしいと願っている。

私もついに古稀を迎え七十歳を超えた。いや、四捨五入すればもう八十歳だ。

先日、引き出しの中で眠っていた昔の写真帳を見つけた。

ふと見れば黄色に褪《あ》せしアルバムの
あの世の友よここもかしこも

かつて、戦争や動乱の時代を強く生き抜いたもののふの老境は、何とわびしく、そしてもろく壊れやすいのだろう。マッカーサーは、「老兵は死なず。ただ消え去るのみ」と言った。ならば、身は死んでもせめて精神は不滅に残したいと思うのだ。

しかし、私たちに宿る日本精神を理解し、受け継ぐ若い世代はごくわずかだ。あの時代のあの人たちが、守り続けた聖なる火もやがて歴史の闇に消え去るのだろう。

われわれサムライは、もう覚悟ができている。

一心にあの世へ歩む旅姿
径《みち》細く長く疲れあれども

おまえも胸を張って、慈《いつく》しみ深く、自分の旅路を歩いていくがよい。これが父さんからのメッセージだ」

父の言霊がのりうつったような李さんの独白を聞くうちに、私はまともに李さんの顔がみられなくなっていた。何かとてつもなく大きな力が、台湾のトオサンを操って私の父さんの心情を語らせている様な気さえした。メモを取るボールペンがぐらぐらと揺れた。

日本でも台湾でも、どの親子にだって価値観の違いはある。しかし、それでも伝え、受け止めなければならない言の葉があることを、トオサンとその家族から私はどれほど学んだだろうか。

親は身近な歴史教師

台湾という親木に日本の教育や道徳を接ぎ木されたおかげで、さらに強靱でしなやかな精神を獲得したトオサンたち。七転び八起きの精神に「桜の教え」が加わって、新しい芽を吹いた。そんなトオサンのおひとりをご紹介する。

長年の日台交流に尽くした功績により、二〇一五年に日本政府から旭日双光章を授与された張文芳（92）さんだ。日本人と変わらぬ流ちょうな関西弁のほか、台湾語と中国語の三つの言葉を家庭内でも使い分け、スマホを自在に操る生活が、脳を活性化しているに違いない。すでに二〇年来のお知り合いだが、年齢を感じさせぬ方なのである。

「頭はどうやらもっていても、二〇二〇年に受けた手術の後遺症やろか。体がよう言うことききかんようになった。脚がふらふら、歩き方もよたよた。上手く歩けないことが、我ながら癪に障る。あ、そうや、今時の日本の方はシャクにさわるなんて言わんね、〝やばい〟って言うんとちゃう？（笑）」

近況をこう話してから、「この期に及んで、最近の日本語については言うに空しい」と張文芳さん。

——トオサン、「言うに空しい」ですか……。

それもそのはず。張さんは〝美しく正しい日本語を台湾に残す〟ことを目的に、一九九二年に台北市に設立された日本語学習の『友愛グループ』の代表を二〇一二年から務めている。次々に出現するカタカナ混じりの新語や昔とは解釈が変化してきた昨今の日本語にとまどい、時に厳しい目を向けるのは無理もない。

張さんは、六歳だった一九三五（昭和十）年に、父親の仕事の関係で家族とともに大阪豊中市に移り、小学校から日本人児童と肩を並べて勉強し、一九四二（昭和十七）年に中学（旧制四年制度）へ入学。戦時中は学徒動員されて工場で働き、一九四六（昭和二十一）年にようやく台湾へ帰郷した。戦後はニット事業に取り組むかたわら、日本企業の通訳や翻訳を引き受け、言葉のプロとして活躍をしてきた。張さんの関西弁は子供時代から日本での生活と学校教育がかけ算となって、身体に染みついている。ふわふわと消えてしまう教養としての外国語とは違うのである。

それほどの日本語力を身につけて一番のメリットはどんなことだったのだろう？

このように質問をすると、彼は即答する。

「いいことだらけや。日本語を習得したことの利点……それはもうきりがないほどたくさんあります。一番のよかったことは『邂逅』。わかる？　カイコウ。それも最高の邂逅ですわ。どんなに辛い目にあっても、日本語とのカイコウ、日本とのカイコウがあったから、今の自分があるわけです。『友愛グループ』もカイコウですからね」

そして、さらにこうも言う。

「私から日本語をとったらもぬけのカラですわ。よしんば、社会的にもっと上の地位にあっても同じやろうな（笑）」

トオサンは、「よしんば」（註・もし、仮にの意味）という日本特有の、大和言葉をさらりと使う。

そんな張さんが台湾と日本の若者に、ラストメッセージとして伝えたいことは何だろうか。

「ご両親の生い立ち、少なくとも結婚する前までの父親と母親の歴史、青年時代にどんなことを考えていたのか、何をしていたのかなどを聞いておくべきですわ。ご両親が健在なら、無理矢理にでも聞いておかないけません。聞いたら書き残さないかんと思います」

そうしてこそ若者たちは、現代が過去に連なり、そして未来へと大切な価値観がバトンタッチされることを認識できるわけだ。残念なのは、自分の一番身近な場所に歴史の教師がいることを、子供たちは親が存命のうちは気づかない。

「私自身もね、話をしたそうな母を放たらかしにしてしまった。聞こうとしなかった。これは私なりの親不孝と思うています」

日本と台湾双方の若者に、歴史を踏まえて未来を考えることの大切さを張文芳さんは説いてくれた。

終章　未来へつなぐ物語

サクラ咲け、人の心に

台北市から六十数キロメートルほど離れている新竹《しんちく》県新竹市は、清代からの歴史を紡ぐ古い街だが、今では先端技術を誇る科学園区があり〝台湾のシリコンバレー〟と呼ばれている。名物は米粉が名高く、最近はそこにサクラが加わった感がある。

というのも、二〇年ほど前に街の中心地にある新竹公園や歴史のある動物園やその一帯を、サクラの花で埋めようという計画が持ち上がり、市民ボランティアも加わって年々植樹の数を増やしていった。新竹公園は、日本時代の一九一六（大正五）年にオープンしたもので、園内にある日本式庭園もすっかり整備され、市民の人気を得ている。

日本と台湾、双方の努力で、二〇〇三（平成十五）年に、カワヅザクラの苗木が一四〇本、初めて植樹された。その後、地元のサクラ愛好家や民間団体がボランティアで苗木の世話をし、接ぎ木をして育て、いまや一〇〇〇本を越える各種のサクラがいっせいに花を咲かせ、毎年二月中旬にはさくら祭りが開かれている。カワヅザクラのほかにも、エドヒガンザクラ、オオヤマザクラ、オオシマザクラ、豊満な八重咲きのヨウキヒや、花がほのかに緑色のウコ

新竹市に植えられたサクラはどれも毎年みごとに開花している

ンザクラなどたくさんの種類のサクラが植えてあり、どれもみごとに台湾に根付いている。そのため内外からの多くの観光客が集まるようになって、すっかりサクラの街のイメージが定着している。

二〇〇六年七月に、初めて新竹の桜守ともいうべきトオサンたちに話を聞く機会をもった。

台北駅から高雄行きの「自強」号に乗ると一時間ちょっとでネオ・バロック様式の堂々たる新竹駅に到着する。この建物は一九一三（大正二）年に完成。時計塔のついた石造りの駅舎は、台湾でもトップクラスの美しさと評判で、ほぼ同年齢の東京駅と姉妹駅協定を結んでいる。

改札口には、数人のトオサンたちが迎えに来てくれた。彼らは、洋蘭や椿の専門家だったり、元林務局勤務の経験があったりと、サクラにも並々ならぬ愛情と関心を持って桜守の役を買って出たボランティア・メンバーだった。

駅前から車に乗って、公園路の新竹市立動物園へ向かう。日本統治時代から続くこの動物園には台湾の野生動物や鳥類が多く、この日も見学の子供たちでにぎわっていた。

入り口の噴水広場の両側には、二〇〇三年に寄贈された静岡県河津町産のカワヅザクラの一部が、三メートルを超える背丈に育っていた。針金のように突き刺さる太陽光線をものともせず、天に向かって瑞々しい葉を広げている。

桜守の洪日盛《こうにっせい》（73）さんの後についていくと、猿山の向かいに、一〇〇本の苗木が並んでいた。台湾種のカンヒザクラを母木として使い、カワヅザクラの苗木を接ぎ木している。まだ一年も経たないというのに、切り接ぎした部分は、子供のげんこつほどのコブが盛り上がり、二つの国のサクラはしっかり合体していた。

「こっちはみんな元気なイチネンセイ、あっちにはサンネンセイもおるよ」

と、メンバーの一人楊根棟《ようこんとう》（75）さんが、若木の一群を指さす。

園芸の用語では、春に切り接ぎをしてその年の終わりまでに育った苗木は、〝一年生〟。一年生の苗木を、ほかの畑に移して一、二年養生すると、その分の年数を足して、〝二年生〟とか〝三年生〟と呼ぶ。この場合、アクセントは最初の「イチ」や「サン」に置く。

ところがトオサンたちのサクラに対する愛情表現が、アクセントの移動を起こしてしまった。二つ目のシラブルにあたる「ネン」に置くものだから、孫の小学「一年生」や「三年生」を紹介しているように聞こえる。なんとも微笑ましい。

根棟さんの実兄の甘陵（80）さんは、台湾でただ一人の樹木医。大正時代に日本人が植えた阿里山のヨシノザクラを治療して、再び花を咲かせることに成功したほどの腕を持っている。二〇〇六年十一月にその老木を見てきたところ、痛んだ部分に薬が塗られ、上からビニールの保護膜がていねいにかぶせてあった。

カワヅザクラはこうした人々に見守られ、切り接ぎの一年を過ごす。

「切り接ぎの成功率は九割を超えています。優秀な母木を使っていますからね」

この直後に、思わぬ人の名前が出た。

あの霧社《むしゃ》の王海清《おうかいせい》さんである。日本から寄贈された一四〇本のカワヅザクラを育てる母木は、王海清さんが丹誠こめて育てた苗であった。楊さんが説明する。

日本から寄贈された「カワヅザクラ」を育て、新竹公園に植える桜守のトオサンたち

「サクラの苗木ならやっぱり王さんの育てたものがいい。彼に相談したら、もうけは要らないと原価で譲ってくれたんですよ。接ぎ木をしたあとも、育ち具合を見に来てくれました」

「えっ、ここに？」

サクラを愛する人々の輪は、

しっかりと大きく広がっていた。

「カワヅザクラの小枝を切ってあげたら、王さんは喜んで二〇本ほど持って帰ったよ」とも聞いた。そのうち、霧社でもカワヅザクラが咲くのだろう。

サクラプロジェクトは、二〇〇三年に日本のNPO法人「育桜会」と社団法人「霞《かすみ》会館」が、台湾の風土に合う静岡県河津町産のカワヅザクラを、二〇〇本寄贈したことから本格的に動き出した。台湾側の窓口を引き受けた「李登輝之友會全国総会」が、一年の仮植え期間を経て新竹市内に一四〇本、そのほか、陽明山、台湾銀行のゲストハウス、李登輝元総統の別荘などに試験的に植えたところ、一年後に可憐な花が咲いた。

李元総統も大変喜び、サクラプロジェクトを台湾各地に広げようと、日本側にエールを送ったのだった。

「正直申し上げると、ほんとうに咲いてくれるのか、少々心配ではありました」

財団法人「日本花の会」の小山徹さんは東京赤坂にあるオフィスで、けなげに咲いた三年生のサクラの写真にほっとした表情を見せた。彼は、台湾に日本のサクラを植えたいという地元の熱烈な声に応えて、数多い品種の中からカワヅザクラを選定したその人だ。

「日本花の会」が、現地から五年分の気象データを取り寄せてみると、思っていたよりも一月に気温がぐんと下がることがわかった。サクラの開花には一定期間の冷温が必要だ。「これなら、いけるかもしれない」との感触を得て、最終的に早咲きのカワヅザクラに絞り込んだ。カンヒザクラとオオシマザクラから生まれたカワヅザクラは、台湾に自生するカンヒザクラが血統に入っている。しかも、台湾人好みの濃いピンクの花の色。この二点が〝お嫁入り〟の条件にぴったりとかなった。

実は、台日共同のサクラプロジェクトに異論を唱える人もいなくはなかった。農業委員会（日本の農林省にあたる）の元職員は、亜熱帯気候の平地に日本のサクラが根づくわけがなく、植樹計画は金を捨てるようなもの、日本的美徳の押しつけだと、新聞に反対の趣旨の投書をした。

それに対し洪日盛さんは、新竹市の年間気温と土壌のペーハーのデータ、開花した写真や苗木の成長ぶりを示す写真などをつけて、専門の立場から反論を行った。

「先方は何も言えなくなって、それでおしまい」と洪さん。

トオサンたちの科学する心と気迫が勝っていた。

その甲斐あって、新竹公園は台湾有数の花見の名所になった。

日々の手入れは、下草摘み、追肥、水やり、虫のつきやすい草木の伐採など、地道で根気のいる仕事ばかりだ。新竹の桜守たちは、市内の園芸学校の生徒や市役所といっしょになって、郷土のために、美しい台湾のためにがんばっている。

若手の桜守の一人である洪明仕《こうめいし》（37）さんはくったくがない。

「日本で見たサクラの美しさは感動的でした。でも、サクラが日本文化の象徴と聞いてもぴんとこないんですよ」

ぴんとこなくてもかまわない。

若い世代の感想を聞いて、大正時代に、日本人が陽明山の奥の竹子湖に測候所を開設したとき植えたカンヒザクラの巨木が、今では「キティちゃんザクラ」と呼ばれていることを思い出した。濃いピンクの花の色が、日本生まれのキャラクター「ハロー・キティ」のシンボルカラーと重なるためらしい。昔の日本人が心のよりどころとして植えたサクラを「Kitty桜」（キティちゃんザクラ）と呼ぶこのセンス。台湾の現代っ子にとっての日本は、アニメ、ゲーム、ファッション、ポップスなどのトレンド発信国であり、憧れの対象である。日本をはじめ世界各国からいろいろな刺激を取り入れて、台湾らしさを表現する若者たちに、私は大いに期待したい。

育桜会は日本李登輝友の会とともに、二〇〇七年までに多くの桜苗木を台湾に届けたが、その後も地元と協力し合いながら台湾各地に植樹。今後も嘉義市や宜蘭県で植樹をして行く予定とのこと。

「サクラに政治は関係なし」。これが台日双方の合い言葉である。

トオサンのサクラ

王海清さんの長年の努力によって、埔霧公路《ほむこうろ》はサクラの名所として知れ渡り、多くの観光客が花見に来るようになった。サクラの並木が車の転落事故を未然に防いだこともある。

「サクラに何度も命を救われた」と語る王海清さん。心の花となったサクラを、いつもいとおしげに見守っていた

二〇〇四年、埔霧公路を管理する交通部（日本の国土交通省にあたる）は、海清さんの地道な植樹活動と道路の美化に対する貢献を認めて、「金路奨特別功労賞」を授与した。表彰にともない、地元のバス会社「南投客運」は、定期路線の景観に寄与したことを感謝し、彼に無料の終身パスを与えた。

王海清さんの善行を多くのマスコミが伝えたとき、林淵霖《りんえんりん》さんは、新聞やテレビに登場する彼の笑顔に驚き、感慨を覚えた。

「あの王さんが……」

遠い昔の険しさが殻をむいたようにすっかりなくなり、穏やかな微笑みに変わっていた。人間の魂をも浄化する、樹木の持つ不思議な力を、淵霖さんは改めて思い知った。

王海清さんは、その後も終身パスを利用して埔里の長女宅と息子たちが商売をする霧社《むしゃ》とを、バスで往復しながら桜守を続けていた。

車の通行量が多くなる週末と台風の時期をのぞいて、ほとんど毎日、下草や枝にからまったツタを取り、水はけや肥料の具合を見ながら公路をゆっくりと歩く。最近では、埔里の園芸高校の生徒たちや孫たちがサクラの手入れを手伝ってくれるようになった。週末は埔里市内と碧湖のほとりにある苗床に出かけ、苗木の世話をする。今は、新竹市から分けてもらったカワヅザクラの成長を楽しみにしている。

湖の深閑とした水鏡に映るのは紺碧の空と苗木とトオサンの姿だけ。大切に育てたカンヒザクラの若木に、愛らしい緋色の花がほっこりと咲く。

「サクラに命を救われた、ほんとに、何度も何度もよ」

サクラが見守ってくれたおかげで海清さんは、餓鬼道に落ちることなく、歳を重ねるごとに清明な心境にいたった。いつしかサクラの花に人生の答えを見つけたのだろう。

ところで、私が王海清さんに初めてお目にかかってから、すでに二〇年近い歳月が過ぎた。私は台北や台南での仕事を済ませると台中からバスに乗って埔里へ行き、娘さんと同居している海清さんのもとを何度か訪ねてきた。トオサンのファンである日本の友人とともにおじゃましたこともあるし、サクラの研究家を同行して海清さんに紹介をしたこともあった。たまにしか伺えなかったけれど思い出深い訪問ばかりだ。

王海清さんが植えた埔里公路と新竹公園の花見を日台合同で行うサクラの旅は忘れられない。二〇一四年一月、台北駅に集まった参加者は全部で六〇名近くになり、台中駅から大型バス二台を連ねてまず王さんを表敬訪問した。その時私たちを出迎えてくれた海清さんの笑顔は、冬の日だまりよりもぽかぽかと私たちを暖めた。この訪問の様子はメディアに大きく取り上げられ、彼のサクラ伝説が地元に根づいていることを思い知った。

その後、霧社までの山道をドライブして海清さんが長年手入れをしてきたカンヒザクラの並木を鑑賞。道路の両側から、緋色の花が風にそよいで歓迎の拍手を送ってくれた。その夜泊まった霧社の山並みに建つロッジには山の斜面を利用した広大な植物園が広がっていて、サクラをはじめ、ヒメリンゴ、アンズ、カリン、モモなど多くの樹木と多種多様の花たちが植わり、雲海の中にうかぶロッジは桃源郷のようだった。

「うちの庭木はほとんど王さんが育てたものですよ、そこにあるのもあっちにあるサクラも、王さんが寄贈してくれました」

ロッジのオーナーは長年の友人である海清さんと相談しながら、秘境に桃源郷を作り上げていったのだ。

月光が銀白色に耀く夜、桜の大木があでやかに花をつけていた。八分咲きのカンヒザクラは、闇をたいまつのように照らしていた。サクラを眺めるうちに海清さんが若い頃に出会った運命のサクラが重なった。

次の日は新竹に移って新竹公園の桜を満喫した。桜守のトオサンたちの日頃の努力が満開になって、私たちを迎えてくれた。

浄土の花

それから四年があっという間に経った。

王海清さんが九十四歳を迎えた二〇一八年。久しぶりに埔里の娘さん宅を訪問した。ベッドで寝たきりの生活になってしまっていたが、変わらぬほのぼのとする笑顔で迎えてくれた。邪気のない笑顔と透明な優しさがいっそう研ぎ澄まされたような気がする。世話をしている娘さんが、大きな窓の外を指さした。

「元気のもとはあ・そ・こ」

――えっ、何があるんですか?

窓辺に近づくと、五メートルほど離れた隣との境に桜の苗木がずらっと植わっている。自宅そばの種苗園にも行かれない父親のために、わざわざサクラの苗木を一〇本ほど庭に移植したという。そのおかげで海清さんはベッドから、種苗園と同時進行で苗木の成長ぶりを観察できる。このアイデアは、サクラの管理を引き継いでいるお婿さんによるものだそう。

「来年は花を付けそうですね!」

大きくて柔らかな手をさすりながら耳元で伝える。すると、天真爛漫な笑顔を見せる。なんとトオサンは幸せ者だろうか!

海清さんは、子供たちに言い聞かせていたことを実行したまでだ、という顔をしている。そう、トオサンの人生訓はいたってシンプルなのだ。

人間、努力をすれば報われる
金の亡者になってはいけない
人生を豊かにする時間を忘れるな
家族は仲良く

午後になると、インドネシア人のヘルパーさんがやってきて自宅の周りを車椅子で一周するのが日課だ。種苗園の脇を通るよう散歩コースは設定されているが、中にはもちろん車椅子では入れない。通りの向こうから眺めるだけなのにトオサンとサクラの苗木は言葉を交わし合っている。葉っぱが聞き耳を立てているように、海清さんのいる方へなびいてそよぐ。

「サクラに命を救われた、ほんとうに何度も何度もよ」

私は、以前トオサンから聞いた言葉を思い出した。

私は後ろ髪を引かれる思いで再会を約束し、台北へ戻った。

＊

二年後の二〇二〇年。世界は新型コロナウィルスの猛威に襲われた。

人々の絆があっというまに断絶され、ふだんの生活はもろくも瓦解し、予想もしなかった風景の中で、私たちの営みが続いた。あれほど足繁く通っていた台湾にも、二〇二〇年二月以来、私はまったく訪れることができなくなった。オンラインでのヴァーチャルな対面は、人の心と心をどこまで近づけてくれるのだろうか。特に、音信が途絶えがちな台湾の日本語世代の皆さんに対し、もどかしさはいっそう募った。

花の便りがちらほらと聞こえ始めた二〇二二年三月。埔里市でゲストハウスを経営する渡辺健介さんからメールが届いた。それは「台湾の花咲爺さん」こと、王海清さんの訃報だった。享年九十六歳だった。

とうとうその日がきてしまった……。覚悟はしていたものの、二〇二〇年から続く新型コロナウィルスの蔓延で、台湾を訪問することもままならず、ご無沙汰のまま永久の別れになったことが悔やまれた。

早速ご遺族にお悔やみの手紙と品を送ると、ていねいな返信を頂いた。いつもテーブルいっぱいに果物やお菓子を並べて歓待し、耳が遠くなった海清さんにはりのある台湾語で通訳をしてくれた長女の金鳳さんからだった。

「この二年余り、新型コロナウィルス蔓延の中、父の訃報をすぐにお知らせすることができず申し訳ありませんでした。父は二〇二〇年十二月十四日に、夕食を済ませた後、いつものようにベッドへ戻り、そのまま眠るように亡くなりました。父はあなたを自分の娘のように思って、ご一緒するひとときをとても楽しみにしていました。生前の父をいつも気遣っていただき、本当に感謝しかありません、ありがとうございました。どうぞいつでも私たち家族をお訪ね下さい」

台湾の花咲爺さんと言われた王海清さんは、遠いどこかから、今も精魂込めて世話をしてきた四〇〇〇本あまりのサクラを見守っているはずだ。トオサンのサクラは来年も、そのまた来年も、未来へ向かって花を付けるだろう。

台湾のトオサン世代の方々は、日本が置き土産にしたサクラ花を通して、自分のうちに花を見て、花のうちに自分を見るという内省的で細やかな情感を養った。そしてサクラは浄土の花となった。

私は台湾のサクラを眺めるたびに、トオサンたちの優しくも厳しい日本への叱咤激励を思い出す。彼らからのラストメッセージは、散りゆく花びらのように心に降り積もっている。

文庫版のあとがき

ある時代の残照

本書の中でご紹介した台湾のトオサンたちばかりでなく、戦前の「大日本帝国」の版図に入っていたアジアの国々には、日本語を理解し日本に対して複雑な愛憎を抱くお年寄りが、かつては元気に暮らしていた。若い頃から東南アジアを旅するうちに、「桜」(日本的なるもの)が身体感覚の一部になっている人々と、私は各国で出会う機会をもった。

そんな彼らが、一堂のもとに東京に集まったことがある。戦後五十年を記念して政府主催のイベントが数多く行われた一九九五(平成七)年のことだ。

南方特別留学生(註・太平洋戦争中の一九四三〈昭和十八〉年から一九四四年に、東南アジア各国からの若者を国費留学生として受け入れた制度)の最後の同窓会である。私は当時、タイ人学生として一九四三年から日本へ留学した経験のあるカンボジア籍の亡命外交官を取材していたので、ぜひ自分の代わりに出席して様子を教えて欲しいと頼まれた。

都内のホテルの宴会場を埋めた年配者たちは、政府高官や軍の将校や大学教授や医師や弁護士がほとんどだった。彼らが、エリートとして独立後の祖国にどれほど貢献してきたかは、その誇らしげな態度と日本語の能力からも伝わってきた。

歓談の時間となり、自衛隊のブラスバンドが旧制高校の寮歌の演奏を始めると、今までテーブル席で行儀良く食事をとっていた元留学生たちが、誰言うとなくステージの前へ集まってきて、肩を組み大声で合唱を始めた。中には目頭からあふれるものをぬぐおうともせずに、半分嗚咽しながら歌う人もいた。会場には〝桜恋しや〟、という濃厚な気配が充満した。

その様子を見守りながら、私は前年の一九九四年に知り合った台湾の日本語世代の皆さんを重ねずにはいられなかった。旧制高校を卒業して内地の帝国大学に進学した人たちがもしこの同窓会に出席していたら、きっと各国の仲間と肩を組み、寮歌を高唱しただろう。アジアのエリートの間では、戦後もずっと日本語という共通のコミュニケーション手段と、日本の徳目や価値観を含めた「日本的なるもの」が、通奏低音のように響き渡っていたのである。

トオサンたちの担った役割

台湾の国立政治大学が調査（二〇二〇年度）した台湾人のアイデンティティー意識が興味深い。自分を台湾人と考えている人は全体の六七パーセント、三十歳未満の回答者に限れば、八三パーセントが、自分は中国とは別の、台湾人と答えている。台湾人でも中国人でもあるとした人は二七・五パーセント、中国人と答えた人はわずか二・四パーセントにとどまっている。人々が目先の経済的利益のために、自らのアイデンティティーや自由や人権という大切な価値観を手放すことはもはや考えにくい。

日本統治時代の甘美な部分の記憶をもとに中国人になることに抵抗を示し、戦後もずっと〝桜恋しや〟という心情を温存してきたトオサン世代がいたからこそ、台湾アイデンティティーの確立や民主化の流れは加速したとも言えるのではないだろうか。彼らがこだわり続けた日本への「情」を、台湾本土派の政治家たちはある意味上手に利用しつつ、日台友好を促進して日本との関係を進化させてきたとも言えそうだ。

さらに言えば、日本語世代の「自分は中国人ではない」という自負は、歴史家の故史明さんが唱えた台湾民族主義にもつながっている。

私は、史明さんが都内池袋で料理店を経営していた頃から、そして台湾へ帰国してからも新荘市のご自宅でたくさんのお話を伺った。彼が一貫して強調していたのは、「中国人の大中華主義の弊害」であり、台湾人は「中国とは別の台湾民族主義の旗のもとに団結しなくてはいけない」ということだった。二〇一三年に台湾で起きたひまわり学生運動の際に、車椅子に乗って学生たちを激励に行った史明さん。台湾民族主義を唱えた史明さんに、若者たちから万雷の拍手が送られたことは忘れがたい。彼のメッセージは、次世代へバトンタッチされている。

ところで、一九七二年に日本政府は中華民国から中華人民共和国に乗り換えるようにして、台湾と断交をした。それからすでに半世紀が経っているにもかかわらず、現在の日台関係はかつてないほど良好だ。新型コロナウィルスの感染爆発以前は、空前の台湾ブームが起こっていたし、日本の若者も台湾へ観光や修学旅行に出かけるようになっていた。それを二〇一一年の東日本大震災における台湾の、とほうもない好意と義援金に結びつけて論じるメディアも多いが、それだけとはとうてい思えない。

トオサンたちのカウンターパートとして、「湾生」の存在がある。彼らは日本統治時代の台湾で生まれた日本人の方々だ。敗戦によって、生まれ故郷から引き離されたものの、台湾への望郷の念と愛を忘れず、幼友達や隣人たちとも絆を保ってきた。台湾人が呻吟していた時代にはどの政治家よりも早く白色テロを告発し、亡命してくる若者たちを支援した。こうした草の根の関係があったからこそ、現在の日台友好にも深みが出ているのではないだろうか。

甘えてばかりの私たち

（財）日本台湾交流協会が、台湾人を対象に行った対日世論調査（二〇二一年度）の回答も台湾の現状が表れていて興味深い。台湾人の七七パーセントが日本に対して親しみを感じ、好きな国のランキングでダントツ一位を占めている。二十代、三十代に至っては、九〇パーセントが日本に親近感を持ってくれている。日本の若者たちは台湾へ行って自分たちの知らない近現代史を学ぶだけでなく、台湾の民主化や多様性を取り入れた文化、多言語社会を目の当たりにして目を見張る。一方、台湾の若者は日本の最先端の流行と伝統の共生を知ることで、新しい創造力につなげていく。

「こうした下からの動きが両国の新しい関係を生むのです」

こう話したのは、日本に帰化した台湾学の権威だった故伊藤潔教授だった。そのようにあって欲しいし、これからもっと理解し合えるようになってほしい。

その一方で、私たち日本人が大いに反省しなくてはならないことが実はある。それは、台湾側の好意と情、そして彼らの日本語力に頼りすぎてしまっているという点だ。日本語が堪能な日本語世代におんぶにだっこしてさんざん世話になってきた。今も昔も……。私たちは日本語世代がいなくなった後の台湾のことを想像さえしようとしない。台湾の人々の母語である閩南語や客家語や原住民の言葉を理解しようともせずに、やりすごしてきた。

あるトオサンが私に向かって苦笑交じりに言ったものだ。

「あんたら日本人は、李登輝さんが二百歳まで元気でいると思っているようだ」と。

また、こんな体験もした。それは台北市にある国立師範大学の外国人を対象にした中国語講座を受講していたときのこと。担当教師は外省人の年配女性だった。ある時、スピーチの練習としてひとりずつ、「台湾の印象を述べよ」と課題を出された。八名のクラスのうち私を入れて五名が日本人、三名が他の国の学生だったのだが、日本人全員が、スピーチの中で「台湾人はとても親切」とか「優しい人々だ」というような感想を述べた。

するとその外省人教師は、私たちに向かって捨て台詞のように言ったものだ。

「それは台湾人が日本人を好きだからでしょ、日本語でご機嫌をとっているんですよ」

戦後中国から台湾に敗走してきた外省人の中には、日本人と台湾人の付き合いをそんなふうに見ている人もいるのか、と考えさせられた。

東京国際大学教授の河崎真澄さんはそんな日台関係を、精神科医で東大教授の土居健郎さんが著した『甘えの構造』に見る、日本人の精神構造そのものだと表現し、新たな関係を構築すべきだと論じている。河崎さんは産経新聞の論説委員を最後に大学へと移った。『李登輝秘録』の著書もあり、日本語世代の重鎮に知己が多い。その彼が、「日本語世代に頼れなくなった日台関係、まず言語環境がカギだ」と言い、「日本も、台湾が進めるグローバル教育、英語を第二の公用語にして世界へ向けての人材育成の方針を見習い、子供たちに英語の力をつけさせる。さらには世界の華人社会に通用する台湾華語（註・繁体字を使う台湾の中国語）へも学習の幅を広げてはどうか」と提言する。

これからの台湾とのコミュニケーションを英語で行えるようにすることは、台湾のみならず、アメリカともオーストラリア、ニュージーランド、インドとも、さまざまな問題をともに解決できるだけの人材を育てることにつながる。

言うまでもなく台湾は多民族、多文化、多言語国家である。老いも若きもごく自然にトリリンガルな言語感覚の中で生活をしている。しかも、世界各国に親族や友人が居住しているため、国際感覚も非常に高い。そうした社会環境から生まれるモチベーションやエネルギーを日本も大いに見習ったほうがよい。実際、台湾はこの十数年で日本の倍速、いや三倍速ほどのスピードで進化しているではないか。ＩＴ技術を駆使しての、新型コロナウィルスへの見事な対処法、見える化を徹底した民主主義のシステムづくり、多様性を取り入れた文化政策などで、世界中の注目を集めている。台湾とのコミュニケーション言語の幅を広げることは、日本の課題だと私も痛感している。

もう時間がない

さて、一五年前に登場していただいた方のほとんどが人生を卒業された。ここに改めて、王海清さんをはじめ、朱錫堯さん、葉俊宏さん、史明さん、瘳継思さん、林淵霖さん、黄性善さん、蘇明義さん、伊藤潔さん、チャーパライ・サングさん、マバリウ・バジログさん、林禎さん、月嬌さん、鄭春河さん、陳孟和さん、許昭榮さん、彭明敏さんのご冥福を心からお祈りする。改訂版の作業をするにあたって当時の資料や取材ノートを読み返していると、亡くなった方々の顔がはっきりと浮かび、彼らのラストメッセージに込められた覚悟に打たれた。

なお、本書に登場するトオサンたちは、一部を除いて取材時の年齢を記している。このトオサンたちが次世代に伝えたいことは、巻末に掲載したアンケートにも現れている。この調査自体は二〇〇五年に行ったものだが、トオサンたちの遺言は揺らぐこともないし、再びの調査はできないだろうから、あえてそのまま掲載した。

戦後の台湾社会に民主、自由をもたらした偉大な政治家、李登輝元総統も、公学校しか出ていない一庶民の王海晴さんらも、未来へ向けて種をまいた点では、時代に記憶されるトオサンだ。未来を生きる、見知らぬ台湾人と日本人に対して、メッセージを送り続けたトオサンたち。彼らの願いがしっかと受け継がれ実現されれば、トオサンたちは歴史の一部になるだろう。未来の人々は民主や平和を語るたびにいつまでも感謝と尊敬を捧げるだろう

台湾在住のジャーナリストや研究者の皆さんが、今や絶滅寸前と言われる日本語世代から聞き取りをしたり、映像で作品を残そうと努力しておられる。とても心強い。台湾と日本、双方のためにできるだけ記録し、個人史をひとつでも多く残していただきたい。と同時に、冒頭で書いたようにアジア各国におられるトオサンたちの聞きとりも、加速すればよいと切に願う。

最後になったが、お忙しい中、序文を寄せて下さった台湾中央研究院の黄智慧さんに心から感謝を申し上げる。ご存じの方も多いように、黄智慧さんは日本語世代の心のひだまでを分析し数々の論文を発表している。序文で彼女が取り上げている川柳の師匠、李琢玉さんら日本語人と文学活動との関係性を記した論文『ポストコロニアル都市の非情　台北の日本語文芸活動について』は、戦後の彼らが母語のような日本語とどのような覚悟で向き合い、精神の支えにしてきたかがわかる。

王海清さんとご家族の皆さん、本書に登場した方々のご遺族の皆さん、台北市の『友愛グループ』代表の張文芳さん、コロナ渦の影響で現地に取材に行かれなかった私に代わり、王さんのご家族との間に入っていろいろ助けて下さった埔里市在住の「Guest House Puri」オーナーの渡辺健作さん、台北市在住のライター広橋賢蔵さん、また、長栄大学の天江喜久さん、東京国際大学の河崎真澄さん、NPO法人「育桜会」理事長の松澤寛文さん、取材に応じてくださった林昭榮さん、田孟淑さん等、多くの方々からあたたかなお心遣いとご協力を頂いた。心よりお礼を申し上げたい。そして改訂版の編集作業を担当してくださった潮書房光人新社の小野塚康弘さんにも感謝を申し上げる。

作家の司馬遼太郎は、生前、台湾という「国」のゆくすえに関心を持ち発言を続けた。今、台湾から聞こえてくる様々の懸念を知るにつけ、彼が『街道をゆく　四十　台湾紀行』（朝日新聞社刊）で記した一節がまざまざと思い出される。

「この小さな島で、おおぜいのひとびとが懸命に働いて世界有数の富を築いているというのに、良からぬことがあっては、良からぬ因をつくったほうに天罰がくだるにちがいない」

台湾の安寧と平和を、願ってやまない。

二〇二二年　春

平野久美子

アンケート

トオサンのラストメッセージ

アンケートについて

＊調査期間　２００５年1月～２００５年7月。

＊調査方法　記入式と面談記入式。トオサンには日本語、子弟世代には北京語での設問を用意した。

＊回答者　日本語の学習グループとして知られる台北市の「友愛会」会員約１１０名、「台湾歌壇」会員の一部35名、さらに屏東《へいとう》県竹田郷にある「竹田駅園池上一郎博士文庫」の来場者30名に、郵送と手渡しでご協力をお願いしたほか、各地で出会った方々にインタビューを行った。依頼数２００セット。

＊有効回答者数　有効回答者数１１０名（男性87名　女性23名）、回収率は55％、平均年齢は76・2歳。子弟アンケートの有効回答者数は70名（男性41名　女性29名）、回収率は35％。平均年齢は44・4歳。

回答によせて（トオサン編）

各設問と回答を２６０ページから列記したので、表やグラフとともにご覧いただきたい。有効回答者数に限りがあるため、トオサンたちの素顔の一部をかいま見るにとどまっているが、そこに記された意見は、彼らの戦前、戦後を浮き彫りにしている。以下はそれらの設問の回答についての、補足説明である。

設問1　終戦（1945年）時の年齢を聞くことにより、日本語族の年齢分布がある程度推測できる。本文第一章で記したように、「トオサン」の条件や総数の把握は難しいが、日本語によるアンケートに問題なく受け答えができるだけの日本語能力を持っている人は、日本統治時代に中等教育までを受けた70代（註・二〇二二年時点では、80代後半以上）以上だろう。台湾流のアクセントの強い日本語を話す人、イントネーションがまるで日本人と変わらぬ人、関西弁や九州弁を話す人など、トオサンたちの日本語は多種多様。

設問2　アンケート協力者は、高学歴層が比較的多かったのでこのような数字が出た。それにしても全体の85％が読み書きや会話に不自由ないと答えていることに驚かされる。漢詩同様に短歌や川柳、俳句を今もたしなむ人々の割合が、中国、韓国、香港、東南アジアに比べて格段に多い。

設問3　配偶者が妻の場合、年下が多いので「多少理解する」が増えた。配偶者が夫の場合は自分よりも日本語能力が上、とする回答が多い。夫婦の中には「子供に聞かせると都合の悪い話題」や夫婦ゲンカの際は日本語を使うという人たちもいた。

日本語族の女性たちの所作の日本人らしさは男性以上である。女学校で習い覚えた礼法と美しい言葉遣いが身についている彼女たちは、立ち居振る舞いも含めて戦前のアッパーミドル家庭の夫人然としている。一人称は「アタクシ」。「スミマセン」という言葉をやたらに使わぬ節度がまだ保たれている。

設問4　配偶者に比べると、子供たちの日本語能力はかなり落ちる。複数回答としたのは、たとえば長子と末っ子では日本語の能力に違いがある場合が多かったため。平均年齢が44〜45歳の彼らは、国語である北京語が常用語。外国語は日本語よりも英語を話す人が断然多い。子弟たちへの設問３&４（２７６〜２７７ページ）を同時にご覧いただきたい。

設問5　公学校で習った最も大切な価値観をトオサンたちに聞いてみた。皇民化教育を受けた世代だけあり、「愛国」精神が一番。それに続いたのが「正直」だった。

設問6　まだ少年だった彼らが、台湾防衛の任務についている。戦友との絆は大変深く、日本の戦友会との交流も盛んだ。本文（２０７〜２０８ページ）にも記したが、一九七三年厚生省調べでは、台湾籍の軍人と軍属は20万７１９３名、戦没者は3万３３０４名、そのうち２万７８６４名が靖国神社に祀《まつ》られている。

設問7　現在も身についていると自覚する日本教育の徳目は、「正直」が一位だった。他の国の「元日本人」に質問をしても、似たような回答が寄せられるだろう。「正直」であるために商売に向かない、賄賂《わいろ》や不正に目をつぶれず出世できない、といった声を各国の「元日本人」から聞くのは、拝金主義がアジアに蔓延《まんえん》しているということか。

設問8&9　子供の教育やしつけに日本精神を生かした人は全体の7割強。だが、それが子供に伝わっていると自負する人は4割。トオサンたちの忸怩《じくじ》たる思いが回答に表れている。ところが、子弟への設問７（２７８ページ）を見ると、意外なことに子弟の7割強が、親からなんらかのカタチで日本精神を「受け継いだ」と答えている。〝子の心親知らず〟？

なお、回答の中には、「日本精神よりもっと大切な、正しい民族意識、台湾伝統の道徳観念を子供たちの教育に生かした」という意見もあった。

設問10&11　戦前と戦後社会の激変について。自分が培ってきた価値観に矛盾を感じた人は6割もいる。このあたりの社会的状況の変化は本文94～98ページを参照されたい。では、どんなことに矛盾を感じたかという設問11に対しては「正直さが失われた」という回答が多かった。同じ教育を受けてきた日本の戦前、戦中派もまた、戦後の社会に似たような感慨を持っていると思われる。

設問12　2人に1人の割合で、身近に白色テロの犠牲者がいる。この割合の高さに、改めて特務が暗躍していた国民党政権時代の恐ろしさを感じる。

設問13　トオサンたちが最も苦労したのはやはり戦時中だった。第2位に「国民党の悪政」、4位に「白色テロ」。この答えからも、いかに台湾の人が民主化を待ち望んでいたかがよくわかる。「北京語の習得」で苦労したという回答がけっこう多かったのは身につまされる。

設問14　最も愛着を感じる時代の第1位が「日本統治時代」になったのは、彼らの青春がその時期にぴたりと重なるため。民主化が進んだ「最近10年」と回答した人も多い。

設問15　次世代に伝えたいことを尋ねた。自由回答にしたため、さまざまな意見が寄せられた。台湾の将来を若い世代に託す彼らの気持ちがにじみ出ている。子供たちには信念と心の修養を、政府には世界に通用する「国家」としてのプライドを求めている。

設問16　「日本や日本人にこれだけは言っておきたい」ことを尋ねた。これも自由回答でお願いした。「元日本人」の目に映る現在の日本と、彼らが心のよりどころとしている幻想の日本の姿がかいま見える。日台の恒久的友好と台湾の国連加盟への支持を求める回答が目立つ。それは、トオサンたちのラストメッセージ（遺言）にも思える。

回答によせて（子弟編）

設問1&2 家庭内コミュニケーションについて、子供たちに聞いた。親とは6割以上が台湾語（福建・閩南語系の福佬《ホオロオ》語と広東省での使用も含む客家《ハッカ》語）で話し、子供たちとは国語（いわゆる北京語）で会話をしている。家庭内で複数言語が飛び交う現実、三世代を通して言語相違のあることが見えてくる。

設問3&4 彼らの76％が「日本語を習ったことはある」。習ったことがない人は、「学習が難しい」、「その他」の理由をあげている。

設問5 日本統治時代の評価は、予想外に高かった。1990年代に入り、台湾の歴史が見直されたことによる影響もあろうが、日本統治時代に愛着を持つ両親による家庭教育の影響が大きいはず。

設問6 子弟世代が考える「日本精神」とは？　親の世代とは微妙に異なり、礼儀正しさと時間厳守が上位に来ている。40、50代の彼らがビジネスでつきあう日本人や、公私含めて日本へ旅行したときの体験、メディアから伝わる印象が影響しているのではないだろうか。5、6位に入った「愛国」と「正直」には親の姿が投影されていると思われる。

設問7 トオサン世代の設問8&9参照。

設問8&9 戦後生まれの子供たちは、日本統治時代に教育を受けた親をどう見ているか？ イデオロギーや歴史観の相違よりも、日常的な金銭感覚やライフスタイルの違いが上位を占めた。

設問10 次世代に伝えたいことを尋ねた。親の回答と比較してご覧いただきたい。トオサンたちの意見は、台湾の国の在り方を追求するなど、理想主義、国家意識が強く反映されているが、子弟世代になると現実主義、個人主義が反映している。リスクをあえてとらずとも、家庭を大切にして、楽しく、充実した人生を子供に望む親が多い。

台湾アンケート結果
トオサン編

有効回答者数：110名

平均年齢：76.2歳

性別　男性：87名
　　　女性：23名

---

1. 終戦時の年齢は？

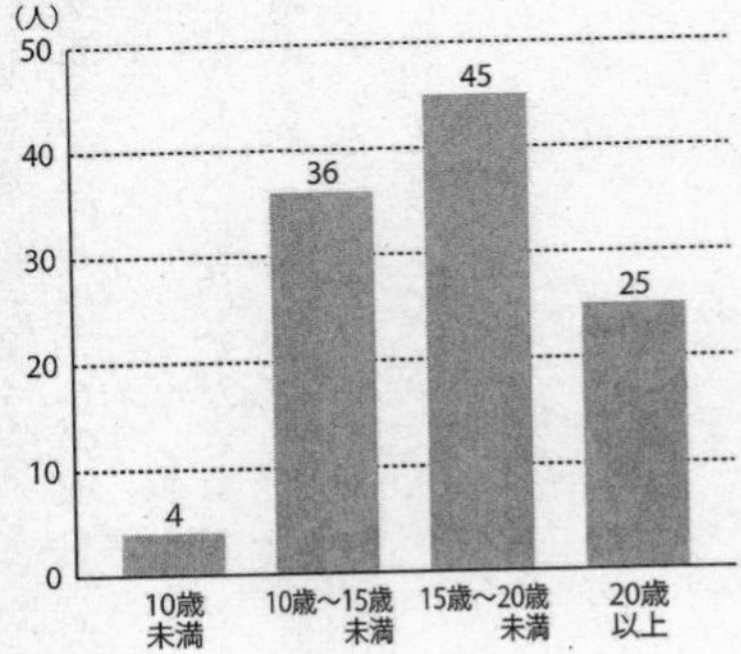

2. ご自分の日本語能力について当てはまるものを選んでください。

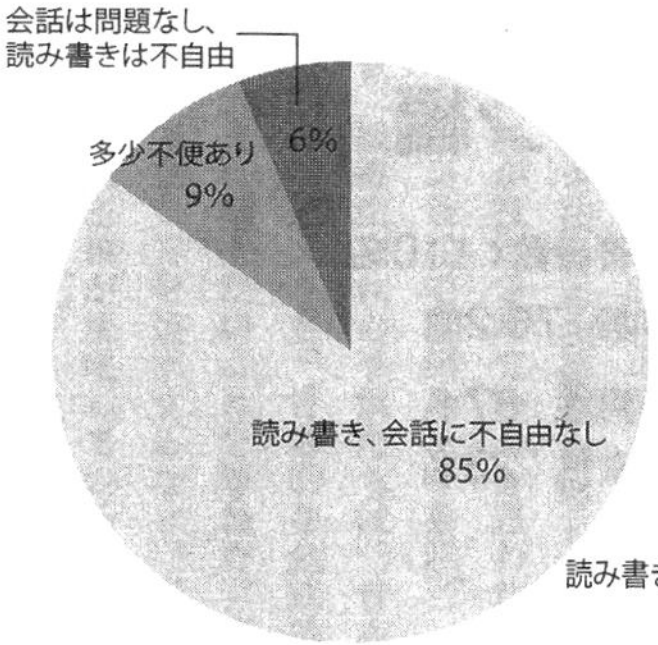

読み書き、会話に不自由なし…93人
多少不便あり…10人
会話は問題なし、読み書きは不自由…7人

3. 配偶者は日本語を理解しますか？

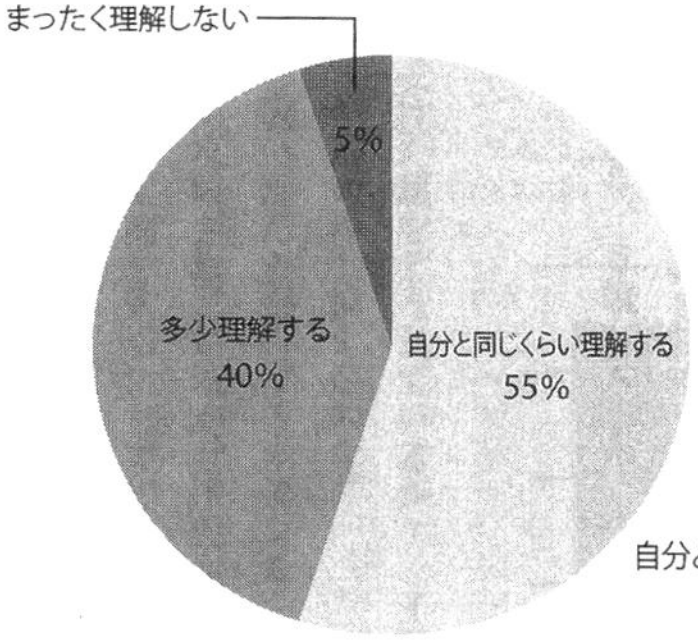

自分と同じくらい理解する…61人
多少理解する…44人
まったく理解しない…5人

4. 子供たちは日本語を理解しますか？

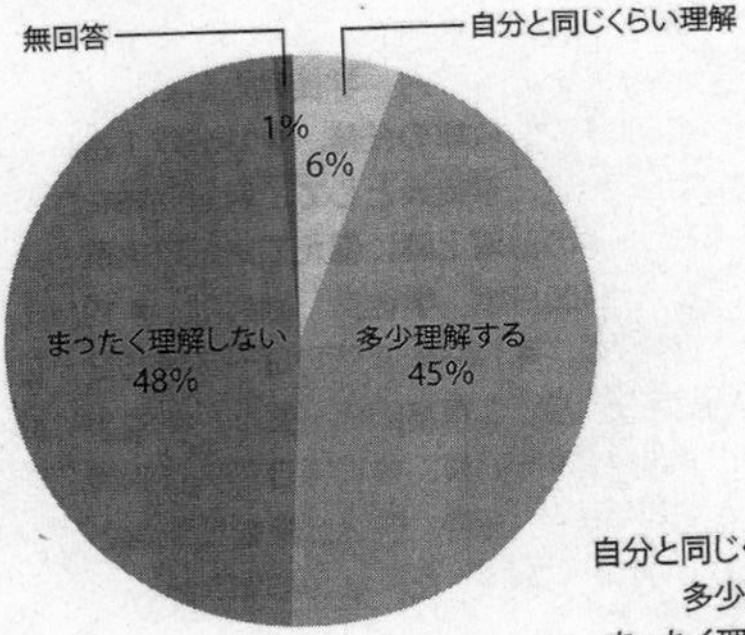

自分と同じくらい理解…7人
多少理解する…52人
まったく理解しない…55人
無回答…1人

5. 日本時代の学校教育で最も大切な価値観はどれだと教わりましたか？（複数回答の記述可）

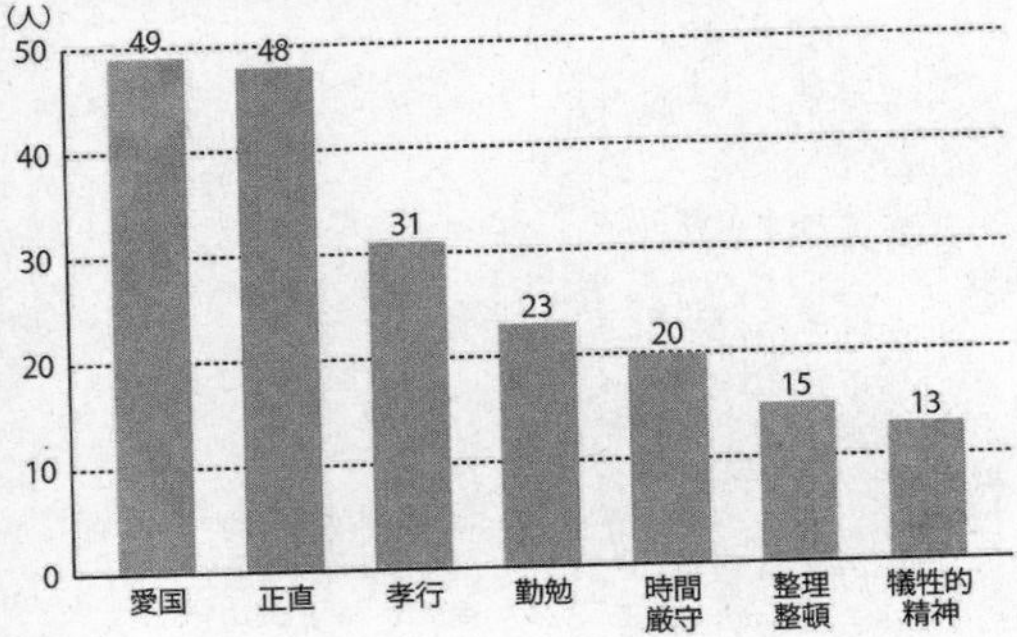

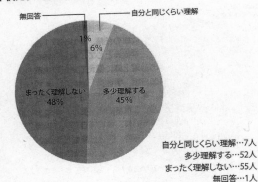

6. 日本軍に入隊した方への質問（何年頃、どんな任務に就きましたか?）

●1945年５月〜８月、対戦車攻撃訓練と築城。●1945年４月〜８月終戦まで、少年学徒兵、築城使役隊。●1945年３月〜８月、学徒兵として。●1945年８月１日〜９月１日、米軍の戦車に円錐爆雷攻撃の任務。●1945年１月20日〜８月15日、遊撃部隊。●1945年３月〜８月、学徒兵として、幹部訓練をさせられた。●1945年７月５日〜８月29日、米軍の台湾上陸に備えて対戦車攻撃の訓練とタコツボ掘り。●1945年３月末〜８月20日頃、学徒兵、砲兵隊。●1944年４月〜８月、陸軍新竹飛行場庶務課倉庫係。●1945年３月10日〜８月25日、日本時代は学徒兵として。●1944年末学徒兵として軍事訓練を受け、終戦まで鍛えられた。●1945年７月10日〜８月31日、学徒動員、対戦車自殺特攻訓練、敵の上陸に備えて一兵一車作戦。●1945年３月〜８月、学徒挺身斬込隊員として。台湾防衛の任にあたり台北近郊の山中をさまよった。●1945年３月〜８月、学徒兵として。1942年７月〜終戦まで、フィリピンの上陸作戦、明号作戦、さ号作戦に参加。●1945年４月より終戦まで、軍医見習尉官で高雄海軍病院勤務、ミッドウェー海戦で負傷した海軍の兵士を介護。●1945年２月〜８月、海軍航空機技術養成所にて海軍と同じ訓練。●1945年２月１日〜９月１日、速射砲隊。●1945年２月〜８月、海軍工作予備補習生。●1944年４月〜８月、学徒兵。1943年、服役兵、海軍工員（13歳で）。1945年、陸軍部隊、学徒兵入隊当日に終戦。●1945年１月〜９月、事務。●1945年１月〜８月、初年兵、機関銃隊。

7. 戦前の教育で現在も身に染みついている価値は何ですか？
最も多かった回答上位5（複数回答の記述可）

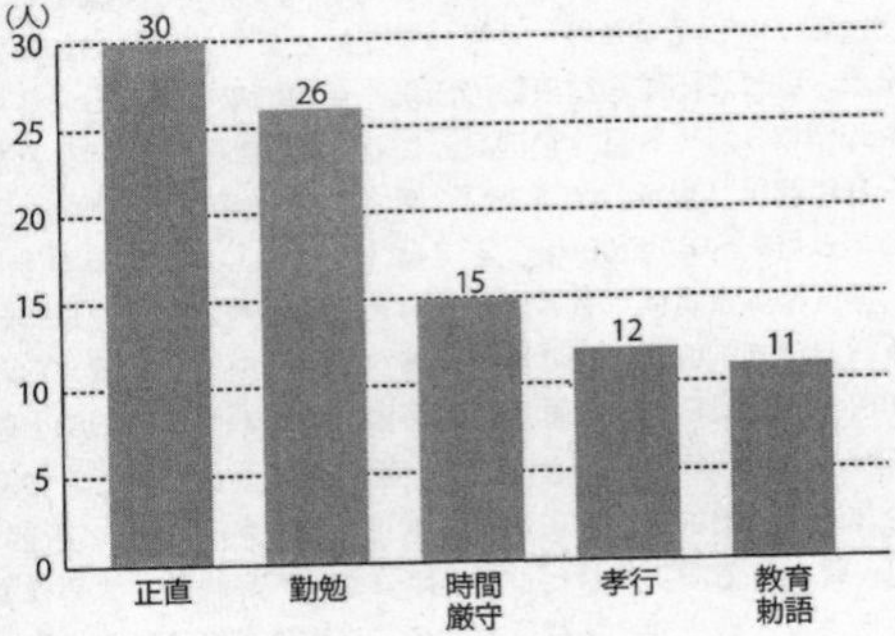

その他
愛国９人
誠実６人
日本精神と武士道５人
責任感４人
犠牲的精神３人
遵法３人
公徳心３人
滅私奉公２人

8. 質問（７）の回答を子供の教育に生かしましたか？

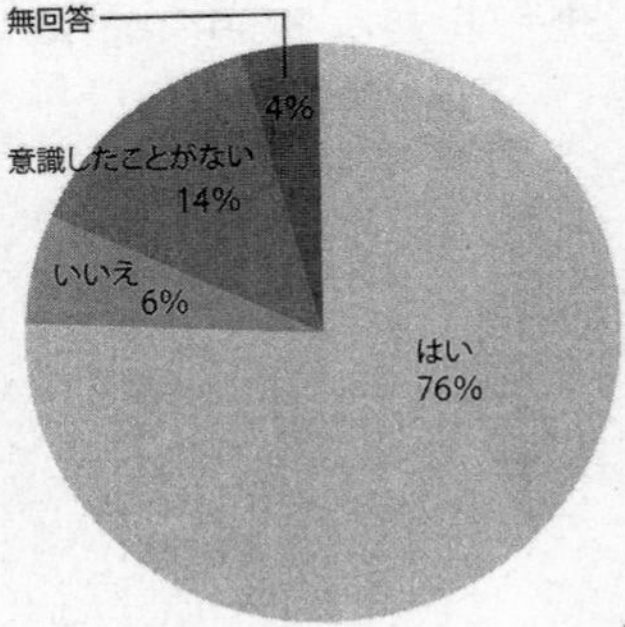

はい…84人
いいえ…7人
意識したことがない…15人
無回答…4人

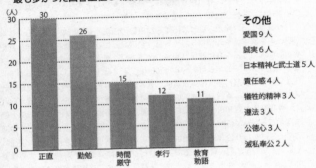

9. あなたの子供に「日本精神」は伝わっていますか？

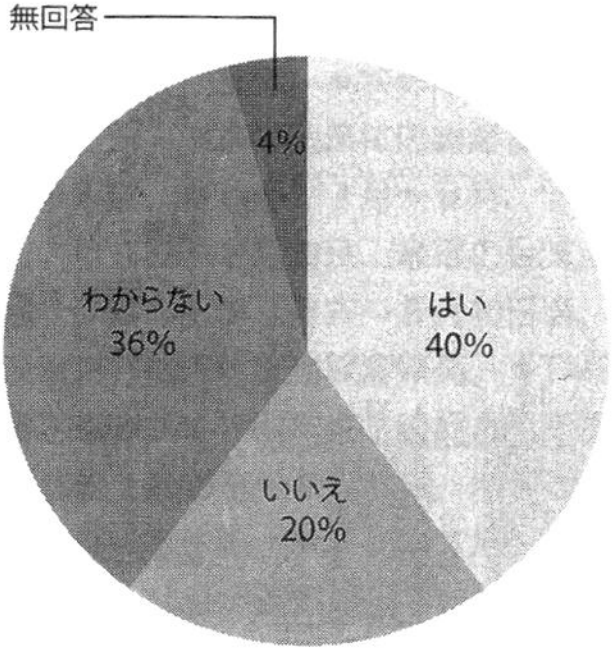

はい…44人
いいえ…22人
わからない…40人
無回答…4人

---

10. 戦後の社会で日本時代に培ってきた価値観に矛盾を感じたことはありますか？

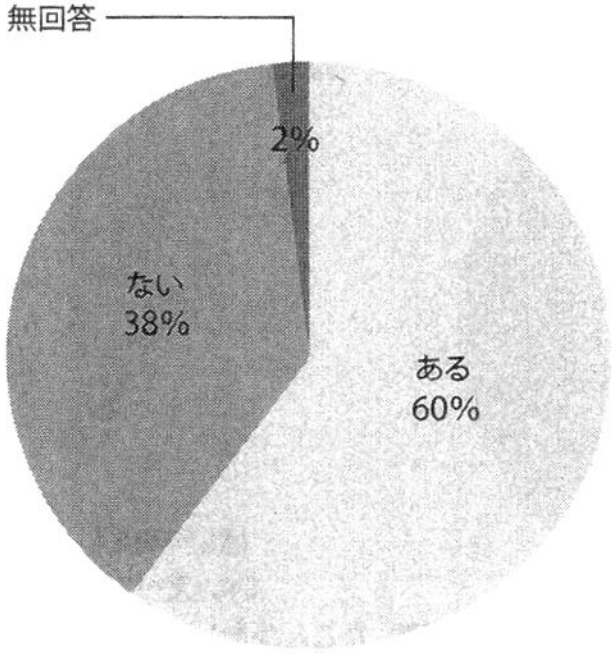

ある…66人
ない…42人
無回答…2人

11. 質問（10）の答え、具体的にどんな事柄かお知らせください。最も多かった回答上位5（複数回答の記述可）

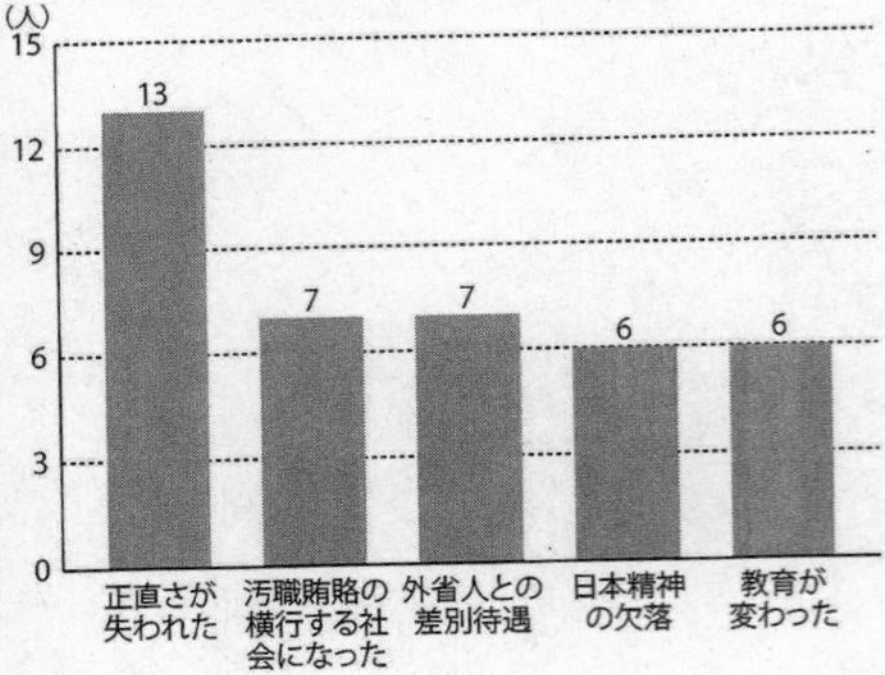

6位
利己主義
7位
礼儀がなくなった
8位
犠牲的精神がない
9位
言論の自由がなくなった
10位
すべての価値観が変わった

---

12. 家族や友人で二・二八事件や白色テロの犠牲になった方はおられますか？

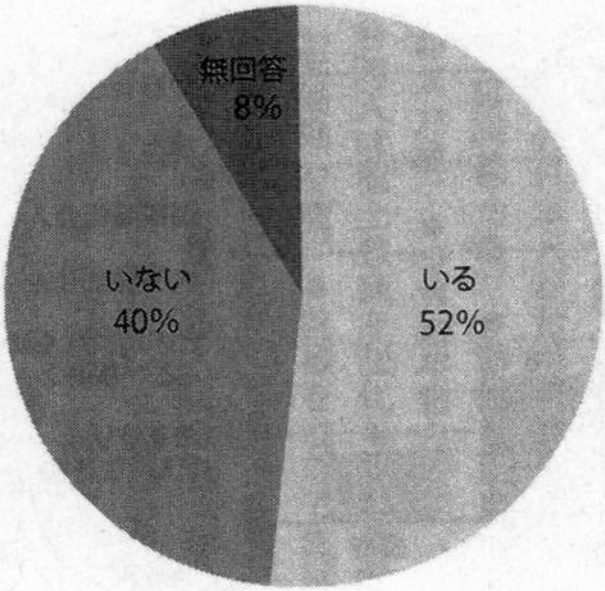

いる…57人
いない…44人
無回答…9人

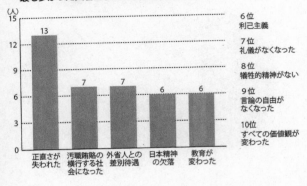

13. 今までの人生で一番苦労なさったことは？
多かった回答上位７

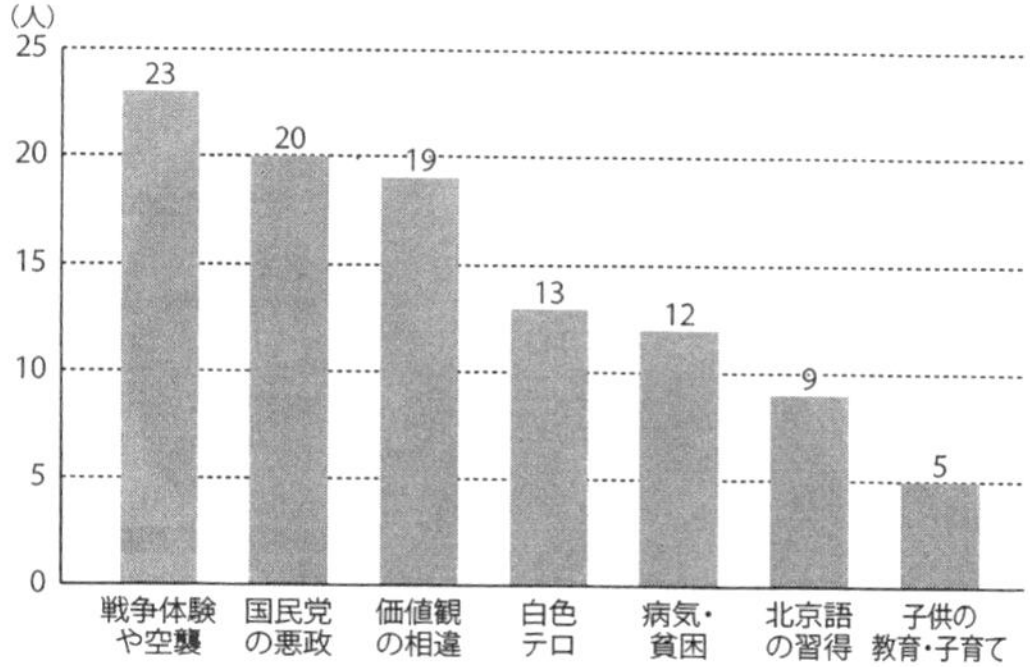

14. 今までの人生で最も愛着を覚えるのはどの時代ですか？
多かった回答上位５

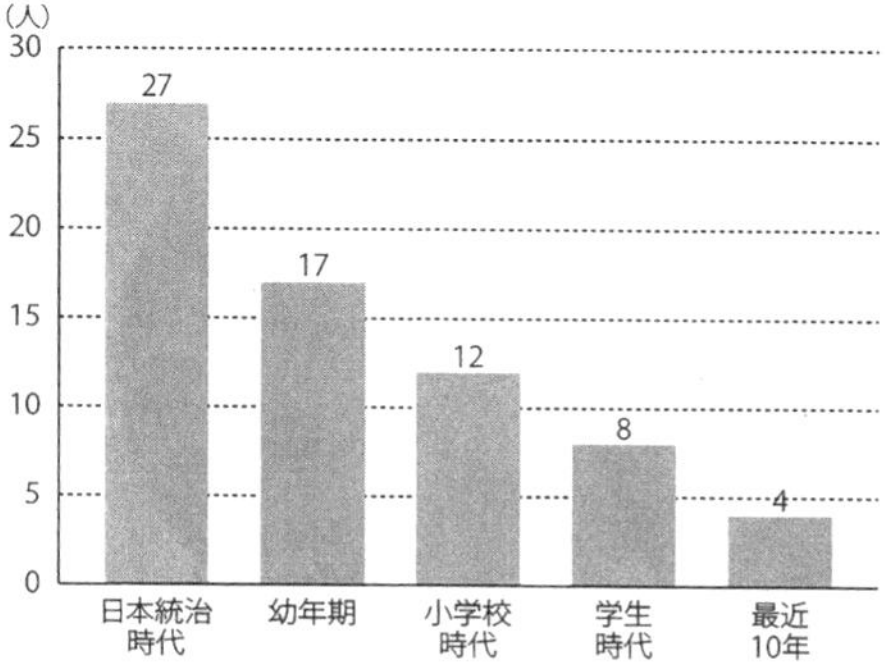

その他

中学校時代３人

戦時中３人

終戦後３人

現在３人

高校時代２人

大学時代２人

どの時代にも満足したことがない２人

法を守り正しく生きた時代１人

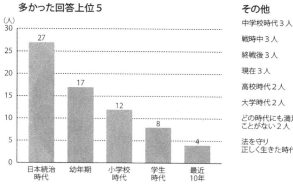

15. 次世代に伝えたいことは何ですか？
多かった回答上位４（複数回答の記述可）

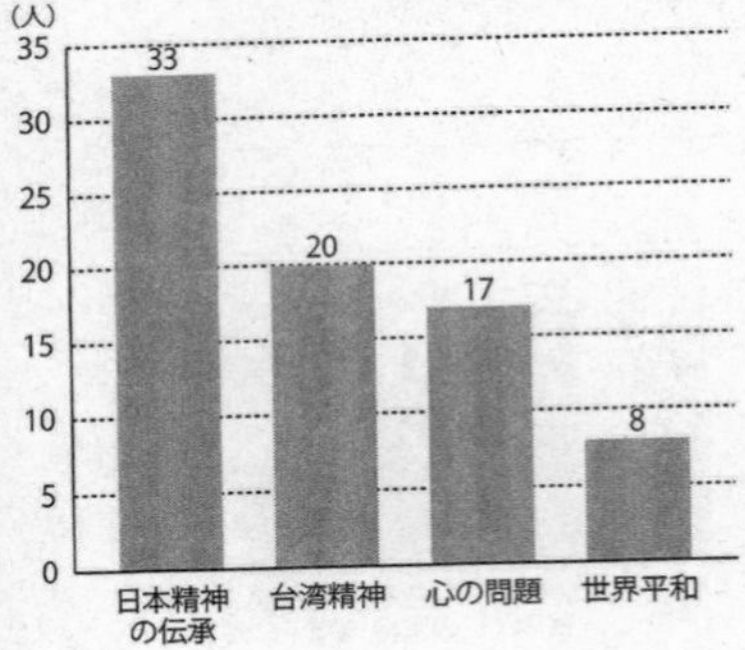

トオサンからの主なメッセージ

●時間厳守、信用を守る（陳太73歳）●人間、一番大切なのは正直だ（李光輝74歳）（鐘招春74歳）●「教育勅語」の精神を伝えたい（蘇栄燦87歳）（黄梢奇80歳）（荘進源80歳）●台湾が世界の強国から翻弄されているなか、台湾の命運を担う若い世代はもっと強くたくましく生きてほしい（李英茂76歳）●民主主義の原則に従って真実と生活を愛し読書の習慣をつけること（陳兆震75歳）●台湾建国意識（藍昭光75歳）●多くの日本人が台湾に良いことをしてくれた事実（蘇明義78歳）●勤勉、正直（簡秋源72歳）（侯書文75歳）●世界の平和と安定（余初雄78歳）●台湾人は郷土意識を強化し世界観を勉強するべき（朱錫堯82歳）●目標を立てて生活すれば充実した一生を送ることができる（王瓊珠75歳）●親を大切に。国を愛する人になれ（李全妃77歳）●強く正しく生きてほしい。名利除いた自分の人生を（周宜炎73歳）●台湾精神（林振雄70歳）（林振永76歳）●有意義な生活を（林淵霖82歳）●保守的で封建的そして腐敗した中国文化をかなぐり捨て、もっと優美な日本文化に接し、その良いところを吸収して人間性の高揚に寄与してほしい（林義幸75歳）●正直、勤勉、時間厳守（林松齢72歳）（陳宝山80歳）●遵法精神（林疹郷79歳）●生活倫理の普及に心がけてほしい（徐興炎74歳）●正直と忍があれば枕を高くして寝られます。お金より人格（杜肇基77歳）●台湾を大切にして、人間として立派に生きてほしい（王陳瞬馨71歳）●台湾にはかつて古き良き時代があったことを伝えたい（蔡西川80歳）●戦争のないことを（張松壽87歳）●自由平和な社会（田建73歳）●自分の経験、自己の人生哲学を教えたい。責任、努力、正直、敬老などの修練を促す（曾金木76歳）●正直と友情（黄子謙75歳）●日増しに悪くなる社会に惑わされることなく、正しい自分の道と平穏な生活を、責任もって次世代に伝えてほしい（黄林守真70歳）●良き社会人たるべく努めよ（李環崇78歳）●日本のように科学に力を入れて、世界中から尊敬されるように（劉徳福74歳）●民族意識の提唱（呉振成75歳）●台湾は独立して日・米・台の共同体制を整え東南アジアの平和を維持し、中国の覇権を牽制する必要性（邱鴻成79歳）●偉くなる必要はないが、自分の行動に責任のとれる人間になれ（蔡仁雄82歳）●足ることを知るものは常に楽し（王海生73歳）●正直で信用があり、責任感の強い人になれ（洪嘉猷74歳）●私たちのように戦争の為に生き、教育されるような不幸に遭遇しないことを願っている（林新寛75歳）●親孝行、他人を助ける精神（林享朋74歳）●職場に忠実に。悔いのない毎日を（張達銘76歳）●健康。自らの国を愛するように（李金娥70歳）●郷土を愛し、守り、正しく生きること（林篁村70歳）●台湾を愛せ。独立を目指し地球人たれ（林建勲97歳）●正義感に生き、人間としての誇りを持て（黄秀英77歳）●愛に満ちた平和な社会に尽くしなさい（楊金華75歳）●敬業と健康（郭文鐘78歳）●安定した社会と相互信頼（寥森田72歳）●より多くの外国語を学ぶ。基礎となる国語は特に精魂こめて勉強すること（劉添根73歳）●中国の考え方ややり方から脱すること（林富興82歳）●台湾共和国の建設（柯徳三83歳）●他人に決して迷惑をかけない、正直な人間になれ（張文芳75歳）●反日教育を受けているだろうが、正確な歴史を学び、将来日本との関係をより良くしてほしい（羅美麗73歳）●台湾は台湾人の国家である（楊鴻儒75歳）●自分は姑によく仕え、子育てに犠牲を払った（荘淑貞80歳）●朗らかに人生を生きなさい（林蘇綿80歳）●生き甲斐のある明朗な人生を（李錦上78歳）●孝行、勤勉、正直、時間厳守（林美84歳）●正しい民族意識を持ち、野望のある強者に屈するな。祖国の名を問われて迷う悲しみを子供たちに残すべきでない（高阿香80歳）●台湾精神、真実一路（王進益85歳）●節約、勤勉、忠実（林慶同81歳）●一途に流行ばかり追わず、正しく明るい社会を築いてほしい（張玉琴75歳）●自己（自国）をはっきり認識し他人（他国）をもっと了解する力を鍛錬してほしい（周月坡72歳）●自分が愛着を覚える昔の良き時代は再び戻るまいから将来の血みどろな競争に耐えられる強者たるように心がけること（呂芳茂74歳）●植民地統治の永遠の終結を（顔一秀75歳）●人に迷惑をかけぬ人間になれ（陳鵬仁75歳）●勤勉と努力、それに思いやりのある人生観（林燈陽74歳）●自分に正直たれ、健康な社会を（林蒼池74歳）●人間と人間が信じ合う心（鐘志遠76歳）●国家の概念をしっかりと持て（簡克昌76歳）●勤勉、良心、思いやりのある人生を（林栢珪73歳）●武士道の精神を。女の子は大和なでしこを見習え（葉林坤79歳）●私たちは台湾人であり中国人ではない（鐘文輝72歳）●正しく生活すること（馮清春72歳）●誠実は人としての小さな哲学である（温林翠晶76歳）●もっと沢山の国の語学と歴史を勉強して、国際人として自分の好きな仕事で世界を知ってもらい、存分に社会に奉仕してもらいたい（林玉美78歳）●家庭を大切に（黄性善90歳）●英語もいいけれど、日本語の学習をもっとやりなさい（襲許玉珍79歳）●正義感を持ち、人間としての誇りを失わぬように（黄秀英77歳）

16. 日本や日本人にこれだけは言っておきたいということがあればお書きください。
多かった回答上位5（複数回答の記述可）

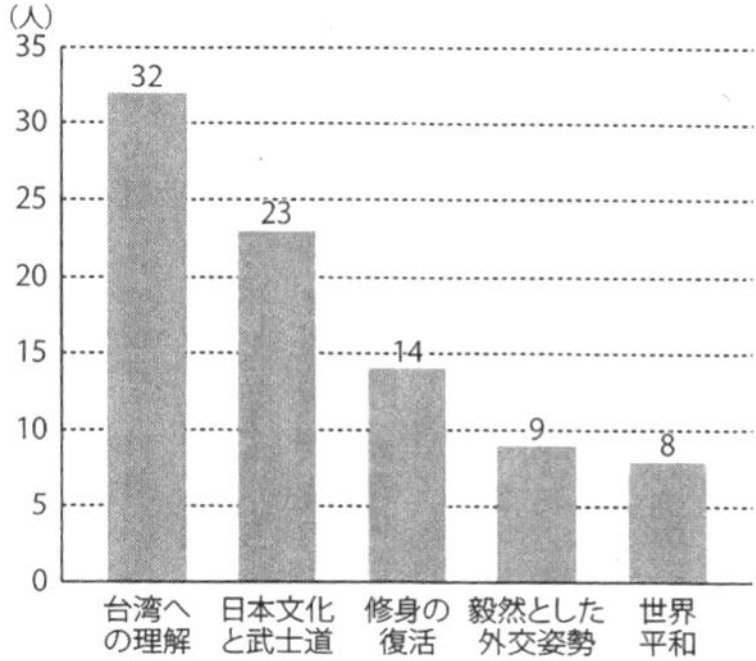

トオサンからの主なメッセージ

●台湾独立を応援してください（陳太73歳）●憲法9条改正。自衛の軍隊を持つ防衛庁を国防部にする（蘇栄燦87歳）●日本は身近な台湾を再認識するべき（李光輝74歳）●日本的教養、精神、文化は親日派の老齢現象とともに消え去ろうとしている。これを日本はどう思っているか？ 日本は台湾からどんどん遠ざかっていく（李英茂76歳）●過去のミリタリズムとナショナリズムは弊害であったが、現在の自主性欠如もまた弊害と言いたい（林桐龍84歳）●台湾の一日も早い国連参加を支持してほしい（陳兆震75歳）●是々非々を明確に表現できる意思を持て（藍昭光75歳）●清潔で礼儀正しい反面、日本人は個人的主張が弱く保守的で他人の顔を大いに気にする。正義感あるが団体や国の行動に対しては自己判断を避けすべてそれに従う面がある（蘇明義78歳）●凡帳面すぎず、他人にも容赦の心有り。もっとなめらかにやるということ（簡秋源72歳）●日本は中共に対して弱腰だが、もっと台湾に力を貸してほしい（余初雄78歳）●台湾の現状認識と民間交流（朱錫堯82歳）●戦争は地震あるいは台風よりも恐ろしい（侯書文75歳）●今の日本人にはもはや我々の尊敬に値するものがほとんど皆無。親殺し、子殺し、強盗、放火、なんたることだ（黄稱奇80歳）●過去よりももっと台湾を愛して（蘭金山78歳）●日台友好に心を尽くしてくだされたし（馬進財77歳）●日本を愛する台湾人を忘れないで（李全妃77歳）●私の知っている戦前の日本人との開きを埋めてください、現在の日本人には幻滅（周宜炎73歳）●台湾に関する記事をマスコミで取り扱ってもらいたい（林森林73歳）●中国政府の顔色をうかがうことなく、日本の魂を示せ（匿名希望70歳）●日本と台湾は生命共同体であるから、ともにアジアの安保に努力したい（林振永76歳）●明治時代の日本人に倣って、もっと気骨のある人間になっていただきたい（林幸75歳）●日本の若者は公徳心がない。「天皇は神であり人間ではない」という嘘を教え込んだのはいけない（林疹郷79歳）●台日友好（鐘招春74歳）●親善を高め、日台の絆を深めましょう（徐興炎75歳）●相互の良き国交が望ましい（邱己英77歳）●中年の日本人皆が正しい日本歴史を精読し国体を輝かす努力を（杜肇基77歳）●戦争はしないで。台湾人を侮辱しないでください（王陳瞬馨71歳）●「桜の精神」だけは相承してください（蔡西川80歳）●日本人は中国の軍事力を怖がり、長年ともに暮らしてきた台湾には情が薄い（張松壽87歳）●戦前と戦後の日本人は変わってしまった（匿名希望74歳）●日本は過去、鎖国体制から開放され、二十世紀の世界で活躍した。しかし、当代の日本青年は今世紀の潮流に沿い、切実さを失い、心が浮かれ、過去の日本精神を失ったようである。それは台湾の青年も同様で危機感を覚える（曾金木76歳）●侵略と戦争はしないで（黄子謙75歳）●戦争に暴走したあの時代を除く、古くからの積み重ねられた良き伝統的な日本の精神を大切にしていただきたい（李環崇78歳）●あまり弱腰外交を続ければバカにされます（劉徳福74歳）●台湾の世界的地位への承認援助を（魏炯権74歳）●なぜ日本は台湾に冷淡なのか？　もし台湾が中国に寝返れば日本の台湾海峡の航路はどうなりませうか？（邱鴻成79歳）●今の若い日本人はだんだん「良い日本」から離れていくように感じる（黄林守真70歳）●「千里の馬は常にあれど伯楽は常にあらず」の真意を万人が念頭に置き、まっとうな政治家を選んでほしい。よくよく肝胆を砕き、外交的に米国と疎遠し、中国と堅実な提携を計るべし（蔡仁雄82歳）●日台間は切っても切れない関係である。さらなる提携を切にお願いする（王海生73歳）●子供に対する教育が戦後どうもおかしくなっていないか。親に叱られて口をきかぬ子がいるとは（洪嘉猷74歳）●日本は概して立派な国であり世界の模範とすべき国である。しかし、過去にどんな事情であれ、他国を侵略したのは事実である。日本が再び侵略を起こさない決意をして平和を祈るのはけっこうだが、復仇の戦争が起こったらどう対処すべきかもう少し考えてほしい。日中間の再度の戦火はどうしても免れたい。台湾がそのたびに犠牲になるのはまっぴら（林新寛75歳）●伝統的武士道精神の復活（林明決75歳）●眼前の利だけを追うことは人生のすべてではない。中国人にはくれぐれも警戒を怠らず。伝統的武士道の復活を望む（張建銘76歳）●台湾人の考えていることをよく理解して仲良くつきあっていただきたい（李金娥70歳）●台湾の国連加入を助けてください（林篁村70歳）●台湾の独立に力を貸してください（林建勲97歳）●先進的な技術と豊富な経済力を駆使して世界の平和と貧困からの脱却に力を尽くせ（楊金華75歳）●昔の美徳をなくさないで（黄秀英77歳）●平和ボケもほどほどに。国防に力を入れてはいかがでしょうか（郭文鐘78歳）●河野洋平のような土下座外交までして中共の機嫌を取る必要はあるのか（寥森田72歳）●なぜこんなに多くの人が日本びいきなのかわからない（劉添根73歳）●戦後、特に近頃の日本の政客は本当の中国人、中国歴史を知らない（林富興82歳）●いつでも中共に頭を下げる必要なし（柯徳三83歳）●胸を張って堂々と国際の檜舞台で活躍して（楊鴻儒75歳）●台湾を見捨てるな！　良心に沿って法治国家として振る舞うべき（張文芳75歳）●李前総統の『武士道解題』を多くの日本人が読んだと聞き、嬉しい。正しい歴史認識を持ってつきあおう（羅美麗73歳）●二万六千の台湾の若者たちが靖国に祀られていることを思い起こして（楊坤生75歳）●日本の台湾統治は、日本の国枠の、土俵内の自由にすぎなかった（林蘇綿80歳）●昔の武士道精神を取り戻してください（荘進源80歳）●日本文学を教えてくれた公学校、女学校の先生にお礼が言いたい（林美84歳）●現在私たちが接触する日本人と統治時代の日本人を比べるとあの極度な優越感はもう存在しない。それ故、円満な日台交流が行われている。この友誼を永久に保つことは台湾人の希望だ（高阿香80歳）●人生は勤勉で（李錦上78歳）●武士道、大和魂、真実一路、教育勅語を学べ（王進益85歳）●日本精神を持つ台湾人の存在を忘れないで（林慶同81歳）●不正確な発音の外来語を存分に使っていらっしゃる日本の皆様、美しい日本語をお忘れにならぬよう。完璧な日本語を話していた時代が懐かしいです（張玉琴75歳）●日本は二世、三世の議員が多いので、どうしても保守的になる。世襲を制限しないと社会が活性化しない（陳鵬仁75歳）●50年も統治した台湾は中国より親しい関係ではないのか？　なぜ中国のいいなりになるのか？　なぜ李前総統の日本行きを妨げるのか？（顔一秀75歳）●修身の課程をよく勉強しなさい。日本精神をよく鍛錬なさい（劉阿蘇73歳）●世界に平和、繁栄、幸福を（林哲民67歳）●台湾を独立国家として認めてください（匿名希望67歳）●台湾の政府を認めてほしい（陳宝山80歳）●台湾独立を支援してほしい（謝敏男66歳）●日本の政界および一般の人がもっと台湾を理解してほしい。日台関係が若者を中心にもっと緊密になってほしい（周月坡72歳）●アメリカ力や中国に対し、はっきりNOを言える国になってほしい（林登陽74歳）●完璧な日本語を話していた時代が懐かしい。中国をもっと認識し友好関係を促進すること。大和心の良い面を思い直せ（林蒼池74歳）●世界一の親日、知日派台湾人としっかり手を握り合ってやっていきましょう（呂芳茂74歳）●真理を重視しあまり超大国の尻にしかれぬこと（林栢73歳）●日本人よがんばれ、マッカーサー憲法が何だ！　古き良き血のまま昔どおり切り抜けていってくれ、世界の平和のために（葉林坤79歳）●いかなる民族に対しても尊敬と友情を持ってほしい（陳師欽73歳）●いかなる戦争もやめなさい（鐘文輝72歳）●今の日本には軍隊がない、自分たちの自衛隊を馬鹿にしている。丸腰のクラゲ国家になってしまった（鐘志遠76歳）●台湾のことを忘れないでください。友情がいつまでも続くように（馮清春72歳）●戦後これまで発展したのだから、続いて何でも世界一の必要がありますでしょうか。メディアさんも政治屋さんも如何にして人々が平和に楽しく生きて行かれるか、それを目標にしてくれたらと願いたい（何台涵80歳）●日本人は礼儀作法が良く、清潔を忘れず台湾人の模範でした。団結精神を忘れず、国粋を活かしてください（林玉美77歳）

台湾アンケート結果
子弟編

有効回答者数：70名

平均年齢：44.4歳

性別　男性：41名
　　　女性：29名

---

1. あなたは両親と何語で会話しますか？（複数回答の記述可）

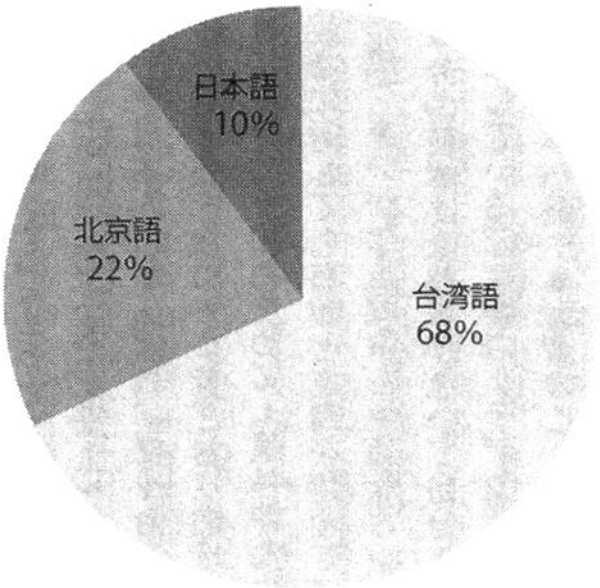

台湾語…63人
北京語…20人
日本語…9人

2. あなたは子供たちと何語で会話しますか？（複数回答の記述可）

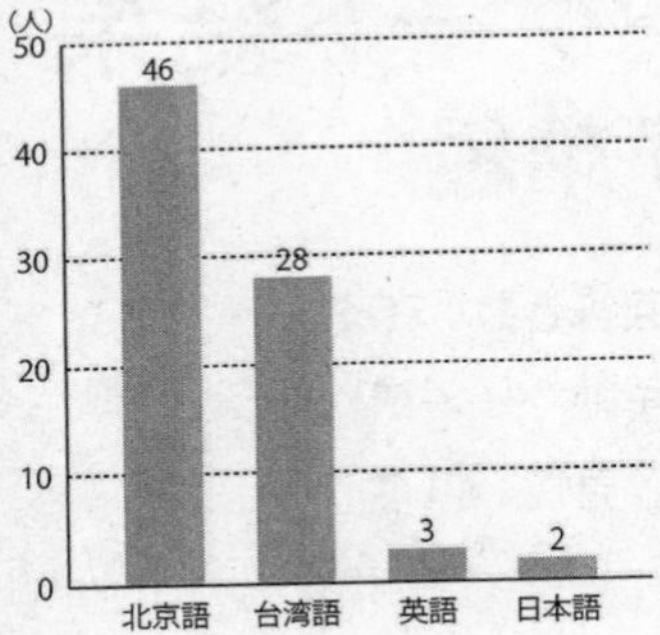

3. あなたは日本語を学んだことがありますか？

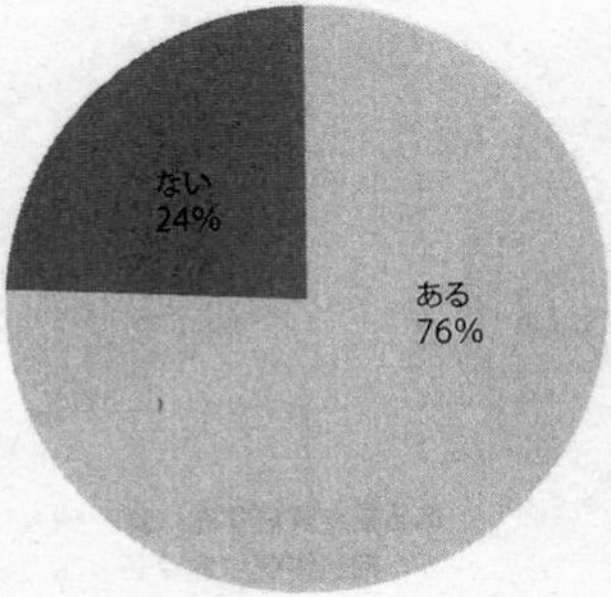

ある…53人
ない…17人

4.「ない」と答えた方へ。その理由は次のうちどれですか？

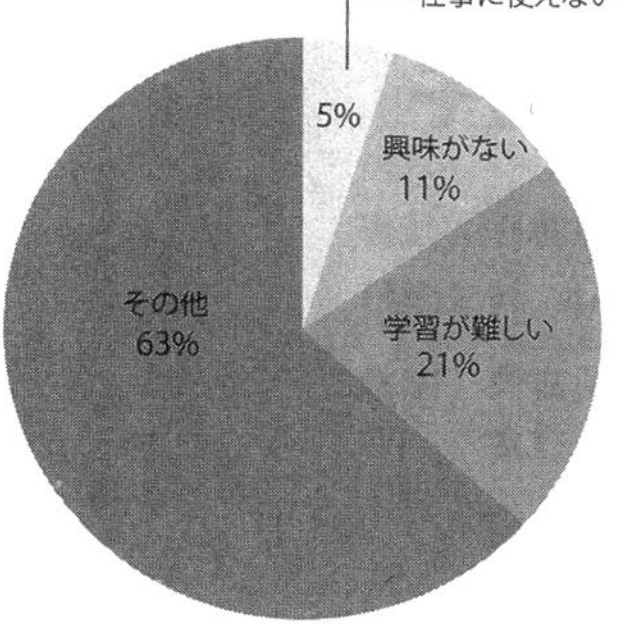

仕事に使えない…1人
興味がない…2人
学習が難しい…4人
その他…12人

---

5. あなたは日本統治時代をどのように評価していますか？

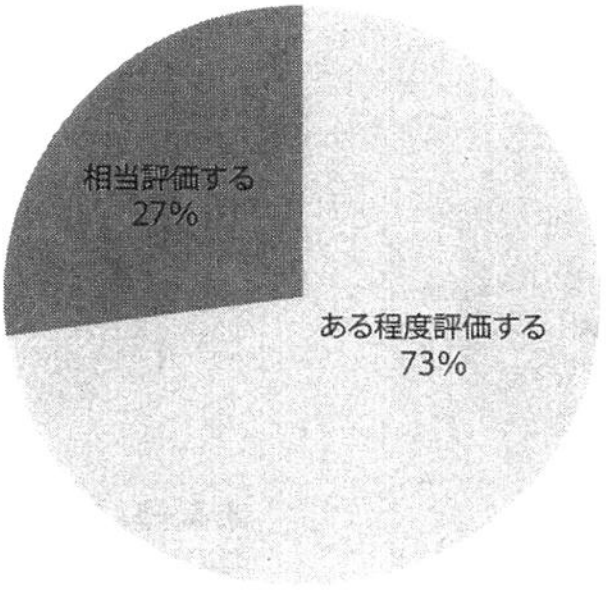

ある程度評価する…51人
相当評価する…19人

6. あなたが考える「日本精神」を選んでください。（複数回答の記述可）

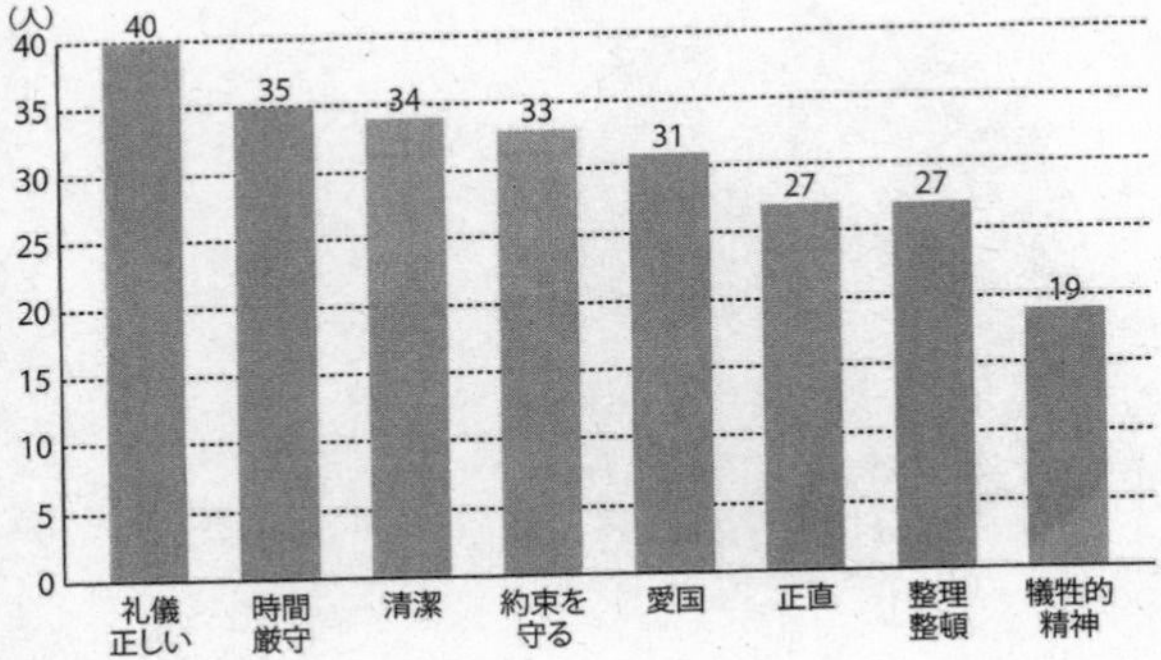

7. あなたは親から日本精神を受け継いでいると思いますか？

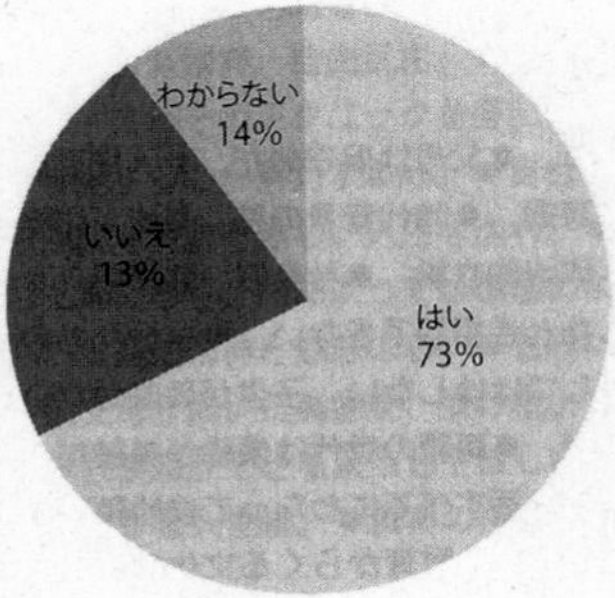

はい…51人
いいえ…9人
わからない…10人

8. あなたは親の世代とジェネレーションギャップを感じたことがありますか？

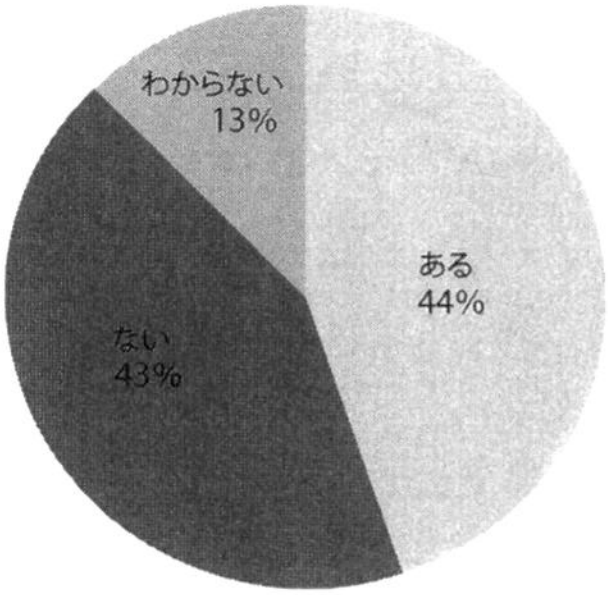

ある…31人
ない…30人
わからない…9人

9.「ある」と答えた方へ。具体的にどんなことでしょうか？（複数回答の記述可）

1位 金銭感覚　2位 ライフスタイル全般　3位 文化、教養に関して

その他の回答

●ものに対する価値観や人生観が違う。●父母は保守的だ。●人間関係の築き方。●家庭のしきり方、子供への教育観。●時代背景の差。あまりに違うので考え方に違いが出る。●消費の額、政治的立場。●社会観、物質観。●価値観があまりに違うので、困難に直面したとき相談できない。●自分たちの世代は比較的自由意思で行動し、他人に押しつけはしない。子供が興味のないものを押しつけないでほしい。●霊魂が自由。●両親の世代は倹約が美徳だったが今は違う。●消費観念があまりに違う。生活すべてにわたって倹約精神が身についている。しかし子供の世代は別。●戦後の教育からくる文化的価値観の違い。●裕福になった社会でも戦中の生活を守っている。●協調性が乏しい。●中国や西洋に対する見方が全然違う。

10. あなたが次世代に伝えたいことは何ですか？
多かった回答上位５（複数回答の記述可）

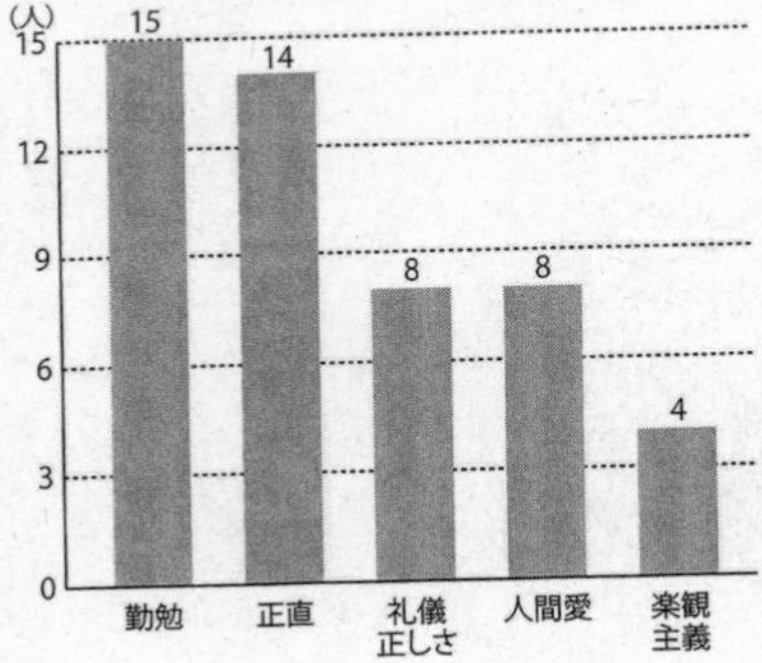

主な回答

●勤勉さ、時間を守る、楽観的な考え、礼儀正しさ、正直さを子供たちも持ってほしい。●家族を愛する心。●自分をとりまくさまざまな疑問に対し、よく考え、大きな視野から判断をしてほしい。●忠実で誠実な心。親に孝順、質素な生活を。●台湾精神。自由民主。●誠心誠意、全力投球。●困難を克服する知恵、一人一人がそのテクニックを身につけること。●清潔感、家族を愛する気持ち。●愛する心。努力する心。●自分を知ること、自分を好きになること。●遵法秩序。●健康で愉しい人生を送れ。●今の教育システムを愛してほしい。●謙虚に礼儀正しく。時によっては積極的に打って出る。●今を精一杯生きる。●愛国心。●遵法精神と慈悲の心。●世界に通用する国際人としての気構え。●父母や祖父母が築いた美徳を、受け継いでほしい。●中国人は忍に美徳を感じるが、自己表現ができるようしてほしい。●人格形成をしっかり発展させること。●穏やかな人生観。●真実の探求、全力投球。

装幀　伏見さつき
DTP　佐藤敦子

台湾年表

隋	
６０５年	隋の古書に台湾を意味すると思われる「流求」の記述が登場
６１０年	煬帝の命により、隋軍が流求を討伐
宋・元	
12世紀末～	澎湖島に、漢人移民が渡来
明	
１４０３～１４２４年	鄭和の船団が南方各国を視察。途中、澎湖島へも立ち寄る
１５４４年	ポルトガル人が台湾を発見。以後西洋では「ＦＯＲＭＯＳＡ」（フォルモーサ）と呼ばれる
１５９３年	豊臣秀吉、台湾へ貢ぎ物を促す使者を送る
１６０８年	徳川家康、駿府城でアミ族と接見
１６１５年	幕府の命を受けた長崎代官所が台湾遠征を試みるが、暴風雨で遭難
１６２２年	オランダ、澎湖島を占領
１６２４年	オランダ、台南を占拠。安平にゼーランディア城、台南にプロビデンジャ城を建設
１６２８年	スペインが台湾北部を占拠
１６４２年	オランダがスペイン軍を台湾北部より追放
１６６１年	明の遺臣鄭成功がオランダを破り、台湾を実効支配

清

1680年	鄭成功の嫡男鄭経が大陸反攻を試みるが失敗。翌年死去
1684年	前年に鄭一族が清に降伏。この年、清が福建省台湾府を設置
1711年	清は、住民の無断渡航を禁止（も、後になしくずしとなる）
1811年	福建省、広東省からの開拓民が増え、人口約200万人となる
1840年	清と英国の間でアヘン戦争勃発
1854年	米国艦隊のペリー司令官が基隆へ。帰国後、台湾の領有を米政府に進言
1860年	北京条約により、淡水、台南を開港
1874年	日本、71年に起きた琉球漂流民殺害の報復に台湾出兵。清政府は補償金を払う
1885年	福建省から台湾を離し、台湾省を設置

日本

1895年（明治28）	日清戦争の結果、台湾は日本に割譲。台湾民主国が独立宣言するが、ほどなく崩壊
1896年（明治29）	芝山巌事件起こる
1898年（明治31）	第四代台湾総督として児玉源太郎、民政局長として後藤新平が赴任。台湾銀行開業
1908年（明治41）	高雄の都市計画公布。南北縦貫道全線開通
1915年（大正4）	反日運動の西来庵事件が起きる。これをもって組織的な抗日事件が終結
1919年（大正8）	台湾総督府の建物が完成、共学を認める台湾教育令が公布
1923年（大正12）	摂政の宮（後の昭和天皇）が台湾視察に訪れる
1926年（昭和元）	台湾で品種改良した米を「蓬莱米」と命名
1930年（昭和5）	タイヤル族の一部による反日蜂起、霧社事件発生
1937年（昭和12）	日中戦争勃発、以後台湾も戦時体制へ移行。皇民化教育加速
1940年（昭和15）	日本風の改姓名制度が実施
1943年（昭和18）	6年制義務教育実施

1944年（昭和19）　徴兵制の導入（徴兵検査、入営は1945〈昭和20〉より）
1945年（昭和20）　日本の敗戦にともない、台湾総督安藤利吉から台湾省行政長官陳儀へ施政権が移管

中華民国

1946年（民国35）　日本人の引き揚げがほぼ完了
1947年（民国36）　ヤミタバコ売りの女性が取締り官に暴行されたことに市民が反発。国民党政権による台湾人弾圧二・二八事件へと発展
1949年（民国38）　蔣介石が南京から台湾へ到着。戒厳令と懲治反乱条例が施行される。デノミの断行
1950年（民国39）　蔣介石復職。元行政長官陳儀が反乱罪で銃殺される
1952年（民国41）　サンフランシスコ講和条約により、日本が台湾と澎湖諸島の「権利、権原、請求権」を放棄。日華平和条約締結
1954年（民国43）　中共軍が金門島を砲撃する。米国との間に共同防衛条約
1955年（民国44）　台湾共和国臨時政府が東京で成立。大統領は廖文毅博士
1956年（民国45）　総人口が1000万人を突破
1958年（民国47）　台湾警備総司令部（旧保安処）を設立
1959年（民国48）　日本の前首相吉田茂訪台。米国の国連大使、アイゼンハワー大統領が揃って「台湾は独立国家」「住民投票でその地位を決定すべき」と発言
1960年（民国49）　東西を結ぶ横貫公路が開通。蔣介石三選
1962年（民国51）　台東県に政治犯を収容する泰源監獄が完成。台湾バナナの日本への輸出再開
1963年（民国52）　台湾大学生の間に自覚運動が盛り上がる
1964年（民国53）　日本映画の上映禁止令公布。台湾人民自救宣言を発表した彰明敏教授ら逮捕される
1965年（民国54）　蔣経国、国防部長に就任。廖文毅博士投降。彰明敏特赦出獄
1967年（民国56）　佐藤栄作首相が訪台
1968年（民国57）　蔣経国が行政院副院長（副首相）に就任

１９７０年（民国59）	蒋経国、ニューヨークで暗殺未遂に遭う
１９７１年（民国60）	中国の国連加盟に抗議し、国連を脱退
１９７２年（民国61）	蒋経国、行政院長（首相）に就任。日中国交正常化により、日本と断交
１９７５年（民国64）	蒋介石死去。元日本兵の「中村輝夫」がモロタイ島より生還
１９７８年（民国67）	蒋経国、第六代総統に就任
１９７９年（民国68）	「党外」（反国民党勢力）者の民主化運動強まる。高雄で「美麗島事件」起きる
１９８０年（民国69）	台湾のシリコンヴァレーを目指して新竹科学工業園区開設
１９８１年（民国70）	工業化の発展が著しく株価上昇
１９８３年（民国72）	外貨準備高１００億ドル突破。無実の思想犯を救う運動が盛り上がる
１９８４年（民国73）	李登輝、副総統に就任
１９８５年（民国74）	米国レーガン大統領が、国民党政権に民主化促進を勧告
１９８６年（民国75）	民進党結成
１９８７年（民国76）	戒厳令解除。大陸の親戚訪問解禁。株景気
１９８８年（民国77）	蒋経国死去。後継者の李登輝が初の台湾人出身の総統に
１９８９年（民国78）	二・二八事件などを題材にした侯孝賢監督の映画『悲情城市』がヴェニス映画祭でグランプリ受賞
１９９１年（民国80）	李登輝総統、懲治反乱条例を廃止
１９９２年（民国81）	一人あたりの国民所得1万ドル突破。先進国へ仲間入り。戸籍法改定。省籍欄の廃止
１９９３年（民国82）	日本語放送全面解禁
１９９４年（民国83）	民進党の陳水扁、台北市長に当選。憲法改正により、「原住民」の呼称が正式に決まる
１９９５年（民国84）	李登輝、中華民国総統として二・二八事件を遺族に謝罪
１９９６年（民国85）	中国が台湾沖でミサイル演習。初の民選総統として李登輝当選
１９９８年（民国87）	李登輝総統、「新台湾人」を国民に提唱

1999年（民国88）	台湾中部大地震（M7.7）
2000年（民国89）	民進党の陳水扁が、総統に選任。「台湾人」意識が高まる
2001年（民国90）	WTOに加盟。原住民文化や台湾史の見直しが盛んとなる
2003年（民国92）	SARS大流行
2004年（民国93）	陳水扁総統再選。蔣経国夫人死去
2005年（民国94）	戦後初の中台直行便が春節限定で就航。民進党総選挙で惨敗
2006年（民国95）	国史館が二・二八事件の責任者は蔣介石と断定 陳水扁総統辞任要求九万人習会が総督府の前で開かれる
2007年（民国96）	台湾新幹線が開業
2008年（民国97）	野党国民党の馬英九候補が、総統選挙で勝利する 台湾老兵問題に奔走した許昭榮さんが、高雄市旗津で自殺 中国共産党の胡錦濤と、国民党の連戦が会談
2009年（民国98）	世界保健機構（WHO）に台湾がオブザーバー参加 台風八号が南部を襲い、甚大な被害が出る
2010年（民国99）	中国との間で「両岸経済協力枠組み協定」が結ばれる 陳水扁前総統の刑が確定する
2011年（民国100）	東日本大震災に際し、世界最高額の義援金を日本へ送る 霧社事件を扱った映画「セデック・バレ」がヒット
2012年（民国101）	馬英九総統が再選される 日本が尖閣諸島国有化を決めたことで、台湾の民間団体の抗議活動が活発化
2013年（民国102）	中台サービス貿易協定に調印
2014年（民国103）	中台サービス貿易協定に反対する学生が立法院を占拠する（ひまわり学生運動） 統一地方選挙で、与党が大敗
2015年（民国104）	台湾の人口が2300万人を越す

日本からの輸入食品に、放射線検査結果証明書の添付を義務づける
民進党の蔡英文主席が訪米
馬英九総統がシンガポールで習近平国家主席と会談

2016年（民国105）
総統選挙で、野党民進党の蔡英文主席が圧勝。立法院でも民進党が過半数をとる

2017年（民国106）
日本産の牛肉輸入を解禁
パナマが台湾との断交を発表

2018年（民国107）
東部の花蓮でマグニチュード6・4の大地震起きる
統一地方選挙で与党の民進党大敗。蔡英文主席辞任

2019年（民国109）
大型経済政策を導入
蔡英文総統が中国の一国二制度案「は断固として受け入れない」とする立場を示す
『台湾人四百年史』の著者でもある歴史家史明さん死去。享年101歳

2020年（民国110）
与党の蔡英文主席が総統選に圧勝、再選される
新型コロナウィルスの封じ込めに成功
半導体産業に活気
李登輝元総統死去
台湾の花咲爺さんと言われた王海清さん死去

2021年（民国112）
中国の検疫対策で輸出ができなくなった台湾産パイナップルを日本や西側各国が緊急輸入
特急「タロコ号」が脱線事故を起こす
チェコの上院議長に続き、欧州議会議員団が台湾を訪問

2022年（民国113）
ウクライナに対するロシアの侵略戦争により、台湾有事の可能性が大きな話題に
リトアニアの首都に、台湾代表処を開設

参考資料一覧

「臺灣學事一覧」臺灣総督府文教局
「臺灣総督府學事年報」臺灣総督府
「臺灣學事統計の研究」町田清彦著　小塚本店
「臺灣教育発展的方向」臺灣教育補導月刊社
「臺灣教育事情」臺灣時代社
「臺灣風物」第三十七巻第一期　台湾風物雑誌出版社
「世界少学教育」松宮春一郎著　世界文庫刊行会
「皇民作法讀本」台湾総督府文教局監修　南方出版社
「台湾土俗誌」小泉鐵著　建設社
「台湾植民発達史」復刻版　東郷実　佐藤四郎著　南天書局有限公司
「台湾人四百年史」史明著　鴻儒堂出版社
「台湾現代史年表」楊碧川著　一橋出版社
「臺灣社會領導階層之研究」呉文星著　正中書局
「被遺忘的日籍台湾植物学者」呉永華著　晨星出版社
「白色封印・白色恐怖1950」国家人権紀念館籌備処
「台湾歌壇　第一集、第四集」台湾歌壇編集委員会
「酔牛　李琢玉川柳句集」今川乱魚編　新葉館出版

「友愛　第四号、第六号」友愛会編
「臺灣文學評論」真理大学台湾文学資料館
「地に這うもの」張文環著　鴻儒堂出版社
「台湾監獄島・繁栄の裏に隠された素顔」桐旗化著　第一出版社
「恩師　黄性善」洪嘉猷著
「許昭榮言行録」許昭榮著
「同化の同床異夢」陳培豊著　三元社
「中国人に対する日本語教育の史的研究」蔡茂豊著　東呉大学　日本文化研究所
「総力戦と台湾　日本植民地崩壊の研究」近藤正己著　刀水書房
「日本統治下の台湾の学校教育」林茂生著　古谷昇・陳燕南訳　拓殖大学海外事業研究所華僑研究センター
「台湾原住民と日本語教育」松田吉郎著　晃洋書房
「台湾原住民族の現在」山本春樹　黄智慧　パスヤ・ポイツォヌ　下村作次郎編　草風館
「植民地台湾の日本女性生活史２　大正編」竹中信子著　田畑書店
「知られざる台湾」林景明　三省堂新書
「台湾　四百年の歴史と展望」伊藤潔著　中公新書
「帝国主義下の台湾」矢内原忠雄著　岩波書店
「台湾人元志願兵と大東亜戦争」鄭春河著　展転社
「台湾事件簿」林樹枝著　社会評論社
「証言・桜花特攻　人間爆弾と呼ばれて」文藝春秋編　文藝春秋

「極限の特攻機　桜花」内藤初穂著　中公文庫
「蔣経国時代の台湾」若菜正義著　教育社
「臺灣懐舊」松本曉美　謝森展　創意力文化事業有限公司
「日本人とサクラ　新しい自然美を求めて」斉藤正二著　講談社
「後藤新平　背骨のある国際人」拓殖大学
「武士道解題」李登輝著　小学館
「現代語で読む武士道」新渡戸稲造　奈良本辰也訳　三笠書房
「昭和精神史」桶谷秀昭著　文春文庫
「戦後日本の精神史　その再検討」テツオ・ナジタ　前田愛　神島二郎編　岩波書店
「日中戦争十五年史」大杉一雄著　中公新書
「帝国の昭和・日本の歴史23」有馬学著　講談社
「あの戦争は何だったのか」保阪正康著　新潮新書
「戦後保守のアジア観」若宮啓文著　朝日選書
「街道をゆく　四十　台湾紀行」司馬遼太郎著　朝日新聞社刊
「近代日本と台湾　霧社事件・植民地統治政策の研究」春山明哲著　藤原書店
「桜木花道　王海晴回憶錄」王海晴口述　王金鳳整理　白象文化事業有限公司
「二つの餌で魚を一匹だけ釣る　釣りをしながら許文龍と語る」林佳龍編著　甘利裕訳
早安財経文化
「台湾史小辞典　第三版」　監修呉密察　編著遠流台湾館　日本語版翻訳横沢泰夫　中国書店
「二つの時代を生きた台湾」　林初海　所澤潤　石井清輝　編著　三元社

取材協力　資料・写真提供

内政部営建署陽明山国家公園管理処
慈林文教基金会
宜蘭県史館
新竹市立動物園、新竹市李登輝之友會
友愛グループ、台湾歌壇
竹田駅園池上一郎博士文庫
台北市高齢政治受難者關懐協會
台湾退役軍人暨遺族協會
義守大学応用日語系
真理大学台湾文学系
（財）交流協会
ＮＰＯ法人育桜会
（財）日本花の会
日本李登輝友の会
（財）三康文化研究所付属三康図書館
王海清　王金鳳　王金玉　史明　李英茂　呉正男　林淵霖　林松雄　林淑珠　林禎　柯徳三
柯清風　郭振純　洪嘉猷　洪日盛　洪明仕　陳孟和　陳平海　陳絢暉　高阿香　許昭榮

許淑蕙　葉英晋　張文芳　張良澤　張茂森　黄林守真　畢麗黎　楊根棟　蔡尚美　蔡焜霖
鄭春河　鄭名峰　劉耀祖　蘇明義
細川呉港　鈴木トシ　鈴木重遠
写真撮影
陳俊雄（P55）
平野久美子（P78、141、171、194、231、237）
三島正（P176）

本書は二〇〇七年二月、小学館発行『トオサンの桜』を改題、大幅に加筆、改訂しました。

産経NF文庫

トオサンの桜 台湾日本語世代からの遺言

二〇二二年六月二十三日 第一刷発行

著 者 平野久美子

発行者 皆川豪志

発行・発売 株式会社 潮書房光人新社

〒100-8077 東京都千代田区大手町一-七-二

電話/〇三-六二八一-九八九一(代)

印刷・製本 凸版印刷株式会社

定価はカバーに表示してあります

乱丁・落丁のものはお取りかえ致します。本文は中性紙を使用

ISBN978-4-7698-7048-7 C0195

http://www.kojinsha.co.jp

産経NF文庫の既刊本

台湾に水の奇跡を呼んだ男 鳥居信平　平野久美子

大正時代、台湾の荒地に立ち、緑の農地に変えることを誓って艱難辛苦の工事をやり通した鳥居信平――彼の偉業は一〇〇年の時を超えて日台をつなぐ絆となった。「実に頭の下がる思いがします」と元台湾総統の李登輝氏も賛辞を贈った日本人水利技術者の半生を描く。

定価891円(税込)　ISBN978-4-7698-7021-0

全体主義と闘った男 河合栄治郎　湯浅 博

自由の気概をもって生き、右にも左にも怯まなかった日本人がいた！ 河合は戦前、マルクス主義の痛烈な批判者であり、軍部が台頭すると、ファシズムを果敢に批判。河合人脈は戦後、論壇を牛耳る進歩的文化人と対峙する。安倍首相がSNSで紹介、購入した一冊！。

定価946円(税込)　ISBN978-4-7698-7010-4

産経NF文庫の既刊本

台湾を築いた明治の日本人　渡辺利夫

なぜ日本人は台湾に心惹かれるのか。「蓬莱米」を開発した磯永吉、東洋一のダムを築いた八田與一、統治を進めた児玉源太郎、後藤新平……。国家のため、台湾住民のため、己の仕事を貫いたサムライたち。アジアに造詣の深い開発経済学者が放つ明治のリーダーたちの群像劇！

定価902円（税込）　ISBN 978-4-7698-7041-8

「賊軍」列伝　明治を支えた男たち　星　亮一

一夜にして「逆賊」となった幕府方の人々。戊辰戦争と薩長政府の理不尽な仕打ちに辛酸をなめながら、なお志を失わず新国家建設に身命を賭した男たち。盛岡の原敬、水沢の後藤新平、幕臣の渋沢栄一、会津の山川健次郎……。各界で足跡を残した誇り高き敗者たちの生涯。

定価869円（税込）　ISBN 978-4-7698-7043-2

産経NF文庫の既刊本

頭山満伝　玄洋社がめざした新しい日本　井川　聡

日本が揺れる時、いつも微動だにせず進むべき道を示した最後のサムライ。日本とアジアの真の独立を目指しながら、戦後は存在を全否定、あるいは無視されてきた男の実像。

定価1298円(税込)　ISBN 978-4-7698-7044-9

明治を食いつくした男　大倉喜八郎伝　岡田和裕

渋沢栄一と共に近代日本を築いた実業家の知られざる生涯。帝国ホテル、大成建設、サッポロビール……令和時代に続く三〇余社を起業した巨人の足跡を辿る。大倉財閥創始者の一代記を綴る感動作。

定価913円(税込)　ISBN 978-4-7698-7039-5